HUNTER

猎物者

白饭如霜◎著

华文出版社

猎物者

ZHUGE 狯

猎人联盟亚洲区五星猎人。人界

倒霉蛋，非人界之SUPER STAR

常被硬抓去当英雄。真名不显，

事长存。性情纯良如美玉，路上

一脚狗屎，自己大笑三声。

猎物者

狄南美

DINANMEI

狐山一脉选命者唯一后裔，预言通灵，迷恋十丈人间软红，好美服，好精食，好欢听鼓饮，FASHION SLAVE，烟视媚行，行事绝无常理。为当得起者有情意，纵赴死而不改。

猎物者

PICHEN

养拖把当宠物，视锅铲为手足
管风之力量的尊贵半犀长老，
癖，不言笑，生平所爱四样
哥、小破、搞卫生、做饭。余
千弱水，眼都不转过去。

猎物者

XIAOPO

小破

破魂、食鬼族之精神领袖，现为小屁孩。童真甜蜜，爱吃零食，所能不可知，所为尽琐事。幼儿园中领袖，小女孩的英雄，警局反黑组的编外，所到之处，海晏河清。

猎物者 江左司徒
JIANGZUOSITU

以人类之身摄政邪族，得长生不
死，千秋万载悠悠寂寞，视繁华尘
世如粪土，出身背景，前因后果，
字以概之：神秘。因为不想活，
拉上无数人垫背。

HUNTER

猎物者

白饭如霜◎著

华文出版社

目录

CONTENTS

POHUNJIE

破魂劫

第一章

基本上，我可以被称为最优秀的猎人之一，捕猎的手段和经验，都已经趋于完美。不过之所以只能称为"基本上"，是因为我老是爱上我的猎物——爱，可是个致命的缺点。

上一次的教训，来自东京地铁里的那只嗜糖蚯蚓，那可是只大东西，长了两百多年，不知道修行中出了什么差错，变成了一个人类美女爱好者，天天躲在地底下窥视地铁站内诸多裙底风光。最后一班车开走后，就自己出来变成女人到处跑。我遇见它的时候，这只大虫子正在神气活现地练习走台步，胸部浑圆，腰肢纤细，腿很长——老实说是太长了一点，大约六英尺上下。看到我在一边嘲笑它，就一脚踢过来，把我从手扶电梯下面一直顶到上面——真是受不了，我不过说了一句："美女，你比例不太协调啊。"

那时候流行的是金发碧眼红唇似火的西洋美女，在东京很难看到，不过地铁站台的广告牌弥补了这个缺点，上面的绝世佳人们，是我生活下去的巨大动力。就因为这个，我和蚯蚓很投缘。它总是顺遂我的心意变成各个电影明星或超级模特，偶尔还告诉我一两条关于他们的八卦消息，比如说妮可·基德曼的老公其实是同性恋，或者迈克·杰克逊没有恋童癖，他只是认为自己也是一个孩子而已。我问它从哪里得到这些资讯，它说偶尔它也到报亭偷几张报纸解解闷，于是我的下一个问题就是：它怎么认识字呢？

我们有过很好的时光，甚至还一起喝过酒，日本麒麟啤酒，它尝了一口，立刻破口大骂，说的语言我完全听不懂。为了报复我给它那么难喝的东西，它从年轻时代的巴铎变成一个放大版的死老太婆，并且惟妙惟肖地蹦跶着抗议韩国人吃狗肉，真是活活把我笑死。为这些欢乐，我付出的代价是两年内被禁止使用捕猎执照，因为我放任它在地铁中放屁，当场熏昏过去四十多人，其中七个在窒息后抢救无效去世。

我做过自我介绍吗？没有？在家里呆太久了是这样的，自闭、懒惰、颠三倒四。我是地球猎人联盟的签约猎人，活动地区主要在亚洲，尤其是中国和日本一带。我并不杀生，而是帮助地球上各个公共和私人机构寻找他们需要的东西，有时候是宝藏，有时候是能源，有时候是人，更多的时候，是一些非人——非人类，做人无法做到的事情。比如说嗜糖蚯蚓，它是治理沙漠化的唯一终极克星，无论该地区已经贫瘠荒凉到什么地步，只要它愿意，可以使之在最短时间内成为良田绿洲。我遇到的那一条，更是族中的长老，要不是走火入魔成了色狼和重度女装癖者，不知道可以造福多少被饥荒所困的人群。

现在两年快要到了，我要开始着手向总部申请取回猎人执照，并且同时申请加星考核，倘若成功，我便是亚洲区级别最高的猎物者——这个头衔我数年前就应该拥有，不过我实在是太乌龙了一点，五年内居然被停职两次，究其原因都是因为对猎物有情，无法完成任务。

这是一个很好的清晨，窗帘外有淡淡的蓝色，空气清新纯净。辟尘在厨房里哼着歌儿——我倒，居然是阿姆的骂人歌，不知道他前几天去淘碟到底淘到了些什么货色。辟尘是半犀

破魂劫·第一章 POHUNJIE

3

人，被地球联盟追捕了将近十年，他的特长是净空。在污染高的工业城市里，人类要想健康地生活下去，就一定要有半犀人驻守，使总体空气质量维持在标准水平。近几年以来，全球工业污染以几何级数增长，对半犀人的需求大增，而辟尘正是悬赏榜单上排名最靠前的一个。但是他最爱自由，却不爱人类，连地球也不爱，最近喜欢说的一句话来自动作电影《极限特工》："你要我拯救世界，也要先问问我爱不爱这世界啊。"幸好他是爱我的，所以堂堂半犀人，沦为我的煮饭公。他还说，要是地球因为污染而灭亡了，他一定把我带到其他星球上去，即使要牺牲自己去当空气清洁器也在所不惜。为这句话，我冒着被彻底开除出猎人队伍的危险把他留在我家里，至今快四年了。

今天我要回总部去备案，递交回归申请和考核申请。两年里我都没有和他们联系，只定期收到猎人联盟的内部刊物，看看最近被捕捉到的非人种类有无刷新，以及级别升降的动态，从两个月前的那一期来看，我还是有希望成为第一个五星猎物者的。穿上西服，走到门口，辟尘飞了一个面包过来打发我吃早饭，突然说："猪哥，昨天狄南美和我在网上聊天，说你最近紫微星象走向不是太清楚，可能在近期内有迷灾，要你小心点。"我登时跳起来："你又用我的名字上网！干什么了？"辟尘大眼一瞪："急什么，不就是帮你处理几个狐狸精吗，还敢说？！上次去见的那只母猫差点把你舌头吃了呢，这么快就不记得了？"我苦着脸看着辟尘圆圆的大脸，天哪，我怎么去跟一个半犀人解释，人类男女中存在一种叫做法式深吻的亲热方式。想想那个美貌网友，当时被辟尘用重尘包成一只粽子，大概受惊不浅。我有气无力地挥挥手里的面包，一头冲出了家门。

天气不错，是个好日子，我搭车到了机场，上飞机，到纽约。纽约第五大街的名牌店林立中，有一个小小的铺面靠在

GUCCI专卖店旁边，呈灰绿色外观，开一个窄窄的门，像一根手指。我推开门走进去，伙计满面笑容地迎接上来，大力拍我的肩膀："猪哥，终于回来了。"

这个伙计是我从前的搭档，也是至交，因为一起舞弊放走一只食金兽而受罚，被放在总部地上入口守门。我拥抱他："山狗，委屈你了。"他一把推出我老远，大义凛然地挥手："少来这套，找你借钱的时候你跑哪里去了？"我叹口气："身不由己啊，我的钱都被辟尘管着了，他说他在华尔街有线人，帮我投资。天晓得，我今天早上吃面包，牛奶都没有配呢！"他笑得打跌："什么世道，男人女人都不爱，最后和一只半犀人过日子。"

废话说够了，我转到柜台后去，将眼球贴上收银机扫描处，一道蓝光闪过，奇怪了，我还在店子里站着。我莫名其妙地去看山狗，他也一脸意外："咦，你怎么没有下去？"当着他的面，我再次俯身做了同样的通行请求，蓝光闪过，表示批准，但空间门并未打开，我仍然在原地。"怎么回事？"山狗一摊手："不知道，我的进入权限已经被取消了。说来蹊跷，我已经有三四天没有看到一个猎人进出，上一次开门是接欧洲区老大杀人狐狸，头儿说他们要开会。"我纳闷了，杀人狐狸一向和亚洲区老大梦里纱不合，上次开全球大会，两人在主席台上打架打得扭成一团麻花，现在怎么勾搭上的？

我抓耳挠腮半天，决定强行把空间门打开，下去看看。山狗看到我眼珠乱转，立刻咆哮起来："不要召光行来，我受不了！"话音未落，光行已经兴高采烈神出鬼没地从他后面冒出来，为了表示欢喜之情，不顾和我相见，先自己跳了一段踢踏舞，与此同时，本来安静得不得了的店堂里，忽然混杂了各式各样的声音，从各个空间段传出来，包括菜市场的争吵吆喝、国会大堂的国情咨文问答、做爱发出的销魂声韵等等，不一而足。光行是一道半透明的影子，是我开始猎物修

行时在亚马逊森林捡到的，它也是一只菜鸟光行，不断从各个时空界摔出去，动不动就摔成昏迷，要不是我把它捡到，多半会被专吃影子的参婺当点心叼了去。因为这一命之恩，它常常违规帮我打开各种各样的空间门，去古今中外随便逛逛，要不是自己懒得动，辟尘这只八卦怪兽又管得比我妈还严，我还打过主意开一家古今绝色按摩馆，把四大美女和埃及艳后弄来做做马杀鸡生意。

光行一开始跳舞就没完没了，我打躬作揖围着它转了半天，它才肯勉强停下来垂询："猪哥，有何指教？"一边手臂还在晃来晃去——这小子没有骨头，想怎么跳都行，搞得我昏头。一听只是要开道空间门，它哈哈大笑，打个响指："我来。"说完一阵风冲进了柜台，叽叽咕咕搞了一阵子，突然伸出头来："猪哥，这道门是通到猎人联盟的哦，有没有机关？"我一愣："不知道，你当心点。"它不屑地从透明鼻子里呼出一道白气："开玩笑，我刚刚拿到光行界逃生大赛年度总冠军，不要说地球联盟，星河联盟我也常去上厕所。"哗啦一声，我脚下突然一轻，整个人坠落虚空里——笨蛋，居然直接把门开在我屁股底下了。

地球猎人联盟成立于哪一年我已经完全忘记了，曾经是记得的，因为要取得猎人执照，必须经过考试，考试分为五科：追踪、战斗、识别、修复、历史。是的，历史，有一道题是这样的：

第一任地球猎人联盟理事长受害于哪种异兽之手？

A 疫龙

B 半犀人

C 老鼠天师

D 其他

当时参加考试的兄弟姐妹一共十七人，十七人选的都是D。原因很简单，第一任理事长虽然已经老得皮都换了好几层，又习惯在结业典礼上一边颁发证书一边睡到流口水，还因为返老还童的缘故，经常对低级猎人表演变形术却忘记自己变化了形象而以一只蟑螂的外形走出去丢人现眼，但是他没有遇害啊。他不断出些类似于加强猎人体能集训赛之类的狗屁新政策整我们，活得比谁都好。那次考核只有三人过关，而且这道题大家统统都没有拿到分，官方解释是，受害的意思是被害了一把，不见得一定要死翘翘，而理事长老人家确实是被老鼠咬过一口的，所以答案是C——老鼠天师。我抗议！

到达联盟总部的异次元空间前有一段时间的静空期，每次我都在这个时候想起菜鸟岁月的光荣往事，当然数量有限，不然也不用专挑这一秒。又是哗啦一声，到了。

摸着我受累的尊臀慢慢起身，眼前景象十分熟悉，就是一个非常大，非常气派，非常规划有致的办公室。

没错，就是你进了任何一家写字楼的任何一家公司，转过接待前台，就可以看到的，其结构类似于一个分散开的大蜜蜂窝的办公大厅，无数人头若隐若现，无数声音纵横交织，无数心事错乱流连，每个人都活得像别人的地方。

猎人联盟里也一模一样。至少以前是。

现在？现在这里一片死寂。空气冰冷，极为安静。淡蓝色的天花板以往充当着巨型的电脑屏幕，不断读进数据，报告全世界范围内对目标的追踪进展，以及与各个客户的洽谈成交情况，现在却是灰暗的，支离破碎，呈现螺旋状的裂纹，像被巨大的力量直接命中造成的后果。办公室中心纵向排列开的数十张白色小办公桌上，该有的都没有了，所有的资料、文件夹、电子留言条、电脑，全都不见踪迹，呈现清洁阿姨梦

想中的终极干净。我的背上突然涌出一股凉气。

刚刚山狗说，他已经有三四天没有看到猎人进出，记忆中平常这里的出任务频率是每小时四宗，每分钟有十个以上的猎人集合待命。我在大厅里细细搜寻过一遍，一无所得之后，缩起身体向内走去。冷清空气活像有腿脚的虫子，一曲一曲在我背上爬，爬出无数鸡皮疙瘩。明明是故地，嘴脸却意外狰狞。我突然想起格斗教官关咯咯跟我说过，天下最有用的功夫，乃是直觉。我直觉这里没有人，希望能有点用。

办公大厅往内走，距离大门口五十米处有一个右转弯，通向一条长走廊，走廊通体漆成淡淡的金色，左右各有三道门，门的颜色据说也是金色，不过略微深一点，上面挂了水晶质地的牌子。之所以是"据说"，因为只有左手第一道门我看得到，写的是：猎物司。其他的什么藏物司、究物司，对我都是隐形的，只允许所属该司的人进入。

在进入猎物司之前，我深呼吸了好几口气，足足犹豫了一分钟考虑要不要冒险，万一进去看到一堆尸体，然后被一个想像不出的大魔头一掌打成内脏粉碎，不知道谁来照顾辟尘。这个家伙最近爱上吃冰淇淋，而且非"哈根达斯"不要，忒小资一点，也不看看我停职两年，几乎没有收入。

思想斗争乱做，无论如何，我还是推开了门，门里仍然是我熟悉的景象，除了没有梦里纱——我的老板之外。占据正面墙的落地窗，窗外是时空检测眼，能够看到两千公里内的一切有生命物体的活动情况，看起来它仍然在运行，密密麻麻的绿点不断闪烁移动，偶尔也有非常集中的爆炸状闪亮光芒，表明该地区有相当规模的非常规生物活动。紫檀木大办公桌放在右边角落，三面墙都是巨大的文件架，密密麻麻无数小抽屉，每个抽屉里都藏有某种非人或地球资源的详细资料。而地板上一如既往，光洁异常。

一切都完好，安静，无痕迹可寻找，连味道都刻意纯洁。

不错，我的追踪术拿过满分，但是无东西可追的话，即使是教官小田天狼来，也只有怀才不遇这华山一条路。不如闪吧。

主意打定，我反身冲出办公室，撒腿狂奔回到空间门入口，出去没有进来麻烦，坐坐电梯就可以了。我很担心电梯会不运行，或者半途停掉，但是担心还没有完，已经一头扎到了光行面前，它在咬自己的指甲，表情很天真，小店子里回荡着赛旦的优美歌声，有如天籁，而比牛还不识音韵的山狗缩在一角，皱出一张苦瓜脸，还戴着一个巨大的耳罩。他这么爱安静，真应该下去呆着。光行看到我，露出笑容，透明的笑容："猪哥，怎么样，搞定了吗？我要走了。"

那天我没敢再劳动光行，很老实地乘最晚一班飞机回到了东京，辟尘正在地板上吐纳静坐，柔和昏黄的壁灯下，他一脸平和，使人心定。我很爱他，虽然他抓根鸡毛当令箭，管东管西，还有十分严重的洁癖，让我一天到晚不得安生，但他是这个广袤世界上，最与我亲密无间的——东西。悄悄换了鞋，脏袜子藏到地毯下，我坐下来，随手拿一本猎物者杂志瞎看，免得响动过大惊扰了他。一页一页翻下来，眼睛里半个字没读进去，总部惨淡诡异的景象在脑海里不断一幕幕闪过，令我心乱如麻，早上出门时辟尘说我最近有迷灾，果然迷得不善。

想到这里灵机一动，顾不得打扰辟尘，我立刻一跃而起，辟尘几乎同时睁开眼，他入定中受了惊，本能地吸气，这房子里的空气给一吸而空，突然变得像建在了珠穆朗玛峰上。虽然一看到是我，他就放松下来，我还是感觉头沉胸闷，心脏狂跳，内脏瞬间受到的强烈伤害不知凡几——刚刚还说爱他呢，真是遇人不淑啊。

顾不上算账，我揪住辟尘问他："你知不知道狄南美在哪里？"

他很警惕："你找那个狐狸精干啥？"

我真佩服他这么长年如一日严防死守，生怕我被天下人所害："不要骂人，我找她有正经事。"

辟尘一脸不爽："她是只狐狸精啊，我哪里骂人？"

不说我还忘记了，狄南美确实是只狐狸精。可能是因为她来我们家的时候都是做人类打扮，而且，是非常风尘的人类。

我们很快在网上找到了狄南美，而且是在一个色情交友网站上找到的，她不但把名字大白天下，还配上了玉照。斜着画得乌漆麻黑的眼睛瞪镜头，跟要吃掉谁似的。我端详再三，很担心地问辟尘，这是不是南美啊，他说当然是，上次说照片挂这都半年了，裙下之臣多如过江之小鱼。我一口气差点没有背过去，直敲他的头："你怎么一点道德觉悟都没有，泡这种地方？难怪你那次上街只顾看美女，撞到电线杆都不知道！"辟尘面无表情地打着键盘和南美联系，冷静地说："猪哥，那个是你。"

南美是一只很老很老的狐狸，关于岁数的探询乃是绝对禁忌，问者杀无赦。猎人联盟成立之日起，她就是被追猎的目标，无数人欲得之而后快，不惜代价，因为她的特长独一无二，乃是预言。这种预言能力不是来自天赋，而是来自她上千年的修行中精研紫微星宿、风水命理之类神异学问，当真是读破万卷书，行遍万里路。当中仅仅为了向香港地区一位著名风水师偷师踏穴之学，就潜伏在人家家里三十年之久。我不知道她学这个干吗，难道她准备自己死了找个好地方埋，以便保佑子孙光大门楣？还是想将来在纽约地铁站摆一桌子，打出"狄半仙"的名头换口饭吃？她是一只狐狸啊，是不是在人类世界混太久，把这出给忘记了？

和辟尘如此猜测着，鼠标移动，点开南美的联系方式，页面刚跳进眼帘，耳边就轰隆一声巨响，我和辟尘吓了一跳，愕然回过头去时，先看到一阵烟尘，然后看到我家那扇精钢外门被从中劈开、分头倒地，再后，就有一个人慢慢走了进来。

是一个高而瘦削的男子，穿纯白色的过膝丝外套，同色布扣子一路扣到了喉头。神色温和，形容干净，堪称文雅大方，但上述印象在瞥见它眼睛的时候都一股脑去了九天云外，那一对妖异的水晶蓝，深如海，冷清清，正毫无感情地看着我们，整个房间一瞬间进入隆冬，天寒地冻。

它并未将我们与那扇精钢门作同等对待，还彬彬有礼地微躬身，嘴角露出一丝非常教科书的微笑："朱先生，初次见面。在下精蓝，是来自食鬼族的使者，奉族中指令，前来请您跟我走一趟。"

我本来坐在沙发上，傻呵呵瞪着人家，此言一出，立马仰天一跤摔到地上，半天爬不起来。

食鬼？食鬼？

从前功课扎实，此时便到用时。记得猎人联盟机密卷宗中有条目，曰：食鬼，传说中的三大邪族之一。以高等级法力物种为食。其他不详。现在居然冒出一只要请我去走一趟？老兄，开玩笑不需要打破我家门吧？

它显然毫无开玩笑的闲情逸致，一边施施然向我走来，一边手里摸出了一根银色绳子，似有灵性般，扭曲弹跳，状甚渴望。

哎呀，这样就想绑我？我又不是你买的生猪，乖乖躺下给你捆。我突然跃起，用尽全身力量一拳向精蓝击出，同时咬破舌尖，以自身精血为饵喷出了所习逃逸术中最高等级的神魂藏顿诀，我的拳风令四周一切物体笔直撞上墙壁，激荡成有形的粉碎。整个世界仿佛猛然昏暗颠倒，充满了我的血污

气味，屏蔽一切生命活动的迹象。我放开嗓子拼命叫快跑快跑啊，辟尘，马上抓住这一瞬间，赶快逃出去啊。顾忌我这个必须仰赖空气存活的可怜人类在，辟尘无法发动任何攻击，他空为半犀长老，可比三岁小孩还不如。

藏顿诀极费能量，刹那间精力便耗尽，我颓然倒下，拳头犹自紧握，软软地以未曾见过的角度垂在我手腕上，如同被顽童废弃的破旧气球。不痛，因为我根本感觉不到自己。而精蓝气定神闲地立在我面前，除了衣服上脏了一块，完好无损。更让我沮丧的是，辟尘这只混蛋半犀人，竟然还傻乎乎地站在电脑前，张大嘴巴，完全没搞清楚状况。我心里一酸，干脆哭了起来。

我说过，爱这个东西，在我生命之中，扮演了过于强大的角色。我总是被它支配，所以不能像其他修炼者一样，一心一意地通过猎捕、搏杀、鲜血和噩梦来完善自己。我始终执著于我不应该有的、对万物的多情。

精蓝似乎对我很好奇，尤其是我流出的眼泪，它走过来，沾起一滴这冰凉的液体，伸出舌头尝了尝，并得出结论说："咸的。"它提醒我："据说人类中的优秀品种不应该流泪，这是软弱的表现。"我哽咽着破口大骂："他妈的，我要是优秀品种还用得着站在这里？"我很不忿："我早跑了。"

这小子没有幽默感，但手脚利索，三下五除二，把我绑得如同一个粽子，往背上一甩，这就打包带走。我没工夫赞叹该打包手法实在简洁有效，因为恐惧业已从头到脚蔓延，如一桶冰凉的水倒进后背。最该死的是辟尘竟然还没反应过来，仍然矗在那里。幸好精蓝对他毫无兴趣，把我掮了掮，转身走了出去。

这个世界上什么发明最伟大？普通人一定是说电视机。

问我呢，我就一定说是自行车。虽然这个答案被无数人唾弃过，最严重的一次，我的师兄听完之后扑上来打我。但是自行车是多么伟大的东西啊，它结合了机械的基本精髓，平衡人类的体能和运动神经反射速度，出入于市井凡俗的使用功能与匪夷所思的技巧炫耀之间，简直就是大巧若拙，重剑无锋的杰出代表。

所以当我露出两只小眼睛，被精蓝倒悬到外面，上了一辆自行车的时候，我简直忘记自己哭出来的鼻涕眼泪还糊在脸上，一门心思想跟它切磋切磋起来。那是一辆 HIT STORM，在自行车竞速界的地位相当于汽车界的法拉利，鲜艳的亮黄色，如果后座横坐一个穿超短热裤、双腿修长的辣妹，想当然可以洗爆无数路人的眼睛。可惜现在是我，一个包装精美的粽子，恐怕吸引力就要略输一筹了。不过俗话说得好：人生处处有笑话，被人绑架时也不例外。只见精蓝上车的时候一偏腿，我横卧后座，不巧看到了这位一表人才，或者一表妖才的仁兄，风衣下居然穿了一条四角内裤！我说，没有钱你可以去劫富济贫嘛！要不要这么寒酸啊？！

它仿佛听到我心里喃喃念叨的声音，转头瞪我一眼，刚好看到我脸上露出的笑容，面面相觑良久，它极度迷惑地问我："你刚才哭得那么厉害，把我衣服都打湿了，可现在你又笑，人类都这么感情用事的吗？"

这个问题听起来真是耳熟。意气用事放走食金兽的那一次，我的老板梦里纱也这样恨铁不成钢地看着我，一面发脾气把文件丢得到处都是。他那张怪不好看的脸逼到离我三公分那么"远"的地方，问了我一个差不多的问题。另外他还问："难道你不知道代价有多大吗？"

代价？我停职，拍档调去守门。最惨的时候衣食无着，要跑到三流制片厂去当替身演员，从十二楼跳下来，当然我摔

不死，所以那些十八流动作导演让我跳的楼越来越高，工资却一分钱不涨。但是都值得，那只食金兽如果被捕，所遭受的命运将如同饲养来取胆的熊，强迫饱食黄金矿物，而后被剖开腹部，夺取其中自然形成的精纯块状黄金。养好伤口后，再进行下一轮的残酷轮回。当时它低首伏地，眼泪掉下，砸在矿脉上叮叮作响。惨不忍睹啊，于是我的心肌梗塞及时发作，倒地装死，山狗则忙于大喊大叫救命，就此让它跑掉。委托猎人联盟寻找它的客户跳得离地八尺，大发雷霆，骂得梦里纱脑壳都方了。

我怎么回答梦里纱的已经忘记了，大概只是像一只落水狗那样垂头丧气，然后猥琐地被扫地出门吧。所以这次我也没有吭声，只是反问一句："你准备带我上哪啊？"

精蓝穿着那条可笑的四角短裤奋力骑车，不再理会我。

敌人形象由优雅一转为滑稽，我就几乎忘记自己的处境，乐不可支起来。但是三十分钟后，我们到达人迹稀少的郊外，我赫然发现自己脱离地面，迅速向空中上升，一直到达四千米的高度。车头高高跃起，如一艘长得很像自行车的火箭一样破空前进。我忍不住大叫："干什么，干什么，我要摔下去了。"精蓝不耐烦地看我一眼，大约嫌我啰嗦，一拳把我打昏。最后的意识消失前，我记得自己很大声地骂了一句三字经，表示输人不输阵。

顶着头上硕大一个包，我在好莱坞贝佛利山庄附近的树林中醒来。凌晨冥色中，我之所以那么确定自己身在何处，不是因为我英明神武，明鉴万里，而是因为昏昏沉沉一爬起来，我就看到远处一栋风格大气、占地数千英亩的豪宅。那是好莱坞巨星布莱德·皮特和珍妮佛·安妮斯顿的著名居所，据说由某业已退隐江湖的建筑设计大师亲自操刀而成。若干年前我迷上了美国电影，尤其对《燃情岁月》、《搏击俱乐部》中的主人公心向往之，曾经一度自发跑到这里来当狗仔队，数次看到皮特穿一条短裤在庭院里跷着二郎腿，引吭高歌，老实说唱得不怎么样，但不妨碍我拿出联盟配备的高清晰接收耳机充分过了一下追星的瘾头。

来不及缅怀完我曾经的美好生活，精蓝的脸便出现在我视线里，一阵寒噤打过，我遍身都是鸡皮疙瘩。恐惧重来，虽然理智告诉我，精蓝不远万里把我弄到这里来，可不是为了给我找个风水宝地入葬，但是人类愚蠢的担忧令我双腿仍然发软。

"不要颤抖，我不会杀你的。虽然我也不知道，父亲为什么要搜遍一百三十七个国家两万多个姓朱的人，一定要完好无损地找到你。"

精蓝提起我慢慢向那栋大房子走去，我用一种相当困难的方式仰头看它，形象如同一只马上要上炉子的烤鸭。"一百三十七个国家？两万个姓朱的人？找我？"我干号起来，"你一定找错人啦！找错人啦，我冤枉啊！"不过在拳头下来之前，我还是识相地闭上了嘴。想起辟尘说的一句话："猪哥，你的个性一言以蔽之，乃是犯贱。"

辟尘的名字在我心里引发一阵哀伤，精蓝仿佛有所直觉，立刻垂头看我。一边已经靠近了我的偶像住所，视一切保安措施如无物，信步走了进去。真稀奇，莫非是这对明星夫妇有钱过头，找了精蓝来当保镖，而后到全世界找些名目胡闹？不过马上我就知道自己错了，因为它没有进屋子，从大门后朝右转，紧接着我胸口一闷，跨入了一个异次元空间门，不适感立刻憋住了心口，晕车似的。唉，光行在就好了。

有个声音忽然响起在我的耳边："朱先生，你真的是个感情丰富的人，当应该为自己生命担忧的时候，你却先想起他人。"

破魂劫·第一章 POHUNJIE

15

我惊跳起来，这个时候我才发现我被松绑了，精蓝站到了远远的地方。环顾四周，我来到了一个奇怪的大厅里，像哥特式教堂一样高而狭窄的屋顶，纵深数十米的面积，墙壁和地板都是漆黑的，四个角落里人头虫身的萤婴聚合而成硕大的灯球，荧荧生光，将满屋幽幽照亮，排列在大厅两头有许多森然雕像，也是黑黝黝的，看得不是太清楚，但应该是半人半兽的神物，目眦牙咧，诡异地远望我。但这一切都没有把我的眼光吸引住，因为在那些雕像的中间，站着一个男人。

长得和精蓝很像，但是年纪大了，黑色长衣，鬓角有星星白发。眼睛，眼睛深不可测，看不出情绪端倪，是正常的黑色，皮肤保养很好，却不可避免地有人类的软弱皱纹。倘若他没有站在这里，那么他看上去不过是个普通的、年轻时候很英俊现在却开始老去的男人。

他对精蓝说："你先出去。"后者恭敬地屈身，答道："是，父亲。"

父亲？我忍不住去掏掏自己的耳朵——我别是被空间波动搞坏了听觉吧？

他注意到了我的举动，唇角露出一丝笑意："朱先生，你好吗？"

我稳定了一下自己的身体，慢慢站起来，向他苦笑："你抓我干什么？"

大人物就是大人物，从来不直接回答问题，还要把球抛回给我。

"你是猎人中的佼佼者，是不是知道有三大邪族，是人类的力量完全无法抗衡的？"

我点头。不错，食鬼、破魂、吸血，三大邪族。在人与非人的世界名头都如雷贯耳。其中吸血鬼最为高调嚣张，出入人类世界几千年，以人为食物供应的源头，引发人类旷日持久的防御战，更涌现出无数以消灭吸血鬼为目的的战斗天才，在全球范围内追杀吸血鬼。不过人类伤亡惨重之余，成绩并不显著。而食鬼与破魂相对而言，更为神秘，连情报工作号称天下第一的猎人联盟，也不过掌握极稀少的资料，老实说，其实就是知道它们有一对感觉特别冰冷而呈现奇特颜色的眼睛，其他的都蒙查查——一度我怀疑它们和七龙珠是一个级别的东西，不过拿来骗我们居安思危。

所以我加了一句："是不是真的有啊？"

他的语气不容置疑："当然。"

"食鬼和破魂是一个宗族的两支，它们最大的区别，是对生存环境的要求不同，并且赖以为生的来源也迥异。简单地说，食鬼吸取的是万物暴死时急剧爆发的生命精华，所以全族居无定所，足迹遍布世界，寻找并杀戮生命能量强大的生物。而破魂则偏好细水长流的能量吸收方式，所以同样搜寻高能量生物，却总是下手破坏对方精神控制中枢，而后加以圈养，达到源源不断生取能量的目的。"

我听得心惊胆战，顿时破口大骂："有没有搞错，把我们当电池。"

像我这样又爱吃，又爱玩，没事发呆，还有点好色的人，一旦被关起来当成人体发电机，不知道是什么模样。

我脑子里浮现出来一节巨大的劲量电池，不过长着一张我的脸。老天，不如一记掌心雷打死我吧，省得我将来下地狱阎王问我："你一生有何建树？"我答："我经久耐用，价廉物美，储藏方便，防震防潮。"如果我死去多时的老爸在一边旁听，一定上前给我两记黯然销魂掌，让我直接死第二次，免得辱及先人。

他仿佛知道我思潮起伏，停下叙述，等我稍微平静一点，便很好心地告诉我："你不用担心，这两族的数量都非常稀少，

所以一向挑食，如果没有什么意外的话，他们应该不会跟你过不去的。"

听听，这是什么话：说我想当电池人家还不要。郁闷吧。我只好为自己学艺不精干笑几声。

笑声还回响在空荡荡的大厅里，四角的萤婴猛然间嗡地飞散，布在空中，如鬼眼般闪烁。紧接着我听到精蓝平静的声音："父亲，纽约地区有异常的大幅度空间波动。我们已经出动调查。"

死寂。我忽然有一种不祥的预感。

两分钟后它再度进来："父亲，有一只高级别的半犀人在曼哈顿中心地区搅动空气，形成非常强烈的干飓风，切断了中心电路，导致全城大停电。美洲猎人联盟的人正往肇事中心赶去。"

我跳了八尺高："辟尘！"

"辟尘"两个字一喊，我全身的血都烧起来了。凭借对声音的追踪，我锁定了精蓝站立的方向，应该也就是门的方向，如果我可以击倒它，赢得即使只是十秒的时间，我就有机会利用神魂藏顿诀逃出这个异次元空间——事实上这应该是防护比较薄弱的半次元空间，否则里面不会感知到纽约市的空间情况。一念初生，我已经欺身直上，因为右手已断，我改肘为拳，斜身直劈意念中精蓝的左肩位置，极速的去势撕裂空气，发出咝咝的声音，瞬间已经到达精蓝身前。它肩膀中击下卸的模样已经在脑子里定型了，我整个人却忽然一窒，如同被一条强力的钢丝套住腰部，我被折成一只死虾子的姿势，硬是定格在了空中。后面有一只手，轻轻地捏住了我那条冒牌的爱马士皮带扣。几乎同时，另一道拳风已经无声无息地欺到了我眼前，冰冷，仿佛带着有形的万条钢针，凶狠锐利——等待着一声清脆的裂响，我就脑袋开花。

一大群萤婴聚拢来。

如同黑客帝国里一幕戏——我悬在空中，眼前的精蓝一脑门官司。而黑衣人站在我们中间，一只手抓住我，另一只手挡在精蓝挥出的拳头前，正静静看着我。

他问："你要做什么？"

我晓得自己此时活脱是一只死狗，喊口号也白搭，所以索性不答话。

他很好奇地看着我："你知道吗？你刚刚那一击的力量，虽然还不足够伤害精蓝，不过如果在昨天晚上就施展出来，至少可以逃出那个房间，告诉我，为什么你不那么做？"

我非常烦恼地伸手解开自己衬衣的第二颗扣子，反问他："你又可不可以告诉我，你要找我这个倒霉蛋干什么？"

这个问题问了两次，他终于回答了我："我要你帮我找一个人。"

本来我只是四肢下垂的，他一说出这句话，我简直全部内脏都要下垂了——为了搜我，走了一百三十七个国家，查了两万多个姓朱的，然后，就是为了让我去找一个人？就好像是说一只老虎，花了老大的工夫爬山越林，辛苦得要命，就是为了找到一只狼去抓兔子——老大，你自己抓会死吗？

第二章

POHUNJIE

八点过八分，从纽约直飞广州的班机降落在白云机场。我提着一只硕大的皮箱缓缓走出大厅，暴露在南中国地区灼热潮湿的空气之中。身边的辟尘非常不满地嘀咕："烂地方，湿度百分之百，悬垂颗粒比例这么大，污染超出绝对安全标准。什么地方不好住，跑到这里来发神经。"

我白他一眼，第 N 次把他头上的低沿帽戴好，否则天晓得会有多高的回头率——大家会诧异地说："哎呀，这个人的鼻子和耳朵长得好像一只猪啊。"然后这只猪就会上去跟人理论说："喂，我是一只犀牛耶。"

上了出租车，一路驶去广州的中心地区天河北，全市最高也最昂贵的建筑物历历在望，那是中信，我口袋里有一把小小的黄铜钥匙，可以开启中信公寓中的某一道门。在这里，我要住上一段时间，直到找到我要找的人为止——事实上，是要找到江左司徒要找的人为止。

"江左司徒是谁？"辟尘还是很不爽，骂骂咧咧地一边四处看，一边问我。想了想，觉得与其花工夫跟他解释来龙去脉，不如自己认衰，因此我只是简洁地说："一个人。"

正是早上上班高峰期，我们的出租车被堵在天河北了，汽车尾气在四周喷发。有一辆大红的法拉利就在我们左近，跟着前面一辆风尘仆仆的奇瑞QQ亦步亦趋，每每是刚发动，便发出其特有的极具爆发力的轰鸣声，仿佛面前有无限道路万里江山给它驰骋，而后不到十秒又呜呼一声停下来。此情此景，令我想起有一次在全球总部开猎人精英动员会，我那天黄豆吃多了，屁如潮涌，又不敢尽兴，就是这个德行。

房子不错，进门正对一堵墙，全部镂成玻璃，可以看到天河地区的全景。电器齐全，装修到位，厨房冰箱里甚至还放满了各种食物和饮料。不过我一屁股坐下，第一个念头是想回家。我那个小小的家，四处扔满了垫子，空气清新纯净，有一张硕大无比的床，我在上面可以一整天不下地，辟尘会把饭给我扔过来，面包与果酱瓶齐飞，曲奇与巧克力一色——烤过头了。有一次狄南美在，见状抓狂，也扑上来跟我抢食，这只狐狸精当时穿着膝盖上十英寸的超短裙，完全不顾做女人应该有的风度，张牙舞爪穷凶极恶，结果我慧眼如炬，看到了她屁股中间有一条小尾巴！

正想得入神，辟尘过来兜头给了我一巴掌："发什么呆，这个月生活费呢？"哎呀，他倒是安之若素，宾至如归，好像忘记了不久前我在曼哈顿世贸大厦原址的建筑工地上找到他时，他那副失魂落魄的衰样。我喊了半天才有反应，看到我后一把鼻涕一把泪地说："猪哥，你这么快就还魂啊，狄南美还说要等头七。"

为了从美洲猎人手里救回他，我这次乐子可找大了，江左司徒说了，我要找的人是个女的，现在广州。当时我紧紧盯住他的嘴巴，等了两分钟仍无下文，十分纳闷："还有呢？"他十分干脆："没有了。"

我四处看："没有了？"

他也跟着我看："怎么了？"

我大叫："资料包呢，设备包呢？就这两句话要找到一个人？你当我是全球定位卫星吗？"

江左司徒耸耸肩，表情很无辜："就这样了。"

我摇头摇得像得了失心疯一样："我不去。"

可惜敌不过他气定神闲："不去罢了，你我都知道，勉强别人做的事情，最后的结果都不会太好。不过，你的那只小犀牛现在正在纽约市中心抓狂，半个小时之内，不是美洲猎人把它抓住，就是他发动真空攻击把整个纽约变成无人地带。戏怎么演，全看你了。"

看我的结果就是，今天早上十点钟，我坐在中国广州一个燠热的房间里，一边长吁短叹，一边从各个口袋里往外掏零钱，交给辟尘去买菜。

晚上，吃过了辟尘做的醋熘小白菜和广东香肠，我们坐在一起商议谋生大计。窗外华灯万丈，亮如白昼。辟尘巡视了一圈食物储存量，把剩下的零钱数了七八次以后，郑重发出艾的美敦书，曰："你要是不马上去赚钱的话，我们还可以顶五天，五天后处于半饥饿状态，以你我的体魄，还可以挺十五天，然后我把你吃掉，又可以顶五天，五天后再发生什么事情，就只有天知道了。"这后娘嘴脸着实可恶，不过我也必须承认他所言不虚。考虑到任何力量都不会比贫穷和饥饿更可怕，我有充分理由相信，在江左司徒叫我干的事情干完之前，我一定已经成为相当资深的舞男了。

辟尘听到这句话，小眼睛一亮，居然马上伸手过来数我的腹肌，且发出感慨："猪哥，不如你明天早上起来跑步吧，我看你肚子有点松了。"我一口气没有转过来，几乎当场倒地。

他还不肯罢休，在一边掰手指列举我可以干的营生，统统上不了台面，包括：

卖血。

——理由是我经常受伤流血，有时候一次损失一千毫升，既然这样都不会死，那不如直接拿去换钱。

保安。

——人类里面能跟我打架打赢的应该比较少。

野模。

——我身高一米七八，稍微矮了点，不过它说我比例不错，虽然上不了巴黎时装发布台，在广州哪个草台班子混混应该是凑合的。

酒吧鸭。

……

听到这最后三个字我实在忍无可忍，跳起来就跟他大打出手，并且呼口号："饿死事小，失节事大。"他绕着屋子一边跑一边劝我："猪哥，面对现实吧，你愿意干，人家还不见得要你呢。"

正打得热闹，一阵突如其来的砸门声传来，我和辟尘定在原地，面面相觑，再凝神静听，确实是从我们大门口传来的，而且几乎可以肯定是有人对我家的门施展大力金刚腿。想想我才来广州半天，谁会来找？

怀着十分忐忑的心情，我开了条小门缝，看了一眼就赶紧叫辟尘："快，把吃的全藏起来，是狄南美。"

结果人家抢白我："狄什么美，神经病！"

这个"人家"就站在我门外，足有一米七高，金色热裤，黑色背心，两条长腿哇哇哇，足以令所有非玻璃的雄性动物流下口水，假睫毛，尖尖脸，唇红齿白，只是扑的粉太厚了，不停地往地上掉，不长工夫，已经白花花一片，手里还提瓶大樽威士忌，活生生就是狄南美在交友网站上那张照片的真人版。难怪我第一眼还看错了。

看到靓女，我的死狗德行即刻出笼，点头哈腰："您好，有什么事情吗？"

她恶狠狠地瞪着我："警告你，不要三更半夜唱卡拉OK，小心我砸烂你的狗头！"

我嘴巴张成 O 形，指着自己鼻子没话说：三更半夜？卡拉 OK？我？你妈贵姓？

小姑娘撂下这句狠话之后，扬长而去，一边走还一边豪爽地扬头大口喝酒，剩下我在这里发呆。辟尘面无表情地拿块墩布过来拖地，发表评论道："疯子。"

有辟尘在，人居质量总会得到立竿见影的改观。当他终于完成了大扫除，跑去睡觉之后，天河北的路上，车辆也渐渐稀少了。

床铺和枕头都很舒服，我仍然始终无法入睡。原因之一我是有点饿了，香肠不大顶用，这也不是什么新鲜事，以前饿的时候我不是睡得更快吗。

胡思乱想中，江左司徒的面容越来越清晰地印在我的脑子里。身为人类，他拥有的力量却几乎深不可测。精蓝对我脸上挥出的那一拳，放眼整个地球猎人联盟，接得下来的人都屈指可数，但对他而言，却只需要随随便便一挡。能够独自统领整个非人世界最危险的族类，我实在想不出还有什么事情是他做不到的，更想不出有什么事情需要我来帮手，虽然不用想，这里现成有一件：帮他找一个女人回去。难道我蜗居两年在家后，江湖上对我的风评改了？从独行好猎手换成了电车之狼？虽说停职后穷得要死，我还是坚持了自己的伟大操守，从来没有涉足过色情业啊。

换个角度想，这个女人又是何方神圣，为什么不可以出动精蓝使用"粽子包裹绑架法"，拿自行车拉回去，搞定收工？江左司徒还要啰啰嗦嗦地交代："一定要好好的，好好的，把她带回我这里来。"

我考四星猎人升级考的时候，最后一道实战题是这样的：一天内，在死海中找到最有用的一样东西带回来，并阐述为什么。读完这句话，宣布解散，开始计时，当时一起考的山狗听完题目后发了半个小时的呆，弃权，掉头走了。他说这种混蛋程度高到不可思议的题，会考的人脑子里一定进了水。

虽然他最后那句话影射嫌疑极大，因为考到最后一道题的只有我和他而已。我还是厚着脸皮装作没有听见，出发去了死海，随便抓了一个正在淹不死人的海水里载沉载浮、乐不可支的游客回了总部，考官问我何解，我说死海中最有用的东西是人。因为是人在开发它也破坏它，享受它也摧毁它，爱它也恨它，没有人，死海在这个世界上存在的意义就不能凸现出来，更不能成为人类与自然关系的杰出案例盛行于世。

这段相当于意识流小说中人物独白的答辩居然过关，我至今百思不得其解。事实上我也是从那个游客拿的一本狗屁旅游杂志里临时瞄一眼瞄来的。每一个字我都认识，但加起来到底想说点啥，我一头雾水。当时我想的是，既然我一头雾水，想来考官们保持头发干爽的机会也不大，不如铤而走险，看能不能蒙混过关。

现在江左司徒给我的题目，和之前那个堪称双璧，都是莫须有，无厘头，二百五。区别在于对理事长我可以混，在江左司徒面前就混不成了。

愁肠百结啊，我长叹一口气，转个身把自己埋进被子里，顺便打消了起床去吃两块饼干的念头。图一时之快，举手之劳，明天早上被辟尘打出一头包，情形未免就有点凄惨：昂藏七尺男儿，因为偷家里两块饼干而被毒打！老天这是给我了什么人生啊。

当当当，当当当。

踢门声。

我本能地去看表，凌晨三点四十七分。难道这两天我受惊过度，开始有点幻听？

当当当，当当当。

真的是踢门声。

一头冲出去，又是适才打过照面的人版狄南美，对我怒目

而视："你，混蛋，声音那么大，吵死我！"

脸红红的，呼吸很急促，眼神迷离，带着浓重的酒精味道。

说完这几句话，一头倒了下来，当啷一声就砸到我的门上。

有句话形容一个人走霉运叫做喝凉水都塞牙。但从我眼下的程度看，有牙可塞已经应该大呼走运，就怕低头一看，满地白花花的，我连智齿都保不住了。

一面自怨自艾，一面还是压抑不了我鸡婆的天性，开门把这位大小姐拖了进来。拿下那瓶酒，看看她，活脱脱飞女一个，衣服却是真正的GUCCI，价钱够我不停嘴吃一年饼干了。在总部服役的时候，别人上"猎人操守讲座"，我就溜出去逛街，经常在隔壁的GUCCI店里一呆一两个小时，堪称没吃过猪肉，却见过好多猪到处跑。

一旦把她的衣服和饼干挂起了钩，我的胃就越级上诉，向大脑中枢发出了强烈的预警信号，翻译成人类语言，大概是"要饿死了，再不吃东西我要造反了"之类的吧——不知道什么时候开始，它扮演起陈胜吴广的角色来了。既然江山飘摇，火烧眉毛，那我看也不要顾虑明天怎么死了，径自到厨房拿出冰箱里的一桶巧克力饼干，一次往嘴里塞了五块，正吃得高兴，身边的人版狄南美忽然转了个身，低声哭了起来。

喝多了做噩梦吧。我噙着满嘴的饼干，跑去厨房绞了一把湿手帕，一边给她擦脸一边念念有词："莫哭莫哭。" 她大概感觉到了，伸手一把抓住我的衣襟，怕冷似的靠过来，哼哼唧唧也听不清说什么，我一动没敢动，直到她眼泪慢慢少了，嘴角露出微笑，我才靠着沙发坐下，吃饱了，仓廪实而打瞌睡，一会儿就睡着了。

虽然已经做好了不吃饱，毋宁死的高度思想准备，第二天早上我被辟尘的惨叫声弄醒的时候，还是被吓得不轻。那个女人已经不在了，饼干桶倒是还被牢牢抱在我怀里，从上面的牙印判断，我一定是做梦的时候还在吃饼干，而且还不慎咬到了金属开口。

在辟尘开始数落我以前，我拿起外套夺门而逃，心中涌起无限悲愤，要是被老婆赶出家门倒还算了，现在被一只混蛋犀牛！天杀的，我怎么当时就那么心软，没有把他卖到里约热内卢去抽油烟呢。

广州的大街上，阳光灿烂，我吹着口哨到处乱走，盘算着要到哪里找一份工作干干。给江左找人反正是没头脑的事，饿死就不大划得来。

所谓天无绝人之路，果然是无上真理。到达广州二十四小时后，我居然真的找到了工作。那时候我正路经蓬查查迪吧门口，看到一个男人满头是血地冲出来，后面跟了两个大块头黑人，抄着酒瓶喊打喊杀。哎呀，这一来我义愤之心就动了，要讲点江湖规矩嘛，怎么可以两个打一个，所以在他们追过我身边的时候，我一手提起两个，丢到五米开外的街上去了。

拍拍手正要走，有人上来拉拉我的衣服说："这位兄弟，要不要来做保安？"

当天晚上我就在蓬查查迪吧上班，职位守门。事实上人家相当看得起我，真的问过我要不要当舞男，可惜我空有一身手艺，就是没学过怎么跳"TABLE DANCE"，只好饮恨去看场子。这里非常之旺，过了十一点之后，人流如潮，尖叫狂笑交替起伏。看来看去，我渐渐发现人群中出现了一些非人。那个挽着一个高挑美女刚刚走过我身边的猥琐男子，其实是一只缩地虫，它擅长偷盗，能够长时间不饮不食静伏不动，等待最佳的下手时机。一旦动手，动作极快，如果没有成功，就

永远不会再回到那个地方去。它也感觉到了我的存在，走进门的一瞬间飞快看了我一眼，我估计一秒钟后，那个女人就会到处找人了。而在我身前两三米处，正在街边烧烤摊边等烧烤的那个年轻女人，眼睛颜色正不断发生变化，软红，流绿，乌蓝，麻金。我不由得大奇，参努！以影子为食，偶尔吃从不同空间里掉下来的异种生物，是光行的天敌，对空间的变化极为敏感。它不应该在人间出现的，软弱的人类如果影子被吃掉，很快就会因为精力离奇衰竭而死亡。我顾不得继续守门，走上前去盯住它。参努若无其事地吃一串羊肉，对我微微一笑，神情很妩媚，一旋身，走过去了，跟我擦肩而过的时候听到它轻轻说："莫紧张，我出来散心而已，林子里好闷。"

要是参努能够爱上吃羊肉串，光行一定高兴得要发疯。

这些非人都是来消遣的，不用去管它们，不过当一个戴着低檐渔夫帽的男人和一个穿着紫色紧身裙的高个子女人挽着手擦过我身边的时候，空气中蓦然多出了一种暴戾的味道。

这感觉不是空穴来风，因为没过太久，场子里传出一声尖叫，分贝数居然压过了舞曲。群众哗然声中，我抢入内门，正遇到一个穿黑色透明衬衣的男子抱着头，踉踉跄跄撞出来，手指间鲜血奔涌。我一把扯住他，掰开手指，我敏锐的眼睛看到平常人类根本无法识别出的极细微针状伤口，找到出血点以实劲贯穿止血，他已经神志模糊，眼睛直瞪瞪地看着我，脸色惨白。我叹了口气，把他丢进一辆出租车，吩咐司机送往最近的医院。这小子说来运气好，遇到一个守门的小弟是前猎人，而且五科里面治疗修复分数最高，否则当场就挂了。

这么蹊跷的伤口，我当然不能袖手旁观，于是去看个究竟。大家已经把那一个小小的震惊淡忘，继续热火朝天。我警惕着刚刚走进舞池，脖子上就一凉，我呼地跳转身，刚要奋起神威打击偷袭，却看到领班臭着一张怨天尤人的脸对我咆哮："去干活，我给你工资来跳舞吗？"

　　他押着我穿过舞池回到门口，一边揩舞池中辣妹们的油一边谆谆告诫我，当保安要讲究分寸，该出手时才出手，普通折辱，还是要咬牙死撑，不然饭碗难保。我心想就我白天丢人出去的力气来说，简直已经是"温良恭俭让"的实战版本了，再温柔一点，岂不是要我挥刀自宫。

　　这位领班也是一绝，明明看到他从左边通道走掉了，我想溜到右边去看跳舞女郎，心动脚没动，他已经当头给我一栗凿，警告我专心工作。如此神出鬼没，我佩服得五体投地。不过上厕所也跟踪就有点过分吧。刚拉好裤子他就一头撞进来了，我嚷嚷："你搞错没有啊，尿尿都不行啊？"结果他声音比我还大："有人砸场子，快去看看。"

　　砸场子？有意思。跳出去一瞧，果然音乐已经停了，黑压压一场人围成圈，却半点声音都没有。

　　我挤进去看，中间横七竖八躺了一二十个精壮汉子，都在哼哼唧唧，基本都是我的保安同僚。另外站着的，就是刚刚我在门口想跟踪的那两个男女，男人渔夫帽抬高了一点，眼睛藏在帽檐下面，非常明亮，有如寒星，嘴角两边分别有四道黑线，细细的，斜斜向脖子下延伸过去，皮肤颜色是一种奇特的死灰。女人脸孔艳丽，但是嘴角也同样有四道黑线。唉呀，这是八神草蛛暴和紫罗啊，他们来这里做什么？

　　它们两个看到我冲过去，脸色一变，发一声喊，双双跃起抓住吊顶的枝形灯，身子在空中一荡，荡过人群头顶，再一晃，已经不见踪影。我顾不得照顾群众情绪，踏足飞跃而出，立刻追了上去。

　　已过凌晨，风很大，除了出租车队伍以外，街上人迹稀少，我尽力捕捉它们的味道，折身往迪吧东边的一条小巷子追去。一进巷子，一阵疾风向我撞过来，我一侧身，抓住了紫罗的两边肩膀，手心高热，那里的"骨骼"即刻熔化——是本身软

体的紫罗蛛制造出来的蜡质支撑物。紫罗刚倒地，暴蛛已经自后扑上来，我倒地避开它的爪子，腰部用力，双腿向后飞蹬，中！它身体极软，顺着我的腿势折过去，并未受伤，旋即又上。我双手一撑，身子离地而起，在空中倒翻了一个筋斗，结结实实正面给了它一耳光。它立刻退后不动了。

面不红气不喘，嗯，宝刀还是不老的！我干脆地踏住紫罗，问暴："你们干吗跑这里来打人？"

不答。

不答就不答吧，紫罗扭来扭去的，居然把嘴巴从后背绕过来一口咬住了我的脚，疼得我鬼叫一声。暴呢，直挺挺发呆半天后就哇的一声吐了起来，如果我没有记错的话，八神草蛛的脑袋护壁非常之薄，很容易就脑震荡。真不知道他们跑迪吧来干什么，我站在门口都三分钟脑震荡一次。

多问两句，没人理我。我耸耸肩，算了，八神草蛛虽然很暴躁，但并不毒辣，今天晚上多半是给人惹急了。我走了算了。

刚说要走，巷子口传来一阵急促的脚步声，我警惕地回头望去，当时就吓了一跳——我居然看到了昨晚跑来我们家制造冤假错案的那个人版狄南美！她穿得比昨天还要暴露，鞋跟足有七寸高，气喘吁吁地过来一把拉住我问："你，你没，你没事吧？"

我莫名其妙地摇摇头。她弯腰抽了一阵风，终于缓过气来了，直身擦把汗："我在吧里跳舞呢，看见，看见你追他们出来，怕你有事。"

这么知恩图报，我未免有点感动，何况又是美人，于是胸膛自动自觉挺高若干公分，耀武扬威地说："小意思啦，都打倒了。"

哇，被漂亮妹妹的崇拜眼光注视真是人生一大快事啊，看来我应该在迪吧现场搞定他们的，会不会当场有美女要我签名呢？而且要签在背上，哈哈哈。

正做白日梦呢，一阵尖锐的凄厉叫声穿透我的耳朵，害得我一激灵，定睛看，原来暴吐着吐着，突然咚地倒地，竟然昏倒了。紫罗一路爬过去，抱住老公哭天抢地。

人版南美和我也赶上去看，我推开紫罗，发现暴的胸口渗出血迹，解开它衣服看，在它胸口，八道青色条纹呈辐射状散开，中间蜘蛛心脏所在地裂开一个大洞，那颗小小的心脏暴露在空气中，呈现诡异的灰色，良久才搏动一下，显得极为软弱无力。我抬头问紫罗："它被银子弹打中过吗？"

凌晨三点，我回到了中信公寓，还带上了两只大蜘蛛。暴胸口的伤可以肯定是银子弹造成的，而且子弹仍然留在体内，我必须要用修复箱里的工具才能救它。尽管紫罗给了我两耳光，发表了"宁吃蜘蛛草，不种猎人苗"的伟大言论，不过最终还是屈服于三从四德，乖乖抱上老公跟我走了。即使考虑到我对它脑袋上敲那几下栗凿的力度，它为了另一半生命而冒险的精神还是很值得佩服的，所以我也很自觉地走在前面，免得它不停地把头呈三百六十度旋转观察我，然后整个人就会撞在对面的墙上。人版南美——她名字叫司印——也跟了回来，而且好奇心爆棚，不断问东问西，包括道德方面的："你为什么要救它们啊，又不认识。"还有技术方面的："你会治病？我们还是去医院吧。"以及人性方面的："我好饿啊，你家里有没有东西吃？"

进门才发现今天家里热闹了，我带进来一大批，而辟尘两眼发直地在看动物世界，里面犀牛们正在泥巴里滚来滚去，状甚幸福，我赶紧过去关了电视，第一百零 N 次告诉他："我们买不起海底泥沐浴露，你将就点用香皂吧。"更醒目的是窗户旁边坐了个稀客——正版狄南美穿着布料不可能再节省的比基尼笑眯眯地看着我，看着我鼻血以势不可挡的劲头飙射而出，在地板上喷成一个扇面。我冲进房间找日历，莫非皇历上说，

今日大凶，宜见鬼？

现在我房间里的人口分布格局是这样的：一只犀牛，一只狐狸，两只蜘蛛，两个人。我相信不久的将来我就会变成贱民，以后出入厨房客厅要拿一只碗大声敲，表示让旁人肃静回避，免受污染，要一天工作十七八个小时赚钱供这些土豪们生活，稍有懈怠，它们就会投票决定是否把我吃掉。由于在民主制度下表决程序正义，手续完备，我连死不瞑目的机会都没有……

一念至此，冷汗如雨，我下定决心先发制人，乃摆出户主的威严呼喝："辟尘，去拿我的修复箱来！司印小姐，你去煮点稀饭！紫罗，把你老公抱进卧室去！"喊声一落，大家都起身行动，居然有效，大出我意料——本来做好思想准备，没有人理就算了，劳动人民光荣，勤乃立身之本，自己多做一点也不会马上死。

不过百密一疏，我好像把狄南美忘记了，她款款起身，风情万种地挨近我，在我耳朵边挨挨擦擦："猪哥，你带回来那个小姑娘不错哦，跟我年轻时有几分像。"我没好气，闪电出手，立刻招来她一声惨叫。这声惨叫把辟尘都吓得滚出了房间，四处打量，看到我捏着狄南美隐藏不力的小尾巴奸笑不已。

来不及和南美再理论，辟尘告诉我修复箱准备好了。我跑进房间，仔细检查暴蛛的心脏部位。异物探测仪在它周身慢慢游走，到达腹部中心位置的时候，发出嘟嘟的声音，屏幕上显示是酸性金属物体，呈现子弹形状，事实上那就是一颗子弹，埋在腰部肌肉之下，陷入了经络和蜘蛛软骨的覆盖包围之中。暴蛛只有一条主要血管供氧，而这条血管恰恰被子弹瘤所压迫，难怪会使心脏出现如此无所作为的状态。

探测清楚，我取出锋利的瓷制手术刀——

拿刀干什么？因为我要动个小手术。为什么动手术？因为它身体里有东西要切掉。有什么东西？要拿出来看一下才知道。为什么用瓷制的刀？因为我要坐飞机过安检。为什么坐飞机？因为我是猎人要去出差。为什么你是猎人却要救我们？因为——砰——

以上一段问答来自我和紫罗，最后一声"砰"是我一拳把她打昏过去的声音，这个笨蜘蛛爱夫心切，看我拿出刀来，立刻抱住老公做蛛体掩护，然后开始主持爱心问答三十秒这种没有水准的节目，以我的耐心和它的智力，能够坚持到第六关才动手打人，我已经很佩服自己修身养性之程度如此突飞猛进，实在造诣非凡。

辟尘非常配合地把紫罗拖走，看我已经很自觉地给医患双方装上了呼吸器，他就动手把暴蛛所处的空间变成了完美的真空手术室。

表皮，肌肉层，避开经络，异物出现在我眼前。不出所料，果然是内部筋肉包裹子弹而成的瘤压住了血管，时间不算短了，血管已经有点萎缩。我看清楚它的结构，小心地下手把它切除，血流渐渐恢复正常。它这条命应当是保住了。暴蛛自己也很清楚这一点，所以眼睛一睁开，脸上立刻有欣喜若狂的笑容，一头扑出去找老婆叽叽喳喳，我一个字也听不懂。

有老婆就是好啊就是好，我有点失落，悻悻收拾修复箱走出去，经过厨房的时候发现司印真的在煮稀饭，而且功夫不错，香味很地道。我正在感动之余，两蜘蛛忽然又冲了回来，抓住我扭来扭去的，估计是表示感谢，还不停把我往椅子上面拖。好麻烦，不会要三拜九叩行大礼吧，真要那么隆重，也等我换件衣服啊。

我一厢情愿过了头，辟尘终于忍不住上前管教我："猪哥，紫罗它们有话说。"

它们跟我说的话简而言之就是，暴是被猎人打伤的，那个

猎人名叫保罗，紫罗跟踪过他，他也是住这间公寓。

这间公寓？奇怪了。这是江左司徒指定要我住的地方啊。难道说江左司徒在我之前，还找过另外的猎人来？那个猎人肯定没有完成任务，否则也轮不到我倒霉。那他又上哪里去了呢？

我琢磨得头痛了，抱着脑袋哼哼唧唧。南美这时候跳下窗台，一面在我面前穿着清凉地晃来晃去，存心要我失血过多而死，一面问紫罗："猎人干吗要追你们啊，我记得你们没上他们的追捕榜啊？"

不错，这也是个问题。八神草蛛虽然有幻形能力，却一向不出入人类世界。怎么现在变态到跑进迪吧跟人打架了？暴面无表情地盯着我看："你们的研究机构发现我们的心脏能够大幅度延缓衰老，能卖高价。所以现在有无数猎人来追我们，以前的地方不能住了。"

哈，这倒是符合猎人们的一贯原则。"谁去追上个月在东京犯下十五条命案的吸血鬼？"大家把头一起往左看，好像见到上帝在那发面包。"谁去追印度尼西亚那条失控的疫龙？"这次头都往右，好像地心引力改了道。"谁去抓食金兽？"哗啦一声，所有人拼命挤上去领牌子，一边尖着嗓子对任务管理科的长官歌功颂德，说人家气色好，身体壮，老婆漂亮，儿子聪明，天晓得那是一只阉海东青，生平不近女色，当场就要对大家翻脸。我在这种场合最吃亏，经常被踩在地上当垫子，有一次实在被踩狠了，干脆建了个防护罩睡起觉来，被人叫醒的时候所有同仁都在我三步开外，追踪课教官小田笑容可掬地对我说："我对你自觉自发申请去追捕飞天蛇金的英勇行为表示十分赞赏。"出任务的牌子丢到我面前，他跑去和人家开始商量我被咬死以后该凑多少份子处理我的丧葬仪式，追封五星会不会太过隆重……

对面有戒备之色的蜘蛛们摇摇手，我说："放心，我还年轻，我妈也死了，用不着你们的心脏。"一边说一边烦恼冲天起，我站起来团团乱转，一股浊气上涌，实在忍不住了，一脚踢向墙壁。轰的一声，硬生生把上好木质裙墙踢出一个大洞，土木飞扬，钢筋外露。辟尘"哎呀"一声，立刻跑去拿扫把——往地上丢点垃圾比在它头上拉屎还大件事。可气的是狄南美，阴阳怪气地微笑着，轻轻说，继续踢，继续踢。言下之意大概是反正也不用她付维修费。

我果真又踢了一脚，因为我也想起来，反正也不用我付维修费。这次把墙面整块轰了开来，所有人都听到响动，跑出来看，而且可看之物也确实出现了——

一个男人的尸体端端正正正坐在墙洞中间，之所以说端正，是因为那具尸体确实有本钱端正，尸体非常小，非常小，只有半米开外高。他穿着一件宽大的蓝色长浴衣，沾满灰土，脸上皮肤紧紧绷在骨头上，眼睛深陷，瞳孔却大张，黑漆漆的仿佛在窥探，又仿佛在嘲笑。

我一个急转身拦住从厨房跑出来的司印，强行将她推到门外去。她很吃惊，手里拿着勺子，一边跟跟跄跄往后退，一边问我："怎么了，怎么了？"我迫不得已只好冒出一句："我们要睡觉了，你明天请早。"她虽然莫名其妙，还是赶快把勺子递进来，大声说："有空来玩，我住隔壁的。"

目送她回了家，我关严门，猛回身一个死人头正对着我脸不过三公分，吓得我"哇"的一声，毫不犹豫一掌挥出，连狄南美带那尸体打出两米多。南美在地上滚来滚去捧腹大笑，辟尘就忙着去拿扫把畚箕，把那具尸体扫巴扫巴，要扔进垃圾箱去。

此情此景，令我油然想起从前看的迪斯尼电影《狮子王》里面，刀疤对着一群白痴土狼郁闷地说："看我身边都有些什么人！"

看看，我身边都有一些什么人啊！

我蹲下来仔细看这位尸体兄。光头，骷髅脸，五官牙齿都齐全。

再揭开浴衣，连狄南美都倒吸了一口凉气。他的胸腔被彻底打开了，所有内脏呈现风干的状态，下身齐根断了，双腿在背上背着。整个人缩了两号，短了半截，难怪可以坐在墙洞里。

真是难过。我不喜欢看到死人，我也几乎从不杀生。有时候非要打伤猎物，我都要主动自己挂点彩，以取得一点心理平衡，免得睡不好。

忍着一肚子烦恼，我查看他的肢体受损情况。重手法，下手极为迅速而果决，腿部有藕丝状肌肉条，如果不出我所料，是被人生生从身上拉断的。腹腔开口呈一条直线，骨骼肌肉均匀分开，伤口边缘光滑整齐，应该没有经过任何多余的解剖动作，不能判断是如何做到的。最奇怪的是，他身上没有任何血迹。如果说肢解之前先经过了放血处理，他的上下伤断处的情况又不应该是这样。我一寸一寸看过去，喉头，诸处大动脉，没有孔眼。翻过身来，旁边的紫罗惊叫一声："这是保罗。"

它指点给我看，在尸体的背上，有五个肉眼几乎看不到的小窟窿，是紫罗的手指尖造就的痕迹。我很生气，怪紫罗："他即使要抓你，也不过奉命行事，你不用下这种狠手吧。"紫罗火气比我更大："你混蛋！他是猎人，这种伤口对他来说无足轻重，要是我把他杀了，我不会吃掉他吗？还又切又剁地藏在这里？"

它说得有道理，我就更加茫然。茫然的时候当然要去算算命，眼下这里又摆了个现成的半仙，我抬头去看狄南美，她悠哉游哉地靠在玻璃窗户边，居然端个碗在吃司印烧好的稀饭，真是不服不行。感受到我殷切的目光，她还是埋头猛吃，只随便指指墙壁，喃喃念叨一句："继续踢啊，继续踢啊。"

虽然她向来宣称天机可知不可泄，从不肯帮我算彩票号码，不过偶尔把我家里的全部存粮扫荡干净后于心有愧，也会随便提点我一句今天出门不要走东边，会踩到狗屁屁之类的话，而无论如何，那天我都一定会踩到狗屁屁，足见其先知之明，以及我应变之蠢。

既然她让我继续踢，我就踢好了。两分钟过后，整面墙都已经土崩瓦解，卧室和客厅打通，空间顿时开阔，公寓格局好了很多。不过我相信这个时候没有人注意得到这个，因为在墙洞里，还有另外两具尸体，一样的小而干，一样的大睁双眼，都是男性，穿着不同的衣服。

我真庆幸刚刚把司印推走了，狐狸和蜘蛛们无动于衷地开始拖尸体出来，而辟尘就整装待发，搞清洁大过天。只有我这个倒霉的、感情丰富的人类站在这里，几乎要难受得哭出声来。

验尸完毕，毫不新鲜，三人死状一模一样。我颓然坐在地上和几具干尸面面相觑，大家都无话可说。唯一对我有用的结论是，他们都是猎人。其中一人手指上还戴了猎人三星指环，不知道生前是不是我的同事，说不定还一起喝过年终团拜酒。辟尘知道我不好过，坐在我身边，半天才说："猪哥，别怕，我一定保护你。"我鼻子一酸。南美就比较没心没肺一点，丢了张东西对我说："来，猪哥，看了别难过，东京那只蚯蚓落网了。"

咦，是最新一期的联盟快报啊。我摊开看——"东京地铁大蚯蚓落网，五花大绑送到美国阿肯色去参加人类土地延续计划"、"赤道地区发现新的非人变种'锁冷'，功能是能控制全球变暖的趋势"……怪了，亚洲联盟还在活动？不是被江左司徒洗白了吗？

这期头条，是欧洲联盟和亚洲联盟合作，决定成立欧亚珍

稀非人研究协会，致力于对所捕获的非人进行生物方面的研究。还配发照片，上面梦里纱和杀人狐狸两个大头靠在一起，笑得鸡毛鸭血，不知道的以为他们在现场演绎上阵亲兄弟，我可是亲眼看到过全球大会上梦里纱发表年度报告，杀人狐狸在台下咬牙切齿发出的声音，响得可以把坐在最后排的人从睡梦里吵醒。

都是为了钱吧。第一批列入研究计划的非人，是食金兽和鲁里，鲁里是人形兽，矮小精灵，能够精确地找出贵重矿脉和地下宝藏的方位和蕴藏量，上世纪最轰动的特洛伊城出土案件，就是鲁里的杰作。它们身怀绝技，却有比人类更长更危险的怀孕和哺乳期，子孙繁衍一向非常困难。追捕鲁里并不危险，却可以拿到最高的佣金，一向是我同事们的首选。

这么看来，亚洲联盟毫无异象啊，那我上次回总部，难道是大家集体放假？

我掩上报纸："不行，我要回总部去看看。"

当天晚上，我就买了翌日飞往纽约的机票，不要问我钱从哪里来，我也不知道。反正紫罗和暴两个出去晃了一圈，然后就抱了一袋子钞票回来。联想到中信周围林立的银行，我已经可以想像明天报纸的头条，一多半是"半世纪来最大窃案，无影飞贼昨晚潜入银行金库，洗劫一空"。

为了防止严打，我叮嘱辟尘要好好呆在家里，有人敲门也不要开，万一人家破门而入，你就马上躲起来，所谓留得青山在，不怕没柴烧，留得半犀在，不怕空气糟。我可不想过几天回来，发现自己背了窝藏一级谋杀案犯的弥天大罪。听见我这么啰嗦，狄南美上前推了我一个跟跄："猪哥，你唠叨什么，这两只蜘蛛在广州住了很久了，它们做纺织物外贸中介生意，赚得不少，你咸吃萝卜淡操什么心！"不操心？不操心才怪了。我拉住南美干号:"帮我算算流年啊老狐狸,我这个迷灾要迷到什么时候啊?"南美摸摸我的头,无限同情地说:"说出来不怕吓到你,你呀,还够迷一阵子的。"

第三章

POHUNJIE

飞机降落在纽约国际机场的时候，我还在座位上呼呼大睡，直到一位空姐迫不得已抓住我的脑袋往死里摇。

话说当天上午我决心仰天大笑出门去，我辈不做冤大头，中信那套房反正也不关我的事，就让那几位长夜开眼的木乃伊兄弟驻守好了。辟尘暂时去紫罗和暴家里住一段时间，暴身体大好了，也不用再抱着报复社会的不良想法到处去跟人打架。这个时候我才晓得这小子在人类社会发了达，居然住的是华南碧桂园的顶级别墅，我气急败坏之下，毫不犹豫就跟它借了两百块钱。所以有佛语云：救人一命，胜造七级浮屠。诚不我欺！

这句话还有个例证，是狄南美。她送我出门，期期艾艾半天，终于长叹一声，拍拍我的肩膀："猪哥，这么多年，我吃你的手指饼干吃得着实不少，这一次你大劫当前，哪怕折寿我也要告诉你，你……"

她下一句话没有来得及说出来，被我眼疾手快用脚边的一块砖头封了口。之前她哼哼唧唧对着我叹气我已经知道大事不妙，说不想要她帮我去凶化吉，那是假的。但是我做人最高原则，乃是各安天命，折人家的寿做什么？踩过那么多次知之在先的狗屎后，我应该很有觉悟地摆出自绝POSE，免得跟中国古代那个方孝孺一样，九族不够人家杀，十族也拉上了垫背。

南美"呸呸"吐了一把土渣出来，恼羞成怒了，甩手就走，最后撂下一句话："不管你了，记住别怕。"

直扑第五大街，山狗不知何处去，绿门依旧笑春风，只见一个牛高马大的洋妞面无表情地蠢在堂子里，对我说："有什么可以帮到你的？"

老实说她还真没有什么可以帮到我的，除了挪挪身子让我过去以外，看上去她手臂有我大腿粗，把柜台口一堵住，我怎么过去开空间门啊？

先礼后兵吧，我手舞足蹈开始讲英语——之所以要手舞足蹈，是因为我实在讲得超级烂，只好辅之以身体语言：指鼻子大叫，表明身份也；满面堆欢，示之以好也；合掌鞠躬，有所求也；往柜台里指指点点，我要进去也……谁知枉我大腿踢得比红磨坊的超红康康舞女还高，洋妞死盯着我眼都不眨，仍然重复问一句："有什么可以帮到你吗？"

我心里一愣怔，仔细听了听她的声音，无论多么训练有素，被一个在自己面前蹦来蹦去的家伙骚扰了半天，一个正常的人，或非人，再说起话来，语言是会有微妙变化的。而她没有。

做出这个英明判断以后，我毫不犹豫一拳挥出，她应声倒地。伸手一摸，摸到她脖子和脸部的交接处，果然有一条非常细的痕迹，扣住一撕，五官纷纷剥落，脸下面是个空洞，一无所有。真的是个仿人，而且是非常粗糙的仿人，只做外面，没有做里面。

绿手指门并不是每个人都看得见的，凡是可以进来的，都有两把刷子，所以守门的人，刷子也不可少。以前山狗守住这里，老板们就很放心，因为他的刷子比扫把还大，不太容易被人顺利爆关。现在居然搞出一个那么粗制滥造的仿人

来站堂子，一定出了大问题。

收银机扫描，空间门顺利开启，看来不用看光行跳踢踏舞了。一秒钟过后，我落在大堂里。

熙熙攘攘，往来如潮的人，跟我上次来那派残景凋年的模样天差地别。天花板上的大屏幕工作如常，看不出丝毫损伤，每个办公桌后都有个脑袋埋下去久久不挪一次窝，文件满天乱飞，不时听到整体传音器里传来叫喊声"猎物司档案室开会，三号会议室"，或者"收银台，请查收北海道山口组汇票，金额核对完毕请报告"。不过很奇怪，足足有十分钟，没有任何指令猎人出任务的传呼。我慢慢从办公桌过道走过去，一只速递迷你熊举着两大本档案从我脚下快速通过，拐弯进了走廊。两边的人表情狂热地做着自己的事，没有一个人理会我。

走过去，跟随迷你熊转过走廊，来到猎物司。

第一次走进猎物司的时候，我刚刚从亚马逊实习回来报到。梦里纱大力拍着我的肩膀，表扬我从教官们的小鞋灌顶大法中成功逃生。他问我，对将来有什么打算。我想了半天，说我想做个快乐的人。

我记得他很惊讶，然后说："你不想当五星吗？你不想得到最高的赏金吗？你不想名扬天下，成为猎人中的传奇吗？"

这些梦想算是猎人们对前途的标准描述版本，但凡被长官问到，张口就来，有时候我很怀疑他们到底知不知道自己在说些什么。传奇？传奇那么容易？刚刚抓了两只老鼠天师回来，已经 HIGH 到眼睛变一条缝；抓过四只的，一定会开始写自传，我看过两本，把心都看碎了。

我对梦里纱说，我就是想快乐地生活，其他顺其自然。

虽然我对梦里纱一直评价甚低，偶尔也会用到限制级的三字经在心里对他破口大骂，不过他那一次的反应我还是铭记在心——他沉默了很久，然后郑重地说："那么，我恐怕帮不到你了。"

现在，不知道是第几次我来到这里，来到梦里纱面前。他坐在办公桌后面，正皱着眉头出神，高而瘦，秃头，像刀削出来一样线条分明的五官，鹰钩鼻，一双冷静的深灰色眼睛。开门关门，他都丝毫没注意，直到我对他说："我回来了。"

他的反应很古怪。惊恐。非常非常惊恐。随即一跃而起，跳到椅子后面，本能地摆出了攻击的模样。我发现他的身体在轻轻颤抖。拜托，不用怕成这样吧，我又不吃人。话说回来，即使我吃人，打死我也不吃梦里纱，这样无趣的人，吃了一定会影响我的遗传基因。

"老板，你怎么了？"

梦里纱猛一摇头，再瞪大眼睛看我，上三路，下三路，看得我心里发毛。穷困潦倒的时候去申请当替身演员，人家也这样看过我，然后问我：愿意露几点？气得我当场想动粗。不过后来辟尘安慰我说，这说明我身材还是比较标准的，否则想露还不让露呢。

他颤抖着声音问我："你，你是什么？"

我莫名其妙地看看自己，手脚屁股肚子，摸了摸头，五官数目都对。废话，我是人啊！

他小心翼翼地上前一步，在三米开外围着我转了一圈，念念有词，不知在作什么法，然后非常怀疑地问："你不是食鬼或者破魂？"

我很恼火，奶奶个熊，我要是这两样东西，你还能这么HAPPY围着我乱转？早就被踩在地上，踩了一万脚了。我倒是想啊，可惜天不假人！

看我表情虽然难看，人却还是斯斯文文地站着，没有一头冲过去杀个万劫不复的迹象，他放了心，一下子软在桌子边。哇，夸张，满头汗！看来老头子受过惊吓，后遗症不浅。

毕竟心软，我过去扶了他一把，坐在位子上，倒了一大杯

水给他。梦里纱喝光了那一缸水，还在那里自言自语："吓死我了，吓死我了……"

我终于忍不住当头给了他一下："老板，你惊风啊，到底怎么了？"

果然暴力比较有用，他当即说起话来："朱，整个猎人联盟都在传说你被食鬼和破魂抓去了，想不到你可以回来。"

看他好像要来拥抱我，我赶紧躲开，说："我是被抓了，不过我又跑了。"

这只老狐狸似乎颇有怀疑，一时三刻又不知道怀疑什么，当然他可以说，就凭你那德行，还能从食鬼手里跑出来？恐怕被从屁屁里拉出来把握还大一点吧。

他终于完全镇定下来，不过脸色阴晴不定，过了半天，仿佛下了什么很大的决心，对我说："朱，不瞒你说，你已经是第四个传说被食鬼和破魂抓去的猎人了，前三个完全没有任何消息回来，我们出动了全球、甚至火星上的顶级猎人搜寻，都毫无结果。告诉我，你遇到了什么？"

第四个？我脑子里一响，立刻浮现出中信公寓里那三位木乃伊猎人的尊容，失声问："是不是有一个叫保罗？"

梦里纱唰的一声又跳起来："保罗！你见过他吗？"

我苦笑着点点头，如果那样也算见过，我确实见过。

在我的坚持下，梦里纱打开了猎人的全球共享档案文库，让我翻看那几个失踪猎人的卷宗：

保罗，男性，北美猎人，现年二十七岁，身高六英尺，照片上是一张非常英俊的脸。善于追踪，级别二星，一年前失踪。

阿华大，亚洲资深猎人，三星，四十岁，身高五英尺七英寸，长相也很好看，有一对桃花秋水眼。追踪成就最高，曾经单独追踪最多疑敏感的飞天蜥三千多里，滴水不漏。应该就是手指上有戒指的那个。两年前失踪。

朗蓝，三十一岁，也是帅哥一个，四星，级别相当高，同样精通追踪，身高五英尺九英寸，三年前失踪。

都是男性，长相都很出色，都善于追踪，都住过那个房间，我也是！难道什么时候，我也要到那堵墙里面和同门师兄弟们争一席之地？

江左司徒之所以选择猎人，大概是考虑到追踪能力，那为什么要模样英俊呢，看来江左司徒对"人人都好色，不分男与女"这个课题是颇有一番研究的，但如果是要抓人，何必英俊猎人？精蓝一晚上可以上演两次七擒孟获，十四次捉放曹了。既然不是抓，难道是骗？然而那人冰雪聪明，将计就计，倒打一耙，总共打了三耙后，轮到我第四耙？这第四耙什么时候耙下来啊？

这么多问题绕在我脑子里，真是绕得我苦不堪言。想当年就是懒得动脑筋读圣贤书走光明路，我才不远千里跑去修炼当猎人的，早知道现在这么操心，还要学福尔摩斯破案，我不如狂读物理数学，当个生物博士天天看青蛙好了。

梦里纱也陷入思考，他的智力和我半斤八两，所以我们能够想出点什么来，实在很值得怀疑。不过我们没有时间瞎琢磨了，梦里纱身后的生物活动探测屏东南角上，突然爆发出一阵炫目的光亮，这光亮没有像以前我看到过的一样瞬间即消失，而是不断地爆发出来，如同焰火般明亮璀璨，并且一路延伸开来。要不是知道这个探测屏并不是以电力作为能源，我简直要上去看看是不是内部短路了。

我转向梦里纱，发现他又摆出了刚刚看到我的时候那一副死人脸，瞪大双眼，抖着嘴唇，死死盯住探测屏，喃喃自语："又来了，又来了……"猛地一转身揪住我："朱，只有

你了，所有猎人都出去了，只有你去了。"

从飞行器上一下来，我就想照自己来一个双风贯耳，看自己是不是患上了严重幻想症。眼前是新泽西地区一个安静的居民区，一片片规划齐整的草地绵延开去，许多可爱的房屋和平地矗立着。正是下午，外面人很少，只有一两只狗悠闲地跑来跑去，看到我傻傻地站在那里，偶尔也叫两声，然后又摇着尾巴走掉了。哪里有什么大规模生物活动，除非那些房子穷极无聊，刚刚一起散了个步——就算散步，也搞不出那么大阵容啊。

懊恼了半天，我决定回总部去打梦里纱一顿，多半是他神经过敏，玩我。再想想也不对。我今天动用的这种类光速便携飞行器造价非常之贵，不到万不得已的时候，基本上不出场，偶尔用一下，设备总管就跟盼儿子回家吃饭的八十岁老娘一样等在门口，不等到刀枪入库，马归南山，打死他也不回去。梦里纱想黑我，举手之劳耳，怎么也舍不得拿一个飞行器来当遣散费啊。

既来之，则安之。我拿出空间袋来装了飞行器背着，开始在住宅与住宅之间晃来晃去。

这是典型的北美中产阶级居住区，人不多，家家花园都很漂亮，车道和人行道分得很清楚。渐近黄昏，空气中有草木清淡的味道，静谧温柔，实在看不出有任何可疑之处。

这么乱看一通，不知不觉就日近黄昏，天色渐渐黯淡，突然有轻微的嘀嘀声从我的背包里传来，那应该是我的能量测试仪。拿出来看时，指针转向最高刻度，绷得极紧，方向指向南北。极目远望，在暮色之中，隐隐约约一条大路通往远处。

展开步子，我随着能量测试仪的指示一路飞奔，出了住宅区，拐弯上了一条大道，渐渐人烟稀少，两边山壁旷野如黑云压城般向我头顶压过来。随着天色昏暗，万籁消沉。我打起精神，贴着大路边线，尽情放开脚步，转眼甩下了二百公里路程，要是在大城市，这样走路超速不晓得怎么个判法，眼前九十度急转弯，能量指示针却丝毫没变化，站在路上往下看，黑沉沉的，看来只好下去探探了。

装上飞爪，把鞋子系系紧，我深吸一口气，纵身向悬崖下一跳，冰冷的风呼啸过我的耳朵，根根头发都竖了起来。坠到一半，我奋力抡臂一挥，当的一声，飞爪碰上了崖壁，紧接着无声无息地切了进去，把我吊在悬空中，双腿随后蹬上支撑，纹丝不动。新款的速降设备确实很有进步，据说具备智能识别山壁质地，会自动启用相应材料的飞爪。上次征求猎人的新技术改进计划，我提议可否将飞爪开发出自动煮饭功能，在野外长期一个人蹲点的时候，装上这玩意儿它就会嘀嘀嗒嗒忙来忙去，半小时搞出三菜一汤来，还会报告说，吃饭了吃饭了……既保证了猎人们的营养，又省了带大包方便食物的麻烦——这么有创意的建议居然没被采纳，真是没天理。

四周很安静，上面传来重型汽车压过去的隆隆声，向下看，仍然一片浓黑，我打开飞爪上的凝光灯照射。奇怪了，灯光仿佛遇上了一面无形的大镜子一样，居然产生了折射。光线探不到的深处，一阵阵尖针一般的寒气生出来，渐渐穿透了我的脚底和衣服，将我包围起来。咔啦，能量针断了。

下去，还是不下去，这是个问题。哈姆雷特发神经的时候，想必也没有像我今日这么踌躇。能量针断掉是小意思，生物活动探测屏就可以显示能量的存在，令探测屏上火花冒得像皇家礼炮二十一响的是个什么样空前绝后的大魔头，实非我辈庸人可以揣测。

关键时候，总部设备总管帮了我一个大忙——不，我没有看见他老人家坐个进化版的飞行器过来一把捞起我，而是他

给我的飞爪突然从崖壁上松脱开了，巨大的岩石混合土块当头落下，我一闪闪过去，飞爪彻底离开了崖壁，我整个人就靠双脚钩住小小一块岩石突起贴在上面，侧耳听那些崩散物终于砸到了底，传来一声声闷响。

现在，我就这么临空倒挂着，上衣滑落下来盖住了我的脸，两个硬币滚出来经过我的鼻子，不偏不倚，正盖在我的眼睑上——天哪，我就是再见钱眼开，也不至于为两块钱折腰吧。

脚上钩住的岩块突然也一震，我急忙借力上翻，可不翻还好，一翻，崖壁再次松落，我的优美动作戛然而止，跟着大坨土块整个人掉了下去——哈姆雷特呀哈姆雷特，早知道最后还是要给一剑刺个对心穿，你当初念啥劳什子诗啊，有时间多吃两顿饭不是上算得多？

不管怎么样，我算是下来了，这一跤摔得不轻，嘴里腥甜腥甜的，看来有牙齿阵亡。身上脸上都是厚厚实实的土，呼吸困难，腰很疼。躺了一分钟，脑子清楚过来了，我费力地挪动身体，想把自己挖出去。

一只脚踩上了我，紧接着我变成了一只大萝卜，被人拔了出来——真的是拔了出来，我头皮一紧，整个人已经被提到了半空。

有双眼睛看着我，奇怪地说：“人类？”

四周很黑，没有天色，隐约可见奇异的黑色雾气飘荡。目力所及，只能见到身前一两米。不过也已经够了——好像提母鸡一样提着我的，是个老头儿，个子特别矮，眼睛小得看不到瞳仁，脸上褶子重峦叠嶂，头发稀稀拉拉，隐隐发出一丝光来，是纯粹的银色。它说“人类”两个字的声音，如同机器合成一样毫无变化、毫无感情。

我运气想要挣脱它，却发现自己全身仿佛凝固住了一样，甚至连脑子都有点昏，丝毫用不上力，然后听到这怪老头自言自语："也好，让那些食仔补充一下，不然走不到牧场了。"

它一松手，我一屁股落在地上，正坐在一块尖角石上，杀猪一般叫起来。

叫得这么凄惨，首先当然是因为龙椎骨受挫甚重，更主要的原因是，我看到了做梦都不愿意见到的东西。而且不是一个，是很多——

吸血鬼。

若干年前，我最爱的一部电影叫做《夜访吸血鬼》，主演的三大男星统统风华绝代，倘若被吸血鬼咬一口可以长成那样，吃老鼠我觉得都可以商量。等当了猎人，我居然在联盟卷宗里看到世界上原来真的有吸血鬼这一票东西，其激动心情无以言表，当即狠狠拍了梦里纱一记马屁，拍得他受惊不浅，以为我转性。

两个月后，东京地区爆发吸血鬼世界中的"圈养人类派"与"和平共处派"的大规模内战，全球三星以上的猎人全部征调往东京守护重要中枢机构和建筑，以免遭到破坏。我当时虽然是一只小小菜鸟，但在亚马逊实习居然全身而退，也是一盏好油灯，所以在人手不足的情况下，也被派去协同送死。

我守的是巨蛋体育场，是夜，果然有圈养派的死战分子来犯。幸好与我一起站岗的是非洲来的师兄，眼看打不过，该师兄奋起施展独门巫术毒喷嚏，终于成功逃离魔嘴。我与吸血鬼仅仅打了一个照面，人生光明面就幻灭了一大部分，遭遇之惨，完全可以媲美看到自己奉为圣洁的梦中情人在剃脚毛。那些阴沉的、邪恶的、充满黑暗欲望的，最重点是，丑陋的脸，深深留在我的记忆中，令我一再想起电脑游戏《大富翁》中沙隆巴斯的一句话：人生不如意，十有八九！

现在，这些裹在黑色的长衣里、戴着黑色帽子的生物，带着它们骨头嶙峋、皮肤斑驳的丑脸，不知从哪个鬼地方冒出来，在我惊觉以前，已经把我围在了中心，渐渐逼近。已经听到它们闻到人类血液气味后咽口水的汩汩声，我缩起身子，紧张地静立着，突然肩膀上一凉，五根雪白弯曲的手指搭上来，紧接着一阵风夹裹着非人的恶臭向我脖子袭来。我大叫一声，头一偏，顺势张臂拷住一个尖尖的脑袋，猛力往地下一摔，咚，真的有只吸血鬼被我摔在了地上，三角眼睛直愣愣看着我，半点表情也没有。真奇怪，难道我两年停职，功力反而突飞猛进？

环顾四周，其他吸血鬼继续逼近，这一次是一只比较小的冲过来，张开双手想掐我的脖子，一边嘴角开裂，长而血红的舌头弹卷着，垂涎近在咫尺的美食，不过它模样虽凶恶，步子却十分缓慢呆滞。我不费吹灰之力，一个扫堂腿就把它放倒。

这种效果，绝对不是我能力质变的成就。对吸血鬼的身体能力我是有研究的，它们平地单腿跳跃步距，可以达到九米以上，无借力滞空时间长达两分钟，必要时候，身体可以缩成平时十分之一大小。难道这群吸血鬼基因不好，返祖了？

来不及想，另外的袭击又迫在眉睫，它们倒是很有江湖规矩，讲究单打独斗。接着的这个没有聪明多少，合身扑上，低低嘶叫着，我当面一拳，它飞出了好多米，直到从我的视线中消失。

连续打趴下三个吸血鬼，令我精神大振，本来是缩着做防御状，现在决定奋起出击。我侧耳听它们的呼吸分布，东南面最为密集，当下猱身欺上，大喝一声，往吸血鬼扎堆的地方打出一记独门重拳天雷地火，乃是集我毕生功力之大成，果然听到对面两米处一片鬼叫，噼里啪啦四脚朝天者想必不少。

我胸襟大舒，忍不住哈哈大笑，快活得不得了。

所谓乐极生悲，更所谓得意莫驶顺风船，古人教诲总是那么正确与伟大。还没有把嗓子笑开，我脑后一轻，再次到了半空。那个怪老头神不知鬼不觉欺入我身后，轻松得手，我又变成了一只死鸭子。这下怪老头多少有点诧异，眼睛睁开了，闪亮着妖异的水晶蓝色，不过它还是懒得问我有何来头，两只手抓住我左右肩膀，只要用力一掰，我就和天天早上摆到菜市场卖的生猪殊途同归。

一个人临死之前，脑子里会想些什么，是我一直很有兴趣研究的问题，直到今天，我总算有了机会身临其境。两边肩膀在瞬间已经被卸脱关节，并且伴随剧痛持续——横向——快速——分崩离析，我什么也想不了，光顾哇哇乱叫，且想像自己变成了一张大面饼，正处于被做成油条的过程中。一生中无数生死关头，凶险程度以今次最彰，堪称HIGHLIGHT中的HIGHLIGNT，高潮中的高潮！我用尽了吃奶的能量来维系自己身体的领土完整主权统一，脸上红涨得可以点燃煤气灶，老天爷大抵终于为我精诚感动，忽然间天降鹅毛大雪，冤枉啊——对不起，搞错了，我不是窦娥——忽然间四周光明透亮，如在白昼。

一只手搭上我的腰，肩膀上的力度骤然一轻，我在空中做了一个物理转移，移到另一个方向去悬了起来。此情此景，分外熟悉，我扭头看了看，果不其然，正是江左司徒。

他不打算跟我叙旧，轻轻把我扔到一边，和老头说起话来："服莱，你要去哪里？"

老头原来叫服莱，它对于自己的法场中道被截毫不在意，表情淡漠地直视前方，良久才用那种难听到死的声音简短地说："回牧场。"

江左司徒叹了口气，摇摇头："服莱，牧场已经饱和了。我们的问题，不是更多食仔可以解决的，必须要找到那个人。"

服莱显然十分烦恼："很多年了，很多年了，已经到极限了，再不出新，破魂就要消失在这个世上。告诉我，还要多久？"

江左司徒指指我——睡在地上龇牙咧嘴给自己接骨的我："指望他吧，倘若他都带不回那个人来，我们的希望就完全破灭了。"

服莱狠狠地瞪着我，这是它脸上第一次出现表情，恐惧与绝望，怀疑和懊恼交织的表情。瞪得我头发都呈立正状态，它才转头，低声地说："破魂如果绝灭，世上还能活着的东西也不多了。"

他走开去，嗫唇长啸，发出一种类似指甲在玻璃上刮过的讨厌声音，吸血鬼们聚拢来跟随他，慢慢走出了视线。

我为自己接好了骨，吃力地站起来，看看四周。这是个大峡谷底，四处岩石嶙峋，地表坎坷，草木稀少，十分荒凉。上空黑色雾气还是浓密不开，是江左司徒身边围绕的一圈萤婴，照亮了一切。

干笑两声，我问江左司徒："别来无恙？"

他居然微笑。一等一的美男子。

"朱先生，你当真是不简单。你可知道，刚才那个是谁？"

我耸耸肩膀："食鬼？还是破魂？"

他颔首："是破魂，族中的三大长老之一服莱。前天中午时分，他独自到东京，单挑吸血鬼一族中的最精锐部队，杀了十三个，抓了十七个带回破魂牧场，我猜你是在猎人联盟中看到有生物活动才出来查看的吧？"

他对我的行踪了如指掌，莫非梦里纱是他的线人？江左司徒又说："最近全世界的猎人都疲于奔命，侦骑四出，就是因为高强度的能量聚集不断发生。事实上，全部是和破魂与食鬼一反常态地公开捕杀吸血鬼有关。"

我免不了好奇："破魂和食鬼怎么了？现在不是春天呀，

反季节发情？"

他沉下脸，我立刻打了个寒噤。唉，不要跟没有幽默感的人讲笑话，会引来杀身之祸的。

江左司徒低下头看他自己的手，我也跟着去看，仔细看，才发现那是一双漂亮而奇特的手。说漂亮，那双手完全可以去做美手化妆品广告，修长、圆润、细嫩、灵动。指甲干净，修剪精致；说奇特，他的手指关节不是关节，而是小小椭圆状的金属盾牌，上面有字母，不过看不清楚是什么。

他缓缓说："我身为人类，却是生食破魂与食鬼血浆而长大，他们于我，一如父族母族。"

我顿时张开了嘴巴，闭合肌暂时失去功能。怪不得这个家伙可以拽到飞起，火锅里面的鸭血没涮熟的味道已经十分可怕了，生喝一辈子这些怪东西的血，不变态也要变种啦。

腹诽归腹诽，等能够合上嘴，我就即刻道歉。虽然父母不在了，他的心情我还是可以理解的。

对我的道歉，江左司徒表现出了相当程度的惊讶，他再度露出笑容。他说："朱先生，你一定是个好人。"

好人？这个评价倒是第一次听到。好人应当是很听话，循规蹈矩，其他人喜欢的就誓死喜欢，其他人不喜欢的就誓死不喜欢。光凭我站在这里被江左司徒同志说是好人，我就已经了解自己被人类社会唾弃的程度了。

趁着他对我感觉不错，我打蛇随棍上，问："为什么它们要四处活动啊？"

他凝视着我，不过视线好像穿过了我的后脑勺，到了不知名的所在，缓缓说："我们需要大量的能量，同时我们也需要你找的那个人。不要泄气，好好做吧，我会再来找你的。"

江左司徒走了，萤婴都跟着跑了。天黑了。我这座金刚越长越高——头是越来越摸不到了。好好做，说来容易，我做什么啊！

嘟囔着找出埋在土里的飞爪，把自己拍拍干净，我哼哼唧唧地往上爬，爬到一半想起身上其实藏了个飞行器，真是气不打一处来——穷惯了没药救啊，给你一大块金子，你把它打成个碗去讨饭！

回到联盟，设备总管还是秉承一贯风格，站在门口当望夫石，我跟他打个招呼，他活像见了鬼，往后跳出好几米。哎呀，我脏是脏一点，你也不至于此吧。不过接下来他就解释："所有猎人，包括实习生都出去了，你是第一个回来的。"

闯进梦里纱办公室，他一模一样地坐着发呆，看到我，和设备总管一样激动地喊："情况如何？情况如何？"

我没有办法把实情告诉他，否则他说不定第一时间要把我杀掉，免得连累他。所以我说："吸血鬼，而且是东京近卫队的顶级吸血鬼，我偷看了一阵就回来了。"倒也不算说谎。梦里纱跌在椅子上拍大腿："是吸血鬼！唉！"

他不叹气还好，叹起气，就坏了运气了。办公桌上的电脑突然闪现出大堂中对外接待员惊恐的脸，在屏幕上尖叫："老板，老板，出大事了！"

抢出办公室，梦里纱硬是跑出了百米九秒的速度，冲到大堂。所有人都在仰头看，天花板变成了一个超级大的电视屏幕，上面是曼哈顿地区熟悉的建筑物和街道情况，街上一如往常有无数的人和车，不过都停了下来，所有人都在仰看着什么。镜头推进，联盟派出的监察飞行器移到天空，一瞥之下，大堂里先是像死一样寂静，而后就传来分贝到达极限的尖叫声。我的眼珠子差点掉出了眼眶，梦里纱就一把抓住我的手抓出了血。有人昏过去了，扑通扑通此起彼伏，也没人管。

——在空中，悬挂着无数尸体。

就那样空荡荡的，无所依恃地飘荡在空中，每一具尸体都诡异地抬头，平视前方，瞳孔中流出血来。男女老幼，各种肤色，衣着各异，身体很完整，脸上的表情是大同小异的，平板、冷漠、无动于衷。尸体们像许多破衣服一样挂着，风吹过来，一起缓缓晃动。

混乱混乱。我突然听到嘀嘀嘀嘀的什么声音，一路找过去，原来是角落上的集成通信设备发出来的，还有视频文件传来，我仔细看，雪花沙沙的屏幕上，忽隐忽现的竟然是山狗，他正大声说着什么，不过听不清楚，我几步跳过去，拿起通话器吼："山狗，山狗，你在哪里？"

他在屏幕上一愣，紧接着大叫了声："撒哈拉！"

断掉了。什么都没有了。

我掉头找到梦里纱，把他拖出来劈面就问："山狗现在在哪里，去干什么？"他颤抖着手，从脸上擦下一把一把的汗，两眼直直地盯着我。看来一段时间内都是个废人。放开他，我干脆自己闯到办公室去，梦里纱没有关掉电脑，他在资料库里的权限还有效，打开近期行动一览，我一眼看到山狗的名字——

目的：撒哈拉东沙漠治理中心；

任务：调查多条嗜糖蚯蚓行动失常原因；

装备领取：便携循环饮水器，探测攻击两用刀具一套；

期限：三日。

屏幕上显示他应该在七天前就回总部复命。但在四天前他曾传回一句话，叫总部增援，之后就再无音信直到今天。看

来梦里纱就是想增援给他也没有人可派。

去查蚯蚓，小事情啊，怎么搞成这样？不行，我要去看看，万一山狗有什么不测，这个世上和我同种类的朋友，就彻底灭绝了。

以接近抢劫的方式从库房里重新搜出飞行器、沙漠套装、还有一把子弹爆炸力相当于重型深海鱼雷的镀银手枪，设备总管象征性地反对了一下，眼睁睁看我扬长而去。

起飞以前，我先到便利店买了点东西。收银员忙得不可开交，店子里人很多，个个表情正常，纽约人真是了不起啊。我一边排队一边结结巴巴和旁边的人搭讪："今天那件事情真稀奇啊。"那是个胖子，有我四个那么大，手里紧紧抓着一整篮子的马铃薯片对我翻翻眼睛，简洁地说："浪费纳税人金钱的愚蠢之举！"

浪费了纳税人金钱？这个观点新鲜。鸡跟鸭讲不通吧，我认了，赶紧买单走人。

飞行器直线飞往撒哈拉地区，拉高了一点，路上遇到好几架飞机，还有乘客在机窗边向我挥手，大概觉得这个家伙不简单，坐在一个四面漏风的鸡蛋壳里就敢上一万米，我也跟着挥手，做鬼脸，马上把速度调回类光速，然后乘客们就会眼前一花，认定自己白日见鬼。

一路顺风，目的地很快在望，在无比荒凉的东撒哈拉地区，近几年奋力改造开拓出的这一片绿洲，叫做"撒哈拉之眼"。人们以此作为居住基地，致力于渐渐扩大治理范围，以求得更大的人类生存空间。

人类的动力和决心都是很了不起的，但是说到技术，主要还是归功于被抓到这里来服役的三只嗜糖蚯蚓，它们都是小蚯蚓，和东京地铁里那一只有点亲戚关系，很早前就被捕获了。

我谨慎地把飞行器降落在撒哈拉之眼五公里外的荒漠地

区，整理好行装，一路走过去。

撒哈拉之眼可以说是一座城，也可以说是一个房子，大房子，该有都有，据说就差个土耳其洗浴中心了。城门高而窄，很有后现代金属风格，旁边开了个小窗户，里面坐的警卫正在狂打哈欠。我敲敲窗户，对他喊："我找山狗，你上次见到他是什么时候？"

警卫先生长了一张鸟形脸，睡眼蒙眬地看看我，懒洋洋地答道："一分钟以前，我们从赞比亚刚刚喝完酒回来，他应该回去睡觉了。"

我一跤跌在地上。

找到山狗的时候，他果然正哼着小曲在工作人员宿舍洗手，看来是准备补个好觉，我冲到他脸前大吼一声："山狗！"他反应敏捷，顷刻间翻身后撤，一拳打来，呼呼生风，力大招沉。我闪过一边，没好气地嚷嚷："我，我，看清楚点！"

他诧异地扎着马步端详我："猪哥？"然后恍然大悟："哦，昨天看到我的视频文件了吧？"

我拼命点头。他却哈哈大笑："怎么样，我们自己种的黄瓜够大哦！撒哈拉真是一块宝地，我准备退役后在这里做蔬菜水果批发生意了！"

我傻了眼，他不知道从哪里摸出一根黄瓜，眼神无限爱慕地递给我："看看，看看，多大！"真的好大，这哪里是黄瓜，这简直是棵树，上面的黄瓜刺都可以拿去当仙人掌种了。我一时忘情，也跟着看起黄瓜来。

山狗找到了知音，起劲了，找出一堆照片加实物给我过目：可以充当特洛伊木马的冬瓜，让人趴在上面吃的草莓，抱一个在怀里脚掌就很有被砸危险的樱桃，长得没边的丝瓜。据他介绍，那三只小蚯蚓每天工作深感无聊，闲暇之余决定改进改进当地的植物物种，这些已经算是非常普通的创作了。最近的疯狂植物已经进化到能够当闹钟，每天早上都有一盆郁

金香敲他的窗户，然后用极其可爱的声音说："起床了，起床了。"至于种在员工餐厅旁边的那一棵仙人掌，则不时地因为太思念故乡墨西哥而写诗。

我听得一愣一愣的，伸手问他："那它写的诗呢，给我看看！"

他还真的有，拿出一份打印稿子，上面用四号字体加黑写着：

直到糖醋排骨砸中我，
对你的思念才蓦然断绝。
啊，
墨西哥美丽玉米的容颜，
以及包在其中那倾城辣酱！

我当即点点头，嗯，水平还不错，看来你们平时还是很注意营造社区文化气氛的。

这会儿我才想起自己此次为何而来，赶紧丢下照片问山狗："你真的没有遇险？那你四天前要增援干什么？"他莫名其妙地摸摸头："增援？没有啊，我是跟梦里纱说另外派一个人来看看这些东西，看有没有开发价值。怎么，他以为我遇险？"随即大义凛然地一挥手："就算我遇险也多半没人来啦，要是我都遇害，联盟谁还敢来啊。"真不愧是我的生死兄弟，鞭辟入里，一针见血。

看来他还不知道纽约地区发生的那些怪事，我也懒得惹他操心。看看时间还早，要是没什么，我还是回去吧，正想告辞，窗外有人喊："山狗，山狗，去看看那几只宝贝吧，又发飙了！"

我们匆匆忙忙赶到撒哈拉之眼的指挥中心，这栋白色的高层建筑里人很多，大家都忙忙碌碌地进出，对我们的出现视若无睹，可能猎人经常会来做售后服务吧，见惯不怪了。穿过两条走廊，坐电梯上了十三楼，整一层就只有一个门，里面三条小蚯蚓现出原形，穷极无聊地盘在地上扭来扭去。山狗笑嘻嘻地进去跟它们打招呼："宝贝们，又怎么了又怎么了？干活啦，我们有进度要赶啊。"

蚯蚓们不理他，爬啊爬爬到一边去，一副烦躁到烧起来的样子。这是挺奇怪的，蚯蚓们脾气一向很好啊。

山狗奴颜媚骨地弯下腰，嘴里发出唧唧歪歪的声音哄蚯蚓们振作，一面告诉我说："十天前非洲上空搞了一场大规模的烟花表演，也不知道哪个国家这么浪费。看完表演它们就抓狂，不肯工作。唉，看看焰火而已啦，何苦激动这么久？"

焰火表演？整个非洲上空？蹊跷了。我扒开山狗，上前掏出一样对付嗜糖蚯蚓的无上法宝——

《花花公子》！

果然，这几条小蚯蚓立刻眼放绿光，哗啦一声全体扑了上来。我忙喊，不要抢不要抢，人人有份，人人有份！《花花公子》藏在背后，蚯蚓们全部在我面前人立起来，而且表情很愤怒，看上去好像要马上膨胀成一大坨，而后直接压死我一样。我竖起手指："我就问一个问题，那天你们在天上看到什么了？"

蚯蚓们面面相觑了一会儿，应该是兔女郎们的力量比较大，最大那一条瓮声瓮气地说："破魂幻象出现了，最近一定有大灾发生。"

我讨好地把杂志封面露给它们看，一边强烈要求："解释一下，解释一下。"

它们对于人类的愚蠢和狡猾显然都很不耐烦，不过看在那娇娃美女的分上还是原谅我了，告诉我说："破魂族类的出新遇到大麻烦的时候，就会在全世界显示幻象，预告同归于

尽的末日。我们看到了好多尸体哦，不过一般人类只会看到很多焰火。"

在它们扑上来夺我的杂志之前，我问了最后一个问题："出新是什么？"它们一窝蜂拥到了角落去享受香艳照片，丢下一句："就是生ＢＢ啦，傻瓜。"

山狗在一边吃吃笑："被蚯蚓说是傻瓜，滋味如何？"

我还来不及翻脸，受我一书之恩的蚯蚓们百忙中探出头来打抱了一下不平："你也是傻瓜！"气得山狗就要上前跟它们理论。

为了避免另一轮的人兽外交事故发生，我死拉活拽把他弄了出来，山狗问："你从哪里弄来的《花花公子》？"

我拍拍手："在纽约临时买的。记住，大凡蚯蚓长到一定年纪必然好这一口。多准备点！"

他立刻大义凛然："我会向总部申请这一块经费的！"

"哦，有道理，我想想看——工作人员心理调节保健费？"

他大力拍我的肩膀，眼睛眯成一条缝："知我者，你也！"

和山狗道别，我与一大堆各色蔬菜水果挤进飞行器，吃力地启动驾驶仪，山狗说这些都是普通的品种，胜在新鲜环保。我闻着清新的果子香味正想合眼打瞌睡，听到一声窃笑，睁开眼一看，千真万确，一只西红柿正往窗户上爬。我一动，它就不动了，装出一副平凡西红柿的呆板神情。不过西红柿兄，你骗鬼啊，你是自己爬上去晒太阳的耶！看看外面不远处，是一片西红柿种植地，想它是不愿意离开撒哈拉之眼的吧，我把它丢出了窗户，亲眼看到这只别名叫番茄的东西，自己跑掉了。

把飞行器的速度调成热气球模式，我漂浮在空中想好好把自己的遭遇理个清楚。江左司徒跟我说，食鬼和破魂对我要找的人志在必得，蚯蚓告诉我破魂出新不成，就会四处给人家看世界末日预告片，加上服莱和江左司徒的对话透露的信息，可以确认，我要找的那个人一定和破魂出新有关。如果找不到，大家就都要一起完蛋。唉，尽人事，听天命，我还是回广州去再挣扎一下吧。

第四章
FOHUNJIE

广州，又见广州！

特意选了白云山峰顶落地，我收起飞行器琢磨去哪里找那一票怪物。念头刚一转，竟然听到有汽车刹车的声音在我屁股后面响起，回头一看，哇，奥迪A6，为什么可以跑到这个未开发的山顶上来？然后我就听到辟尘兴高采烈的声音："猪哥，猪哥，你怎么在这里？"

这一车人可真有看头啊，几乎可以拉去走乡串寨开演艺专场了。狐狸犀牛蜘蛛都有，就是没有人。不过立刻司印就笑吟吟地从后座探出头来，向我打招呼："回来了，出差顺利吗？"素面朝天，竟然比浓妆更美。

我惊喜地看着她。

这一群生物是来白云山上野餐兼露营的。当我对这个车子如何能登山有所置疑的时候，暴一言不发地跑到车旁边，举起来走了两步，敢情不是它开车，是车开它上来的。

在它们忙着布置的当口，我悄悄绕到狄南美身后，蹲下来以迅雷不及掩耳之势的动作把她那条耐克运动七分裤往下一拉，只见眼前两条狐狸大腿，毛茸茸，剑拔弩张，耳边顿时传来司印的尖叫声。南美眼神发绿地瞪着我，突然猛扑过来，我撒腿就跑。

前赶后追，瞬间窜出去两公里，我猛地身体一扳，急停，转身，迎面一掌，去如雷霆万钧，不过打了个空。狄南美用了一招江湖上失传已久的"铁板桥"，以双足为基点，整个身体往后几乎贴到了地上，向我嘿嘿冷笑，非常骄傲地说："猪哥，去打听一下，我一千年的老狐狸岂是浪得虚名？"我当即在她脚上用力一踩，她嗷嗷叫着滚到地上去了，抱怨着："混蛋猪哥，回来就和我打架。"

我把此去情形约略一说，揪住她一阵乱摇："南美啊南美，你告诉我应该怎么做吧，你一定知道的哦！"

她板起脸，表现出专业人士的傲慢态度，不理会我。

算了，她能说的话会告诉我的。我决定以德报怨，赞美她："南美，你的身材真是好啊真是好。"

千穿万穿，马屁不穿。她当即眉开眼笑，挎上我的胳膊，一扭一扭走回去了。那边厢，大队人马在翘首盼望看一出好戏，看谁会被打成轻度残疾，一看我们两个都完好无损地出现，大失所望。只有辟尘笑得贼兮兮，拿出帽子来收钱——这些烂人，居然开盘口赌我们的输赢！司印买我赢，两只蜘蛛买狐狸赢，只有辟尘英明神武，居然买平局！兜了一帽子钱过来，辟尘喜滋滋地对我说："猪哥，我们的伙食费！"

紫罗在一边笑："这只小犀牛啊，每天在广州海拔最高的地方遥望全城，哪里有谁掉了钱，他一溜烟就去捡了回来。那些在一边跟着想捡的，经常以为自己出现幻觉，明明有十块钱在那里的，为什么一道白影子闪过，然后就不见了？"

辟尘毫不动容，耸耸肩膀冷静地走开。我忍了半天笑忍得很辛苦，但还是上前支持他："辟尘，明天我跟你一块去捡！"

我们开始搭帐篷野营。这可真搞笑，除了司印以外，在座的各位，谁不是曾经一年有三百天在野外躺草地，其他六十天蹲树上的？现在生活好了哦，居然来搭帐篷野营？好死不

死，学人类忆苦思甜吗？

才七点，七点而已，大家居然都跑去睡觉。我提议开一个野营晚会，大家唱唱歌，做做游戏什么的，他们面无表情地看着我，好像在看一个疯子。屈服于这种强大的暴民意志之下，我成年以后，入土以前，第一次——我发誓也是最后一次——在七点十五分，忍气吞声地钻进了一个帐篷准备睡觉，而且还是跟辟尘同床共枕。

"猪哥，你在纽约那边看到了些什么？"

他一边把睡袋打开，一边问我。

我叹气，满脑子顿时又是那些该死的尸体，栽在垫子上我告诉他："我看到了好多吸血鬼被人家当猪仔赶，然后又看到好多尸体在天上吊起，头痛啊。"

他却见怪不怪："怪事天天有呀，不要这么孤陋寡闻。"

我凑近他强调："好多尸体在天上哦！"

他当的一声倒头就睡："你要是还想看，我立刻可以让整个广州都跑到天上去。"

我立刻噤若寒蝉。我可没有忘记，辟尘虽然在我面前天天鸡毛蒜皮、家长里短，养只拖把当宠物，不过他可是净空领域数一数二的高手，净得过了头，会出现整体真空的恐怖效果，千万莫要刺激他。我也挺累的，将就一下睡吧。身边的辟尘说时迟那时快，已经开始打呼。

刚合上眼有点蒙蒙眬眬，脚上有东西碰我，一惊，我猛地翻身坐起。司印如花的笑脸在门口闪现，向我招手："嘘，别出声，出来。"

夜风如手。深蓝色天空中群星闪耀，山峰静谧而悠远，在空中剪出美丽轮廓。懒洋洋地望望四周，司印在朦胧中的微笑令我心里平和喜悦。真奇怪，我生平在无数地方见过无数山水，从未有过这一刻的感觉。有句话说，重要的不是做什么，在哪里做，而是跟谁做！所言非虚！我问她："你怎么和他们在一起？"

她天真无邪地笑："我自己跟去的啊。猪哥，你一定对他们很好哦，你走的那几天啊，他们天天都念叨你，尤其是辟尘啊，老藏吃的给你，经常我们还没有上桌，菜就不见了。"

看她俏生生的模样，我心里温暖，不禁傻笑起来。她伸出小手，指头在我掌心画圈圈，告诉我："我是孤儿，找了二十年啊，也没找到有人对我这么好的。"

此情此景，简直可以入选年度十大浪漫场面了吧，只要我再表现出自己纯情英武的一面，也许就可以宣告，悲惨的单身生活从此结束了！！

就在此时，一阵尖锐、充满痛苦的嘶叫声打破了我的春秋好梦。

紫罗？

心焦火燎地冲过去，我大声喝问："怎么了？"

"哗啦！"

一道闪亮的锋芒闪过眼前，我本能地往后一跳，定睛再看，暴划开了帐篷，惊慌无助地盯着我。帐篷里，紫罗现出了原形，蜷曲在地上，八只脚无力地摊开两边，不时一阵痉挛。她的腹部微胀，透明发光，隐约可以看到其中有无数黑色微小的圆形颗粒动来动去。我一见大惊，抢进去一搭它的心脏，跳得极慢，我抬头大声问："上一次是什么时候？"暴浑身颤抖，惊惶得手足无措，只会看着紫罗发呆，一句话也说不出来，我一把推开它："去叫老狐狸来。"

不用它叫，南美已经冲了进来，我冲她喊："索姆虫破卵！按住紫罗，她很快要发狂了。"从随身携带的修复箱里取出我锋利的解剖刀，照紫罗腹部迅速横竖各划一道，腹壁顿时如妖花怒放般绽开，破出一个极大的口子。在口子里，无数纠

结在一起、无头无眼、有着濡湿外表和密密麻麻长满全身的鲜绿色疙瘩的黑色圆形蠕虫，正在紫罗肚子里翻滚腾跃，有一些在主血管附近，似乎逐渐要挤压进入血管内。新鲜的空气涌进腹腔，虫子的活动在瞬间停顿下来，然而也就是瞬间过后，虫子突然间更紧密地纠缠成团，形成一个巨大的球状体。我用刀尖试图去挑动它们，未曾真正接触，那球状体仿佛有了自己的生命一般，发出刺耳的尖叫声，随着那声尖叫，球状体中心破开，如同一张森森利口，猛然向我吞噬过来。

索姆虫是天生寄居在紫罗和暴这种八神草蛛身上的微型恶性生物。每逢十三年发作一次，严重的时候会将寄主整个身体生生吃嚼干净，如果不采取措施救治，寄主在被吃成一个木乃伊之前，由于剧痛和神经损伤，一定会狂性大发，六亲不认。不过索姆虫也恰好有天生的克星，在八神草蛛栖息的地方，通常都会生长一种湿头花果，十三年一熟，八神草蛛总是定时服用一次，以避开虫噬之灾。我相信紫罗和暴大概是逃避猎人联盟对它们心脏的索求而离开旧地，因而没有办法及时找到湿头花果。

南美比我见识更广博，在紫罗身上下了一道镇神符后，急速地告诉我："把虫子抓出来！"

我没好气："怎么抓，它们要咬我。"

南美点头："就是给它们咬才行。索姆虫不见血肉不会离开紫罗的身体，暴不能被它们咬，否则会催醒它本身体内的虫子。猪哥，你来吧！"

我仔细观察了一下南美的面部表情，不好，要保住小命脸就不要算了，我当机立断调用了生平最诚恳的表情，软语曰："南美，我爱你……"

果然女人天生是情感的动物，我这句话出口，得到了无比深刻的验证和回应——南美当头一口咬过来，闪亮的白牙距离我的脖子只有三毫米的时候我才侥幸闪开。她冷然提醒我道：

"猪哥，别忘了，我不吃这套！"SHIT！忘记了她是狐狸！

色诱不成，只好舍"身"取义。我把袖子往上一捋，奋起神威大喝一声之后，把手臂伸进了紫罗的腹部。说时迟那时快，虫子倏忽间发出好肉麻的嗡嗡声，像一团黑色卷风一样，呼啦扑了上来，把我的整条手臂包裹得密不透风，感觉像浸在二百度的开水里。我跳起来一边飞快往外面跑，一边大叫："辟尘，辟尘！"

辟尘听到我惨叫的声音才醒来，之前一切喧哗，对他来说大概都如同蝉鸣水响。他一看我手臂上的盛况，立刻伸出双手来，嘴里嘟囔着："咬我，咬我……"

我冲他大声嚷嚷："用重尘啊，包住它们！"

他反应过来，立刻双手向空中虚抓，收集金属性的微尘，顷刻手里就多了一片薄薄的黑色片状物，向我手臂上一包，一卷，往下一撕——虫子全部被剥落下来，我擦了一把汗，呼，好险。看看这哪里叫手，叫剥皮兔正确得多，只差埋在火里烤一下，那就是怪味虫烤叫化猪哥。

辟尘十分彻底地开始挖地三尺，把虫子连重尘一起丢进去，实行种族灭绝式活埋。土里面仍然传出来沙沙沙的声音，让人鸡皮疙瘩从心里冒出来，迅速蔓延到四肢百骸。

过去看紫罗，南美已经对它的腹部做了非常原始而且不适合人类仿生的消毒处理，此刻她的指尖燃烧起三昧火，把人家烧得贼亮，这方法野蛮是野蛮一点，对施为者要求也有点高——要活一千年才行——但是确实很有效。她不顾我惊魂未定，招呼我过去做缝合。想天下名医无数，能跟我猪哥比肩的，着实也不多——什么？不同意？你给蜘蛛开过刀吗？

终于完工，看一下天色，居然已经耗到了凌晨一点多，一直忙乱，这才注意到司印一直站在一边，她注视着我，眼睛

里忽明忽暗，闪耀着水晶蓝色。我脑子一晕，听她慢慢地说："猪哥，你过来，我有话问你。"

我跟随着司印缓缓往更高的山上走去，事实上"更高的山"这种东西是不存在的，因为我们刚刚露营的地方已经是最顶峰了。这一刻我死心塌地承认司印绝非常人，平常人往空气里踏去的结果是摔个巨大的狗吃屎，而不是这样芝麻开花节节高。

凌空，离地面三十米左右，我腿开始发软，但是很奇怪，我脚下的那一块，却仿佛总是可以踩得很实。这门技术够实用，至少去看拳王争霸赛决赛可以毋庸置疑地抢到最佳位置——两位拳手的顶上！不过再往上走，我的心理承受能力就到达极限了，所以顾不得司印还在飘飘悠悠地继续凌波微步，我嚷嚷出来："大小姐，再走我要在空中放水了，你快点问问题啊。"

问题是这样的：倘若迫不得已，要在你认识的人里牺牲一个，以救你的生命，你选谁？

好狗屁的问题啊！

一秒我都没有犹豫，立即毅然决然地喊出了我的答案："我自己死不行吗？"

她非常惊讶，直愣愣地看着我，然后看看四周——表情真是愚蠢，难道有谁会在凌晨两点，坐个热气球上来偷听我们夜半私语吗？不但偷听，还插话？！

她犹豫地反问一句："你自己？为什么是你自己？"

我觉得这个补充问句实在没水准："凭什么你叫人家去死，自己好活？简直放狗屁！没人可以选，只好自己去死啦。"

她咬着嘴唇，脸色苍白，对我的陈述总结道："你的意思是说，你愿意牺牲自己，去成全别人吗？"

这样讲好像是高尚一点，我顺水推舟点点头。不然继续下去，我在半空中缩水到二两大的脑子里哪有那么多深奥的话好说。

司印转过身去，面对虚空，沉默良久。这个高度的风好冷啊，把我冻得鼻涕夺鼻而出，正不可收拾的时候，听到司印叹息着说："王，我醒来了。领我去吧。"

听到这句不着边际的话的同时，我看到了一个熟人。

一只熟人。

而这只熟人对于看到我，惊讶程度犹有过之，它一头扎了过来，亲热地在我面前开始跳土风舞——看来今年舞蹈界风向变了。

各位，这是光行啊。这位影子兄弟笑得眉毛鼻子一把抓，问长问短："猪哥，你在这里干什么？你过得好不好？我好久没有见到你了哦！"而我的好奇之心也毫不逊色，伸手一心想把它捞住，然后问："你又跑来干什么？"

它打个响指："有破魂疾行令招我接人啊。对了，人呢？"

它看见司印，立刻摆出了客户至上的嘴脸，招呼道："小姐去哪里？"

我吃吃笑出来："你属于哪个交通公司啊？"

它耸耸肩膀："光行年度逃生大赛冠军必须义务为三大邪族服务一年。不过我也考虑退役后去开个速递公司，猪哥有无兴趣投资？"

我问："入技术股行不行？"

它很挑剔："你能做什么？"

我说："客户服务可以啦，我脾气不错。"

它表示赞同："对哦，好哇，我们可以商量一下。"

那边厢，司印已经咳嗽咳得眼珠子都要跳出来了，我调侃光行："看你需要我吧，服务态度不过关！"

它嘿嘿笑着，冷不丁就把空间门开了。

　　我一早估到，在我们要去的地方一定可以见到江左司徒，不过见到他的时候，还是大出意料。

　　光行虽然客户服务不过关，空间转换的本事却一等一。我头脑一昏，再落地生根的时候就发现，自己不偏不倚地坐在一张十分舒服的椅子上，面前是餐桌，餐桌上还有整套餐具，都闪闪发亮，哇，银子的哦。看看四周，衣香鬓影，侍者穿梭，好像是个餐厅。

　　江左司徒就在我对面，白色西装，做工精致，料子上乘，风华绝代，玉树临风！跟我吃饭实在很浪费色相。

　　他举起面前的杯子向我微笑："朱先生，恭喜你如愿完成任务。我们要找的人，已经回到了破魂牧场。"

　　我也拿起杯子，不过是水杯，连番惊扰，我简直渴得要死。喝完一大杯水之后，我出了口气，诚实地说："老实说，我真不知道自己做了什么。"

　　他招手叫侍者开始上菜，一面对我做启蒙工作："那天晚上在峡谷底，你听到服莱说，破魂出新有大麻烦。出新是什么，你有无概念？"

　　考我？哼，幸好俺猪哥别的没有，怪东西认识不少，蚯蚓们告诉过我的——生BB咯。我把买一送一的那声"傻瓜"活生生忍了下来。

　　他表示赞许："不错，破魂出新，是指族中新一代精神领袖达旦的诞生。他将掌管破魂与食鬼两族的生死存亡。每三百年一诞，但是在它出世之前，一定要有四元齐配，否则就会在最后期限来到之前胎死腹中。"

　　我张开手给他看我的五根手指："四元？"

　　他数给我听："父精母血，天经地义，是为一元。"

　　扳下第二根手指："充沛的能量，形成高能量圈，保护他在出生后的三个月内营养充足，是为二元。"

他继续："第三，你找回来的那个女子，其实本尊是破魂达旦的守护灵，每三百年一代达旦衰弱崩散的时候，她就会转生消失于人间，必须靠一样非常特别的东西唤醒，成全出新大事。"

我指着自己的鼻子，求他："麻烦你莫要说，第四样东西就是在下我！"

江左司徒深深望向我，眼里有沉思的神色，他说："这个世界上有一样东西，有人出生就得到太多，有人却一生都寻寻觅觅。有的人拥有的时候从不珍惜，失去了就后悔莫及。有的人为了它愿意牺牲一切，有的人却为了其他一切不惜牺牲它。人类不停地谈论它，追求它，想像它，表现它，那是什么？"

"钱？"

这是我能想到的唯一的答案，我相信也是绝大多数人可以想到的唯一答案。

江左司徒没有肯定我，也没有否定我，他只是问："你一生之中，最重要的东西是什么？"

我最重要的东西是什么？不知道，不过一定不是钱。否则我早就贪污了印加黄金宝藏，藏到哪个小山沟里天天跟金子一起睡觉了。这不算什么高尚品格，只是个人爱好问题。跟金子睡觉多不舒服啊，半夜刚刚把被窝睡暖，一转身噢噢，什么东西冰凉彻骨，搞死人。

烟熏鲑鱼沙拉上桌了。

江左司徒开始吃，且恪守孔夫子教训的食不言，什么话也不说了。我急得抓耳挠腮："阁下一表人才，不要降格到去当说书先生嘛，这个时候来吊我胃口，多不够意思！"

好不容易等他吃到歇口气，停下来拿起餐巾擦嘴，我把身体前倾过去，做出十二万分虔诚的姿态，五官四肢都在亲切地表示：我等着呢，说下去吧。

敌不过我盛意拳拳，他终于又开口了："三年前，你放走

食金兽，停职将近一年，生活状况非常惨。复职后不到两个月，你又放纵嗜糖蚯蚓在东京地铁长期盘踞，停职两年。中间你还帮很多莫名其妙的陌生人去找他们的宠物、旧情人，或者强出头帮人对抗黑社会，有时候也被打得很厉害，但是始终乐此不疲，且分文不取。你收留猎人联盟悬赏名单上最靠前的半犀人四年多，几次都冒了彻底被开除的危险带他东躲西藏，而且还供养他生活。你救助过很多受伤的猎物，而它们都是猎人联盟必得之而后快的宝贝。今天，你还冒着生命危险舍身饲虫，以救回紫罗。为什么？"

我郁闷起来：原来我这么高尚伟大呀，怎么从来不觉得呢？早觉得我不是可以上八卦杂志去爆料，说不定可以拿点出场费。

他趁我一分神，又开始喝汤。

好在汤似乎不是很合他的胃口，所以他喝了两口就停了下来，向我竖起食指轻轻摇："你知道吗，我们从你身上找到的那样东西，是你对世间的爱。"

"爱，有人拥有太多而有人从未见过，有人毕生追求有人不断丢弃，有人为了它牺牲一切，有人为了一切都可以牺牲它。"

能够唤醒极恶邪族领袖的精髓，是人类的爱。

多么神奇，又多么讽刺。

江左司徒为我安排了一场特别的时光之旅，从这家坐落在墨尔本的 LA AMANDA 餐厅座椅上出发，跟随光行回到三年前的广州中信公寓。走的时候听到江左司徒以标准的伦敦腔对侍者说："麻烦撤掉这套餐具。"我抗议都来不及了：我什么都没有吃啊。

凌晨两点多，我后来住的同一间房里，传出剧烈的打闹声，女子的尖锐叱骂，重物落地，惊慌失措的哭闹，响成一片。光行在室内设置了一个在两个空间之间做中转的次元站，我们在那里看闹剧上演。

三年前，这是朗蓝。真是英俊的男人，不过此刻脸容凶狠，正掐住身下一个女子的脖颈，那是司印，她穿粉色长裙，两条漂亮的腿在空中疯狂地踢蹬，但渐渐便不再活动，身体软垂下来。朗蓝怕她不死，还卡了良久才放开，仿佛仍然不放心，探了又探她的鼻息，最后从厨房里拿出一把斩排骨的大刀，举刀便向仰躺在地板上的身体砍去。我看得怒气攻心，要不是光行拉住我，我就要跳出去给朗蓝一顿好打。光行告诉我："江左司徒让他来找一个女人，他也不知道这个女人就是。但是他为劫财杀了两个人被她撞破，决定杀人灭口。"我迷惑："你的意思是，司印那个时候已经死了？"光行责怪地看着我，仿佛对我的智力在做重新估量："她是破魂王的守护灵，怎么可能那么快死，你看下去啦。"

那一刀应该是剁在司印身体上了，却再也拔不出来。朗蓝脸上变色，试了两次，额头上青筋根根暴出，刀还是纹丝不动。司印的身体上并没有鲜血，从刀下出来的，是一条银色的绳索状的东西，极速飞腾而上，啪的一声缠住了朗蓝的脖子，并且整条勒进了他的皮肤，消失了。朗蓝脸上出现恐怖之极的神情，张开嘴巴呵呵喘气，却一点声音都发不出来，顷刻之间，他本来强壮高大的身体萎缩下去，萎缩下去，直到成为后来我见识过的那个干尸表情。光行好心地为我擦了一把哈喇子，说："好啦，猪哥，我们可以去看另一个人了，一会就有破魂过来，把司印记忆洗掉，送她回自己的房间，然后把这个混蛋收进墙里去了。"

再回到两年前，我们在一条近郊的大道上遇到了阿华大和司印。他们飞车回城的路上，见到路边有一个小卡车翻倒，车主从驾驶室窗户里探出头来，满脸是鲜血，含糊不清地呼

救，看样子是被压在里面了。后车箱中滚出许多家私，大概是在搬家的路上。阿华大停车走过去搬那个人出来，那个人的怀里滚出一个包裹，散在地上，是大包的首饰和现钞，阿华大犹豫了一下，看了看站在后面的司印，趁她没有注意看，突然掌心吐力，把那位遇难者的头打得粉碎，捡起那个包，对司印说："没有救了，我们走吧。"车子重新开动，司印突然头一垂，昏了过去，那条银白色的怪物再度从她的身体里出来，把阿华大吃成了一个空架子。

再回到一年前，保罗在酒吧门口带其他女人回家，被司印遇到，司印伤心欲绝，保罗却对她恶语喝骂，还动手把她推倒在街上，然后扬长而去。当天晚上，司印去踢他的门，踢开的瞬间自己便失去了知觉，然后保罗就眼睁睁看着自己四体全废，命归黄泉。

我舌头打结，对光行说："我干了坏事，也会被吃成那样啊？拜托，破魂又不是观音菩萨座下的惩恶童子，干吗执法那么严？"光行说："破魂的守护灵代表的是达旦善的一面，平衡破魂族天生的恶，以保证新的领导人不会成为一味嗜杀的恶魔。在她面前展现罪恶，守护灵就会拒绝苏醒。"我嘀咕："她还真挑剔。"不过不得不承认，除了保罗的罪行还有点商榷之处，前两个还真是死有余辜。

想想当初我带两只蜘蛛回去的时候，司印也在。如果我贪图暴的心脏，说不定上一分钟还在和辟尘商量怎么开发推广这一高科技生物成分新产品，下一分钟就脖子一凉，被强行送到一堵墙里去面壁思过了。

当好人还是有好报的，至少不怕有鬼上门。敢情江左一直知道守护灵在哪里，就是找不到合适的人去唤醒她，直到遇到我这个倒霉蛋。难道我善良的禀性在世间如此声名响亮？

无论如何，这三场免费的超时空杀人秀看完了，我的任务也完成了，我要回家去。结果光行同情地跳了一段草裙舞，告诉我："不行哦，江左司徒说要送你去参加它们的出新大典。"

我们于半夜三更到达破魂牧场，从空间门一个狗吃屎掉下来，眼前完全是漆黑一片。

光行哼着歌儿跳着华尔兹旋转远去，彷徨间，一只手从黑暗中伸来，准确无误地拉住我。好冷好滑的一只手啊。虽然拉住的是我的衣角，我还是感觉到一阵寒气刺入皮肤，召唤出一堆鸡皮疙瘩欢呼雀跃在我的肚子上。我讷讷地问："兄台哪位？带我去哪？我年纪大了，肉粗不好吃。"

踉踉跄跄不知走了多久，突然眼前一花，倏忽之间，就撞进了一个光华灿烂的大房间。牵我的手不见了，我站在那里，觉得这个房间有点眼熟，仔细看看，厅前后两端落地环形的巨大神龛里森然排列着半人半兽的神像，地板与天花板都漆黑。对了，这不是我初次见到江左司徒的那个地方吗？我的偶像布莱德·彼特应该就在附近酣睡吧，不知道他做梦磨不磨牙？

那次来，灯火昏沉，影影绰绰四周只看到大概，今天大异从前，仰头看，大殿纵横四角坠下共十六个巨大的圆形灯球，由萤婴丛集而成，爆发出来的白色光亮虽然无比强烈，却令人感觉肃穆温暖。萤婴翅膀轻轻扇动，发出细微的风声。

低头再看，大厅中聚集了许多穿着相似长衣的人，但每件衣服的颜色却十分奇异，银蓝，金碧，紫灰，乌橙，云红，鲜艳夺目，不过在多彩衣服的上面，大家却都顶着一个圆嘟嘟无眉无眼无鼻无嘴活像一个剥皮鸡蛋的头。它们听到我进来，全部把我盯住，也不知拿什么在打量我，一下子吓得我要死，差点当场大小便失禁。

幸好这个时候看到了江左司徒，也穿一件长衣，纯白色，翩翩从前面神像后转出来，招呼我。于是在那些无脸人分开的一条小小通道里，我哆哆嗦嗦、低眉顺眼地溜过去，打死

我眼睛也不敢往两边看，这可比什么疫龙啊、吸血鬼啊、吊死鬼啊可怕多了——什么都没有，就比什么都吓人。

到了江左司徒身边，他很善解人意地携住我的手。唉，我是真够呛，连男人的手都愿意牵了。

大概抖得稍微厉害了一点，江左司徒便低头问我："朱先生，有何不妥？"

我强笑着摇摇头，不摇头还好，一摇就免不了要看到左右那些阴森森的"鸡蛋"，吓得我鼻涕都抢着落荒而逃。江左司徒哈哈大笑，另一只手高高举起，向他面前的人一招。大堂中聚集的人群忽然一起背过脸去，再回过脸来的时候，我傻眼了，好多精蓝啊，怎么全部都是精蓝的样子啊！

江左司徒笑着对我解释："破魂最难修得的，就是一张脸，所以必要时候，都以模仿他人充数。看看，它们的样子是不是都很像我？"

果然，精蓝的模样是很像江左司徒的，难怪我早先还以为精蓝是他的儿子。江左司徒摇头："出于某种原因，精蓝这一代的族人都称呼我为父亲。"

经典，区区一个人类，跑到最强最邪恶的族群里去当人家的爹，多扬眉吐气！

我眉开眼笑的傻模样好像惹到了别人，下面有一位"翻版精蓝"越众而出，向我喝问："你是谁？"

哇，声音和服莱一样，跟机器合成似的单调吓人。江左司徒当这些东西的爹，拉风是拉风，好像乐趣就不太多吧，不如跟我一起住，还有辟尘收集的好多 HIP-HOP 听。

分神半天，江左司徒应该已经帮我回答完了质问，所以那位仁兄把我左右上下仔细瞻仰一遍后，纳闷地说："就是你呀，为了拿你的资料还要我发回避令给猎人联盟，结果走错了空间出口，撞破了你们的天花板。"我"哎呀"一声，那个谜团总算解了，原来是这样啊。不过回避令是什么？江左司徒安慰地拍拍我："莫惊讶，你们猎人联盟老大和我们有秘密协议在先，如我们需要他们回避，会发出专门的照会。他们并不知道我们为了什么。"我心里这个气呀，猎人偶尔还是要有一点锄强扶弱的精神嘛！打不过人家就先跪下来求条生路，万一要你回避是要开展大屠杀呢？真是混蛋加三级。

闲话已毕，江左司徒带我转回神像后面，脚下一轻，突然间便到了高处。这天花板好高啊，浮上五六米有余，还只是在半空。我和江左司徒面对大厅正面墙壁，眼看着那黑色墙壁从中间如软帘一样向两边卷开，墙壁后徐徐露出的，是一个银白绳索编织的如蜘蛛一样八爪伸张搭牢两边的东西，中心兜住一个小小圆球，呈现出透明的蓝色。球中充满了水晶状的微粒，而微粒中间，则睡着一个小小的婴儿，他蜷曲四肢，头部埋在怀里，看不到模样。而在圆球的后面，司印笑嘻嘻地悬空站着，看到我，笑容更美。有一点哀伤从我心里掠过，那是一种久违的感觉，这感觉比恐惧、痛苦、羞辱都更令人印象深刻。我明明知道她并非真正的人类，却不期然有一种冲动，想充当救世主，在这我无法匹敌的黑暗力量环伺中一跃而上，将她从觉醒的梦魇中带走，去平凡人世与我平凡相守。不过，我还是压抑了自己的冲动——第一，我身处半空跳不起来；第二，我怕冲上去以后，第一个反咬我一口的，就是司印自己。

透明球体开始轻微旋转，速度逐渐加快。往下一看，满堂子的精蓝们早就无声无息地低伏在地，开口念颂什么，听起来像古印度文，诡异的喃喃声回荡在空气里，整个空间反而变得更加死寂。

司印开始融化。从指尖开始，她融化成为艳蓝色的黏稠液体，流泻到球体上，点点滴滴都渗了进去，落到那个婴儿四周，将水晶微粒凝结起来，形成一片片透明呈蓝色的障壁，将婴儿屏蔽其中。她融化得越来越快，眼看那张美丽的脸将永

不再见，成为记忆中的永恒。

在彻底消失前，她张开口，发出最后的声音："猪哥，和你们一起，我觉得很快乐。"

球渐渐凝固成了不透明的实体，停止了旋转，有一颗眼泪从我脸上流下来，滴到地面上，砸出了豆大的坑，一颗，又一颗……精蓝们都抬起头来，静静地、迷惑地看着那些它们所不理解的陌生液体，在空中飞落。

我猜我大概是动感情动得太厉害，所以失去知觉了，明明正在亲身上演生离死别感天动地的苦情戏，怎么眼睛一闭上再睁开自己就到了一片绿茵茵的草地上？茫然四顾，天色柔和，没有太阳，却很明朗，远近都是疏疏落落通体漆黑的树，虬根弯卷，所有枝叶边缘都极为锋利，朝天上指，剑拔弩张，统统都是敢与苍天斗到底的无畏斗士，不知道是什么怪品种。草地的护理倒是很到位，完全可以评选时尚杂志年度最佳草皮奖。

站起身来活动一下，还好，一切正常。到底发生了什么呢？记忆指向司印影像消失的瞬间，鼻子里多少有点 pH 值小于七的反应。为了排遣，我开始四处瞎逛，不知道那个水晶球后来怎么了，是不是啪的一声裂开，然后从中间跳出一只猴子，目运金光，拜谒天地四方——这么说就有点耳熟，好像不是破魂，而是孙悟空出生了……

一队吸血鬼过来了。我吃惊地擦擦眼睛，看着这群吸血鬼排成纵队，一丝不苟地同开步，同下脚，连眼珠子转过来打量我的动作都整齐划一，比我上次在谷底看到的还不如。赶着它们走的那个人呢，仍然是服莱。它也看到了我，居然点点头表示招呼，令我受宠若惊，赶忙也点了好几个一百八十度的大头，趋前问候道："长老哪里去？"表情媚悦，体态恭顺，哎呀，早知道自己有这个天赋，当初拿出来打点打点梦里纱，说不定现在都是驻欧洲联络处的首席猎人了。不过梦里纱的级别和服莱差太远了——威武不能屈者，威武不够也，羞愧啊！

服莱对我态度颇有改善，不过声音还是板板地："这批食仔耗尽了，再说前段时间也抓太多，我带几个去放放生。""放生？放生是什么？是放人家一条生路让它们走，还是放在开水里涮涮蘸点酱油吃？"服莱相当迷惑地看看那些口水流到了嘴边的傻吸血鬼，好像觉得"蘸点酱油吃吸血鬼"这种提议十分没出息，说："放生就是放生，离开这儿它们神志就会恢复。不过力量全废，没有用了。"

它赶着一群食仔走了，我肃然起敬地自后向它行注目礼。虽说这位大人个子小，可气派万千啊，几时我能够修炼到这一步，就可以走到吸血鬼之王的卧室里一屁股坐下，说："端两盘年轻可口点的嫩吸血鬼来大爷我尝尝鲜……"

继续在草地上晃荡，我还看到一个头部包着黑色头巾、穿黑色长袍的人匆匆走过，向我扫了一眼，精光四射，害我打了好多个冷战。"那个是食鬼族人代表，来觐见新生达旦的。"打冷战的时候听到这个声音，使我还额外多奉送了几个——江左司徒又冒了出来，指指那个眨眼就不见的人走去的方向。我苦笑着点点头，说："食鬼都是这个样子哦，我记住了。"他拍拍我的肩膀："朱先生，多谢你不辱使命。达旦已经出生了。这次食鬼破魂的出新危机史无前例，如果让达旦在水晶胎中就萎缩死亡的话，我们灭族前的惊人破坏力，足够让整个地球毁灭。"

我不知道说什么好。说我走运吧，不是那么回事，说不走运，好像还一不小心拯救了一把世界。为什么没有媒体来盯我梢，报道我的八卦消息，或者请我去当什么鱼钩啊狗粮的代言人啊？英雄皆寂寞，我寂寞啊！

寂寞当然要回家，我决定要回家了，把我弄来观摩这么重

要的典礼，也不发点纪念品给我，未经王化的非人，就是这么小气。唉声叹气一番，我跟江左司徒告辞，请他送我回广州去，他一伸手："且慢，朱先生，还有大事要麻烦你。"

江左司徒把要我做的事情说完，我鼻子都歪了，大叫使不得使不得，撒腿就跑。可惜道行浅，跑不掉啊，江左司徒一飘，就飘到我面前来了，沉下脸来正色说："朱先生，你知道这不是你愿不愿意的事情，我看中你性情纯良，如能以此引导达旦，将来于我族类的改造有益。你答应也要答应，不答应，也要答应。"

不愧是人类与邪族的杂交优良品种，文也来得，武也来得。不过这样强逼我，荒谬了一点吧？万一我骨头超硬，或者决心贯彻"士可杀，不可辱"的君子原则，我不是要当场往旁边那棵树上一头撞去，表示我宁死不从？不过我主意刚这么一打，身边那棵树先热情主动地把枝条一垂，就向我下围包抄过来。我一跳而出它的攻击范围，转头又看到江左司徒阴恻恻的脸，额头上仿佛写着"你跳啊你跳啊，你跳远一点啊"的意思。万念俱灰之下长叹一口气，我大叫："从你了从你了，我下半辈子完蛋了！倒霉啊……"

尾　声
POHUNJIE

　　清早，我在辟尘动感十足的厨房伴奏曲中醒来，想起昨天半夜口干去开冰箱门，居然看到有鬼在喝我的牛奶——还是个女鬼，把我气得跳脚。混蛋江左司徒，要我做那么重要的事情，却小气得要死，在墨尔本什么房子没有，找了个闹鬼的多重凶杀现场给我！现在好了，没事就和那些冤魂野鬼打照面，经常听到辟尘在厨房里嚷嚷："走开走开，不是给你们吃的。不走？不走我喷你杀虫水。"而那些鬼被毁了二次容，半夜就哭哭唧唧的，烦死人。

　　有人敲门，我含着一个牙刷过去开，眼前先一亮，然后再一黑，我愣怔了半天，开始大喊："辟尘，那东西来了！"

　　辟尘冲出来，我看见我家里那一堆受了三个月熏陶的鬼，好奇心明显长进不少，光天化日，居然也跟着从角角落落里冲出来看热闹。不过辟尘把头伸出门外后表情还算正常，鬼兄弟姐妹们就不约而同发出凄厉的一声喊，行李都不收，全部跳窗钻洞离家出走了。

　　门外，摆着一个小小的蓝色包裹，包裹里一个小小婴儿，向我天真无邪地笑着。长得也好像江左司徒啊……

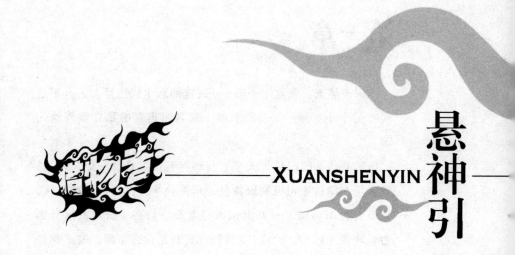

猎物者 ——————XUANSHENYIN 悬神引

第一章

XUANSHENYIN

　　每天早上，我要送小破——破魂的新生代达旦大人，不过现在是个小屁孩——去墨尔本一家名叫道奇的私立贵族幼儿园。

　　那家幼儿园门口每天早上开世界名车展览会，免票入场，且现场观摩各家司机制服特色。可怜我半世潦倒，两袖清风，只有自行车可骑，一路倒也风驰电掣。好在小破对此深具革命乐观主义精神，他说："宾利？宾利是什么东西，改天我找条翼龙飞过去。"听完以后我过去就给辟尘一掌，要他以后别跟小破一起看电影了，看了《侏罗纪公园》骑骑翼龙都还罢了，最多要光行回两百万年前去牵一只来。万一他最爱的电影是《大逃杀》，这个世界会有什么下场，我就很难打包票了。

　　小破现在三岁，过去三年中，他表现得非常之乖，当然这跟我和辟尘对"乖"下的定义有关。比如说，在我们家，不许赋予所有电器说话放屁的功能，免得八婆冰箱乱打小报告；不许把买回来吃的鸡鸭鱼肉全部搞活，跟在一条已经蒸了两小时的鱼后面到处跑，还要听它唱"MY HEART WILL GO ON"，可不是什么轻松活；不许在上街的时候把看到的钞票全部变成白纸，哪怕我们手里的钱不够给他买机器人也不行——上回搞了一次，市长大人差点自杀，还是我把他从上吊绳上解下来。

至于其他的事情，我们大家在育儿界都是半路出家，马马虎虎就行了。上次去一家酒店顶楼天台吹风，他自己爬上护栏睡觉，我和辟尘就在一边搞搞阳台烧烤，一时招呼不周，他一头栽下八十七楼，轰隆一声掉在一辆大巴士上，将车砸出个大洞，幸好没砸到人。司机乘客都吓得鬼叫鬼叫的，吓出了一场严重的交通堵塞事件。警察赶来的时候，小破刚好睡醒，从车底爬出来拍拍屁股就走，走了两步发现自己不认路，又被很多人围着，当即哇哇大哭叫辟尘——在场所有人都去打自己耳光看是不是在做梦，劈劈啪啪的，热闹得很。

　　小破的模样，可以用"鬼神莫测"四个字来形容。小婴儿时期，他活脱脱是江左的缩微版，过了一段时间，我常常抱着他四处晃荡，他就开始变得像猪哥我的缩微版了——百分百近墨者黑，而且很黑。再后来，我有点事情要出门，过了一段时间回来一看：天哪，辟尘，你什么时候喜得贵子，相识一场，也不吱一声？好在我们家庭环境比较简单，天长日久，他也只能在我和辟尘之间当墙头草，最近有点要定型的样子，眼睛跟俩芝麻那么小，出自辟尘，嘴巴和脸形圆润可爱，当然随我。每一次仔细看看他，我都忍不住感叹说："辟尘你要是只母犀牛啊，我一世名节就毁了。"有一次光行来住了两天，我们找小破要桶颜料，有影子状的东西闪过就淋，辟尘一天洗地板十五次，不知多浪费水。

　　现在我们住在墨尔本南，房子不错，有个小花园，长了一园子说不出名堂的野草。环境安静优美，唯一别扭的地方是日常生活不太方便，小破偶尔想吃吃零嘴，就要散步二十几分钟到一家便利店买冰激凌。

　　说起来天下大同这是没错的，比如说这位破魂小朋友，他最爱吃的冰激凌与大多数人一样，都是香草口味。婴儿时期他有点控制不了自己的种族本能，见到人就主动过去吧唧吧唧，

亲吻完毕，就出大事了：受吻者回家一头栽倒，四肢发冷神志不清，总要休息个三五十天才能缓过劲来——破魂对能量的提取手段，实在不可谓不先进。慢慢地，他吃习惯了红烧猪手、麻婆豆腐、香草羊排，吧唧现象不但明显减少，甚至还爱上吃零食。瞅着他吃爆米花吃得眉开眼笑的傻模样我常常犯嘀咕，将来江左来接他回去的时候，会不会验货不过关，要我另补他一个正宗的啊？

今天便利店的香草冰激凌卖完了，小破死活不依，我只好做思想工作，且不惜工本举出"孟母三迁"的例子说，从前有个小孩不听话，他妈妈就不停地搬家，搬家呀搬家，结果搬到一个没有冰激凌吃的地方去了，你说惨不惨。小破皱着眉头杵在收银台前，穿一双辟尘的无趾凉鞋，跟踩了两条船似的，权衡半天，才遗憾地表示今天吃吃草莓算了。

晚饭时分，店里顾客不多，不过有个中年男人是铁定捧场的。此人每天六点三十分推门而入，买一个大三明治，一杯牛奶，靠在柜台边狼吞虎咽，吃完后丢下零钱，拔脚走人。大家天天遇上，我就天天犯纳闷。本来在便利店吃吃晚饭没什么，大把流浪汉都这样，可是这一位，虽说长得平常，但身上穿的西装是登喜路的伦敦旗舰店定制品，全手工，剪裁精细，衣料华贵，一套的价钱就可以吓出半打工薪阶层人士的急性心肌炎来。他和便利店的三明治死磕，情理上恐怕是有点说不通的。

今天，他照旧靠在冰柜附近吃三明治。小破则径直过去拿冰激凌，且一边唱着幼儿园教的弱智儿歌："一二三四五六七，爸爸教我开飞机；七六五四三二一，妈妈背我下楼梯。"听得我手痒无比，真想去给他们老师迎面一拳。不过登喜路男人就觉得很好笑，竟然开口问我说："你儿子几岁？好可爱。"

虽然说在下一介保姆耳——还是人家霸王硬上弓招来的保姆，不过生性健忘，已经把这码事忘得差不多了。听到人家赞美小破，我当场就来劲，兴高采烈地点头："是吗，是吗，人家都这样说的，哈哈哈。"小破笑眯眯地过来，向我炫耀："阿姨多给我一球说我是乖宝宝。"我笑得见牙不见眼，蹲下来抱他，看上去父慈子乖，羡煞人。

登喜路男人对我的自我陶醉相当配合，也跟着点头微笑，还对小破张开手臂表示亲热："来，叔叔抱一下。"

他把小破抱起来，我看小宝贝扭来扭去，模样不像很爽，又出手接他过来。将接未接，他身子一扭，没拿冰激凌的那只小手做了一个虚抓的手势，若无其事地转回到我怀里。

三个人一起出了便利店的门，小破做的那个姿势让我相当担心，不由自主地跟着登喜路男人往一个方向走。他没有注意我们，从街边开出一部白色绿底极为漂亮的林宝坚尼，绝尘而去。

我问小破："你刚刚干什么了？"

他开开心心举起了零食："吃冰冰了。"

我碰碰他另一只手："那只手拿冰冰吃，这只手呢？"

他摊开手给我看："叔叔身上的一条线。我帮他拿下来了。"

咦，小子体贴哦，将来一百一是辟尘的私塾弟子，说不定洁癖来得更厉害，把吸血鬼抓来吸取能量之前，非要人家洗头洗澡，生理盐水消毒——我有点担心他的族人给他折腾烦了，会不会造反……

我一边漫不经心地想，一边顺眼看了看他手里所谓的那根线，不看还好，一看差点把眼珠子看掉了——这是什么线啊，在他小小的手心里不断蠕动着，鲜红透明，微微放光。如果从一条线上都可以看出表情的话，我直觉它是一条非常非常惊慌失措的线。

回到家，辟尘正跟随着FIFTY CENTS 强劲的音乐洗碗，"CHECK OUT CHECK OUT"，呼，盘子飞进水池，"CHECK OUT CHECK OUT"，呼，局部迷你旋风脱水。他摇头晃脑，其乐无穷。

小破跑去炫耀他今天的"乖宝宝大奖"奖品冰激凌球。又没有外人，辟尘却比我还臭屁，大加谬赞："小破好了不起啊，真是太乖了，来来来，吧唧一个。"小破翻翻眼睛考虑了一下，掉头走了。

我把那条线给辟尘看："这是什么？"

他把碗筷收进柜子，漫不经心瞥了一眼，说："一条线啊，你哪件衣服又破纱了？"

我提醒他："会动的哦。"

他这才仔细看看，伸出手指点点，说："是哦，软软的，什么来着？"

辟尘都不认识，奇怪了，莫非是猪肉绦虫？小破使了一招隔空取物，从人家肚子里拿出来的？想到这里一阵恶心，我忙甩手把它丢掉。奇怪的事情发生了，它一脱离我的掌心，就在空气中，非常突兀、非常彻底、非常来无影去无踪地消失了。我左右看看，摸了自己身上一遍，然后和辟尘异口同声问对方："你看见没有？"

翻遍了整个厨房的犄角旮旯，那条所谓的线硬是没见着，我纳闷得要死，直愣愣地在客厅里嘀咕："上哪去了？上哪去了？"

每当我对人生充满疑惑，就有人跑来雪上加霜。今天执行这一任务的是狄南美。但是不要以为她是稀客，她一点都不稀。以前我住东京的时候，该狐狸就不时上门骚扰，想半夜就半夜，想清早就清早，进门二话不说，扑过去把我家冰箱洗劫一空。这几年间，辟尘终于过上了安居乐业的日子，于是潜心精研烹调之术，其厨艺突飞猛进，堪称一日千里，倘若出街开店，绝对可以跻身国际一流名厨之列。于是这位一开始每两个月来吃一次饭的狄南美小姑娘，渐而改成每月一餐，后来改成一周双响，再后来的一天她打了个小包裹过来正式通知我们，从此定居墨尔本，一日三顿，我们包餐。在日常生活深受困扰的同时，我当然也必须承认，我们家已经很久没有买菜了，上到山珍海味，下到青菜萝卜，统统都是南美不知从哪里摸来的，有时候一时兴起，辟尘会跑去跟南美说："明天你带只大龙虾来吧。"她立马就穿上连身水靠，出海去了。

　　她穿一条松松垮垮七分彩画绸裤，腰间打个结，白色背心，当真腿长腰细，姿态迷人。提着一袋子吃的东西径直穿门而进，我忍不住又啰嗦："大姐，你不要滥用法术呀，隔壁住的是普通人。"她回头看看："哎呀，搞忘了搞忘了，不好意思。"又穿门跑回去，敲敲门大叫："猪哥，有人在家吗？"搞得我啼笑皆非。

　　我问她："怎么今天没有来吃饭？辟尘做了王八蒸小鸡。"南美一边一步三摇地往厨房里走去放东西，一边说："我去报名参加墨尔本小姐选美了，拿了奖就可以进军演艺圈，喂，你说我入选机会大不大？"我笑得前仰后合："选美？你是狐狸耶，你忘记了哦，搞错没有？"她回头怜悯地看着我："猪哥，做人要有理想。"我顿时撇嘴：失败，被一只不务正业的老狐狸教育要有理想！

　　她一进厨房，照例久久不出来。别在偷吃小破的水果吧？喊着她的名字进了厨房，眼前场景却大出我意料。

　　南美站在洗碗台前，手里捧了个小小的水晶球，水晶球面上蜿蜒着刚刚从我手上离奇失踪的那条红线，水晶球凝滞的内心渐渐如水沸腾一样活动起来，方寸之间仿佛卷起了万顷波涛，嗣后潮水退去，有人物场景的幻影出现。

　　我趋前轻轻问："怎么回事？"

　　南美抬头正色问我："猪哥，有没有外人来过？为什么家里会有悬神引出现？"

第二章
XUANSHENYIN

悬神引？悬神引是哪根葱？我想问南美，却被水晶球里出现的景象吸引了过去。

仿佛是一座中世纪的古堡，藏匿在无边的云雾中，闪现出青灰色的微芒，若隐若现。在整个古堡之外，鲜艳的血色仿佛在周天流动，渐渐变得浓重。更可以听到微弱的惨号声音，不知道从何处发出。我禁不住言语："哎呀，这是哪儿啊？"

声音好似惊扰了水晶球的工作，浮现的景象突然凝滞，俄而光芒大盛，凌厉闪亮，刺得我眼睛都睁不开，刹那之后归于平静，恢复了一潭死水的状态。

这水晶球还真小气，不给我看，不给我看那问狄南美好了："到底怎么回事？"

她手一张，水晶球消失于腕下。那条红线倒还服帖地躺在掌心里。她沉思地看着红线，自言自语："没理由啊，这门技艺失传很久了，为什么会在这里？"完全罔顾我一脸求知的渴望。

我到处去找扫把，有些人就是不打不招供。她警醒过来，跳后三步一伸手："慢着，我说，我说还不行吗！"

她看了我一眼，"悬神引，是道行深厚的修炼者以本身元神为饲喂养出来的一种异物。它无色、无味、无前生后世，但却能通贯人身与心的一切灵窍。悬神引离开人身即散形，而

附着在谁身上，就会变成谁的第二元神，保留记忆，存取神志，卫护心灵。接近大道的修炼者每到一定期限，即有天谴雷击之类的劫难出现，以悬神引为副车，可以保证雷击不死后元神的恢复。"

我试着把红线拈起来，往空中一抛，狄南美慌忙一把抓过："莫玩，我刚才好容易才用水晶球将它聚形，这玩意还嫩，存的记忆很少。"

一个天天跑到便利店吃垃圾食品的普通男人，身上怎么会有这号东西？狐狸半仙也不明所以，提醒我："那个人住哪里的？我们去看看，找点乐子。"

唉，说得对，闲居无聊，惹惹是非也好。计议停当，我和南美摸出厨房，四眼一看，辟尘还在顶楼奋力搞清洁，两个小时之内，应该不会有停下来的迹象。赶紧走，刚跨出门，一阵不祥的预感死死抓住了我，准确地说，是冷不丁抓住了我的衣服后侧：小破换了狗熊花睡衣，头发睡到全部飞起，蒙蒙眬眬地嘟囔："讲故事，讲故事。"

糟糕，忘记这个了——我天天都要给他讲故事啊。对南美耸耸肩，我抱起小破回房间去，开始用极度肉麻且长期为南美所不齿的声音说："乖宝宝哦，今天听什么故事啊，睡美人好不好？哦，听过了呀，那小红帽呢？"

南美在身后渴望地伸着手："我来讲故事，我来讲故事！"

我瞪她一眼："不许，你回头又告诉人家白雪公主和坏王后是同性恋。"

她很不满地哼哼："她们就是同性恋嘛。"

给小破讲故事，对平常人来说的效果相当于去看一场三维电影。他躺在我亲手做成的小床上，被子拉到下巴，由于眼睛长得像辟尘，所以我不能确定他有没有眯眼。随着故事情节的展开，他的房间里开始出现故事中那些千奇百怪的人和物体的影像，骑兵啊、火龙啊、飞毯啊，不过他小小年纪，暴力倾向却很严重，因为所有故事里影像效果最好的一幕，乃是蓝胡子故事里那间装满他前任老婆们尸体的房间，色彩逼真，形象生动，十分凄惨恐怖，连我都当场吓得哇哇叫。

安顿好小破睡下，我和南美悄悄退出来，在便利店周围捕捉到登喜路男人留下的影像线索，追随其残片而去。

已经入夜了，周围静悄悄的。我和南美也不着急，慢悠悠走——当然说慢也不慢了，有一部车一直和我们不即不离，司机一开始没反应，后来就不看路了，转过头来盯着我们两个，要不是我赶上去拉了他一把，路边好几棵树今天就要被他撞到断根。

为了免于麻烦，我们加快了脚步，穿越中心区的时候爆发速度太快，又把一条主干道上的自动测速表给弄坏了……

跑了大半个小时，我出了一身汗，南美就一直在旁边骂骂咧咧："猪头猪头，开车这么远，居然是来吃三明治。"一直到墨尔本远郊，终于看到一栋大房子孤零零立在夜色里，哥特式的高耸建筑，带有教堂一般的尖顶，窗户长而窄，青铜大门有我三个那么高，紧紧闭着。这种中世纪的欧式房子出现在墨尔本，实在令人想不通。南美仰头看看，喃喃道："这就是水晶球里那栋啦。"大大咧咧迈步上前。我拖住她，指指身后五百米处的围墙和一块牌子："人家说私人地方，不许擅入。"南美白我一眼："我们刚刚跳进围墙就已经擅入了啦。好吧，我去办个手续。"

手续？她走回去，突然亮出小尾巴往牌子上扫了扫。我跟过去一看，上面的字句变成了："幽雅气氛，精美茶点，欢迎光临，经营时间上午七点至下午九点。"

就进入房子的方式，我们进行了一场剪刀石头布的争霸赛，以决定是跳上二楼偷窥呢，还是大摇大摆登堂入室。所

幸我在五盘三胜的最后决胜一局中做出英明选择，弃用爱将剪刀，毅然出布，将南美的石头包了个万劫不复，从而才可以维护我等人类的尊严，往二楼开始爬。

如潜龙如壁虎，我轻巧地溜上二楼，倒悬着贴在窗户上方，往屋子里望去——哎呀，怎么眼前花里胡哨的？再一看，原来是南美坐在窗台上面，还在咔咔有声地吃一个苹果，哪来的？

我拍她一下，南美皱着眉头对我说："猪哥，你这么小心干什么……"话头被我打断："苹果分我一半！"

不患贫，患不均。

房间里本来是一片漆黑，这时候，仿佛知道我们等待幕布拉开的心情，有人端着巨大的烛台慢慢走进来，接着听到一个女人苍老的声音说："罗伯特先生，可以吃饭了。"

第三章

XUANSHENYIN

那个烛台被放到了窗户左近的一个柜子上，借助昏暗的光芒，可以看到房间里简单的陈设。中心是一张长餐台，铺着雪白的台布，一大簇怒放的大红圣心火鹤插在水晶瓶中，衬着摇曳的微光，更显得花色诡异迷人。一张样式古板的靠背餐椅摆在顶头，孤零零地等待用餐的人出现。此外就是分放四角的高而窄长的黑色木柜，简洁沉默，但是显然用料华贵，制工独特。四周的墙壁都装着落地的大幅帐幔，黑底金线编织出影影绰绰的人与兽，粗看似乎是描绘远古故事的画卷。帐幔后面衬着雪白的绸底，偶尔风来，便扬起一角。

那个放烛台的女人喊了一声之后，等得不耐烦了，走到门边再喊一声："罗伯特先生，可以吃饭了。"这时候我们才看到这真的是个老女人，穿着一条朴素的蓝色长裙，头发庄严地盘起，即使从侧面看，都觉得她不是一个快乐和气的人，五官小而突出，有心事一般互相纠结着。

门外传来一个男人闷闷不乐的声音："来了。里奇太太，你去做自己的事情吧。"

我对南美举起大拇指："是他！"

果然是登喜路男人走进来，懒洋洋坐到那个位子上，眼睛发直。里奇太太匆匆忙忙出去了一趟，回来时就在桌子上铺开了餐具和食物。

说到吃，我是有资格发言的。辟尘有今天的厨艺成就，实在归功于我的不懈督促，简直做到了悬梁刺股、卧薪尝胆的发奋程度——当然不是我，是辟尘，我只负责监督。

所以当我看到登喜路男人面前放的东西时，脑子里顿时涌起对他人生的无限同情。

一片白面包，烤过头了，边缘卷起焦皮，整整齐齐摆在盘子里。几片卷心菜叶子，黄黄的，缩皮皱脸的，仔细摆成扇面，放在另一个盘子里面。还有一杯喝的，从颜色看多半就是水。此外便什么都没有了。不过餐具是好餐具，纯银，手工极为精致。对古董我没有发言权，旁边的老狐狸疯狂打手势告诉我，说那是真正中世纪的一流精品，从盘沿图签来看，是出自当时名匠之手的古物——要不是我把她拉住，南美一定跳下去抱了就走。

登喜路男人穿一件白色睡衣，愁眉苦脸地摸摸叉子，又摸摸刀子，还拿起刀子往自己脖子上比划了一下，看来对伙食的质量也不是很认同。糊弄了半天，他长叹口气，微弱地问了一句："里奇太太，可以做点其他东西来吃吗？"老女人已经走到门边了，停下来严厉地说："罗伯特先生，请不要让邪恶的美食玷污了你对上帝的忠诚。"

要是吃这种东西比较接近上帝的话，那南美一定是撒旦本人了。她是宁愿饿死都不吃二流食物的。

大约因为实在难以下咽的缘故，他这顿饭吃得真久，久到我和南美都睡着了。做完一个小小的春梦之后我醒来一伸懒腰，冷不丁掉了下去，顺手一拉，拉住老狐狸的七分裤裤带，她也跟着栽下来，双双在人家门前摔成一个大字。我走运一点，在空中及时折腰腾挪，以南美为垫子，做了一个成功的软着陆。她在底下一声惨叫，对我怒目而视："猪，滚开。"

等我滚到一边去，她爬起来摸着自己的胸部愤愤不平地投诉我："我刚去隆胸的，压坏了看你怎么赔！"我爬了几下，硬是没爬起来！

人家饭吃完了，整栋房子灯火全灭，这么早就睡，这家人还不是普通的落伍。看来罗伯特一定是被这个管家婆折磨坏了，才会把三明治当宝贝。

一无所得，我们只有怏怏回去，南美的胸部好像真的压坏了，扁扁的，视觉效果差了好多。她很生气，喃喃自语要去算账，看来有人要倒大霉了。

分手之前，我想起一件事，问她："那条悬神引呢？"

她说："已经散形了，它不能离开宿主太久的。"

我刚"哦"了一声，眼前一花，她已经展开身法，走得十分急促。我追在后面吼："干吗去？"

南美遥遥回答："去拆美容院招牌！"

联想起她胸前突然瘪下去的惨状，我已经可以想像那位贸然操刀为南美整形的医生，下半辈子的生活将会如何之难看。

吹着口哨回到家，辟尘给我开门，他已经做完了屋内清洁，在院子里收集了大片重尘准备包在屋外。他说墨尔本确实挺干净的，空气里找不到什么金属微粒，只好拿水分子滥竽充数，看上去亮晶晶挺美观，就是不堪一击。硬件不过关，只好拿软件代替，所以他今天准备彻夜不睡，念念圣经，看能不能起点作用。我瞥了一眼起居室里的电脑，说："你是想上网打游戏打通宵吧？"

每天晚上辟尘辛苦收集重尘包门闭户，起因是两年半前的一趟东京之行。小破半岁的时候，我需要回东京一趟，顺便带上了小破，下飞机还不到五秒钟，小破本来在我怀里睡得猪头狗脸的，蓦然间便睁开了眼。那是我第一次看到他展现出破魂族人的一面，那眼神如海水般湛蓝而神秘，四下一转，猛地向我身后那位日本男子身上一口咬去，那人惨叫一声，瘫软在地，被咬破的地方没有血，却流泻出白色浓浆一般的东西——

是一只以杀生为修炼手段的白血山奴。小破兴致勃勃还要再接再厉，我及时甩开两条腿跑去叫了出租车一口气开出五十公里之外，总算让他叹口气，又睡着了。

说起来也不奇怪，日本是全世界非人集中程度最高的地方，而且越是残杀暴戾的东西，越喜欢来这里讨一席之地。每一年国家警视厅重案组的卷宗里，总会增加大量的离奇凶杀案，破无可破。其中有一宗，凶手在圣诞节期间两天之内，连续杀害三十九人，所有受害者尸首稀烂之余，头发都被连根拔起，不知所终。警察查了三个多月，仍然一无所获。迫不得已联系上亚洲猎人联盟寻求援助，才知道作案者就是被小破咬过一口的白血山奴。它们居住在深山里，每年冬季都需要获取大量的野兽皮毛以布置所居山洞，用以取暖。近年来环境破坏严重，山林砍伐过度，野兽大幅度减少，它走投无路之下，潜入城市，以拔取人类的头发作为装修材料，才搞出如此大血案。机场的白雪山奴只是我们东京梦魇的开始而已，期间无论在酒店还是在地铁，在购物中心还是在街心公园，小破的状态始终如一，只能以"龙精虎猛"四字形容，眼里蓝光强烈到可以当聚焦灯用。经常看到他爬起来滚到窗台旁边，对着外面兴奋地长号，好似有人来走他亲戚一样。这时候我要是跟去看，往往可以看到一些不愿意看到的怪东西。

这西洋景我看了三天，事情没办完，我就落荒而逃回到墨尔本，小破也恢复常态，整天牙牙学语、口水多过茶。我找来狄半仙一问才知道，为什么江左非要我住这里。原来墨尔本环境独特，乃是全球非人活动最少的地方。

即使如此，被我添油加醋描述一番之后，辟尘开始担起心来，生怕万一有过于强大的异物找上门，与我们的日常生活不大相宜。因此当即给自己多派发了一个职务：保安，负责天天把门看得紧紧的。

我最佩服辟尘的就是这一点，但凡决心要做什么事，都一意孤行做到底，不要说九头牛拉不回来，就是九台东风大卡车上来也白搭。尽管我们生活得其实波澜不惊，最多是访客们滥用轻功引起邻居围观，辟尘还是一心一意天天织防护罩，并且跟织毛衣一样，讲究一下针法啊花样啊，使其外观出现一点审美上的变化。有时候被小破几下吧唧哄高兴了，更是飞奔到里约热内卢去收集重金属原材料，把家里每个单间都包起来，害得我起夜之时，还要先发出一招大力金刚掌，把半身内力都损耗完毕，才能蹲到马桶上。

直到这个晚上，事实证明，持之以恒果然是会被褒奖的。

凌晨三点，我被一阵叮叮叮的声音惊醒。我悄悄起身，走下去查看。屋子里安静祥和，毫无异状，声音来自屋外。

将客厅的窗帘拉开，含有水分子的重尘罩在夜色中微微透光。草地沐浴露水，蓬勃舒展着，散发出植物特有的清新味道。

没有人。

真的没有人。

不过，人的手倒是有一只。

这只手宽大修长，皮肤平滑，指甲干净，无名指上甚至还戴着一只白金戒指，镶着一颗足有五克拉的钻石，切割、光面、成色都一流，令人过目难忘。它用食指和中指在地上走来走去，偶尔拇指和小指抱在一起，仿佛陷入沉思之中。围绕着整个房子，它不断试探着看能不能找到入口。虽说没有眼睛鼻子，它还是不时张望四周，绝对是一只有自主意识、有远大理想、有坚定目标的独立之手！

它在外面搞侦察工作搞得不亦乐乎，我就有点怀疑自己最近精神是不是过于衰弱了。难道我在做梦？那在梦中辟尘晚上烤好的面包还是很好吃呢——不错，我已经搬了一把椅子坐在窗边看，顺便吃吃小奶酥面包，喝喝果汁。

　　折腾了一两个小时，五点了，隔壁老头很快就要起床慢跑。要是他见到一只手光秃秃地在这里溜达，不知有何感想？那位手兄弟也不太耐烦了，再转两圈，就摊开五根手指，活像叹口气的样子，转过身垂头丧气地走了。

　　我把最后一只小奶酥面包填进嘴里，赶紧去给南美打电话——科技发达就是好，找人也好，找狐狸也好，都是几个号码的事情。要是呆在蛮荒之地，动不动要用千里传音，说两句话满身汗不说，通讯效果又气煞人。

　　她声音清醒得很，我问她有没有找美容院的晦气，她说那还用讲，使出了最传统的夭瓦砸锅那一招，不但把人家仪器打个粉碎，而且美容院的手术室里全部是狗屎。这座城市卫生很不错，居民素质也高，无论是人是狗，都很少有随地大小便的，不知道她去哪里找了那么多来。

　　谈到正事，我告诉她刚才门口有一只手，就是一只手，试图非法入室，至于是要抢劫还是要偷窥，目前还没有搞清楚。南美不问青红皂白，张口就骂我看好戏不叫她，我说你那个时候不是在辛苦收集狗屎吗，打断你怎么好意思？

　　她消了消气，问我："谁的手，你认识吗？"

　　这一言提醒了梦中人啊，我回头想想，越想越觉得这只手眼熟——与其说这手眼熟，不如说那只戒指眼熟，我好像在哪里见过这颗钻石的啊！

　　对了！登喜路男人！登喜路男人，他手上的戒指！

　　我认识那只戒指的经过是这样的：

　　有一次便利店来了个新店员，和我一样八婆，或者还有过之，连续三天看到人家来吃三明治，就问："先生，您家里没有人负责饮食吗？"

　　登喜路脸上肌肉抽动了两下当作微笑，一言不发，吃完赶紧走人。那位店员得不到共鸣，转向我振振有词地分析："肯定娶了个懒婆娘，戴个戒指就把自己困住了。戒指大有什么用，饭都没得吃。天啊，千万不要结婚啊！"

受他一言影响，我下次见到登喜路男人的时候，眯着眼睛仔细去看了看他的手指，还暗自对他的钻石——就是刚刚在门口的那颗——以珠宝鉴定师的职业性眼光做了一番价值估计，结论相当喜人。现在问题是，它怎么一下就独立了，还跑我家来撬门呢？

和南美商量不出个所以然来，她要去墨尔本选美委员会接受形体礼仪训练了。我建议她一定要主攻如何在走路的时候把腰肢的摆动程度减低一点，免得人家看得过于眼花，对她最后入围不利。她对我的土包子观念嗤之以鼻，教育道："猪哥，这叫步步生莲小蛮腰你懂不懂？步步生莲！"我心想以你走路那个速度，叫做步步生尘好得多啦。

考证彼此古文知识告一段落，转眼看见有个小小身影已经在大门口蹲着，全套校服都上了身，正给自己绑小领带，十分不耐烦地对我说："猪哥，什么时候上幼儿园啊，我穿好衣服了。"

说起来教化的功劳就是有这么神奇。像这位出身于超级仇恨社会型家庭的破魂小朋友，最近却在幼儿园不断获得各种各样的称赞与奖励，其中有很大一部分，居然是助人为乐。受到鼓舞过后，他融入主流的冲动更趋于强烈。天天早上七点开始就自动自发蹲到前门去等着上幼儿园，让天下多少父母眼热到死。而上个月月底开家长会的时候，他的老师竟然当众称赞：小破，我愿我的孩子像你一样，然后给他一朵硕大的红花。当时小破的神情，虽全宇宙天使相加不足以媲美其可爱——至少在我心里。

一天两度接送小破，是我生活中最大的两件事。傍晚出门

之前，我把昨天晚上有手来探的事情告诉辟尘，他的反应有二：第一，决定今天晚上走一趟地心，收集花岗岩作为重尘罩的原料。第二，今天晚上的土菜，是红焖猪手，加五香大料、冰糖酱油，给我压惊。

抱着晚上有猪手的美好希望，我把自行车放下后，照旧蹲在门口，翘首盼望幼儿园门开。小朋友们在门内一个一个都是天使，而门外，就有好多天使的仆人。小破也坐在一个秋千上荡着，穿着浅蓝色的小西装校服，对我笑嘻嘻地指指自己的口袋，表示又把今天幼儿园发的零食留下来了，待会跟我分着吃。每当这个时候，我就想带着他一跑三千里，藏到哪个山旮旯里去打死不冒头，免得江左哪天过来把他接走，我和辟尘抱头哭到死。

不知道今天怎么回事，好久都没一个小孩子出来。我站在门口向小破眨眨眼，无声地问他："怎么了？"他的小嘴一张一合，喧闹中有细细声音传入我耳朵，好似一个霹雳，我失声叫了出来："谁的头掉了？"

冲动地一喊出来，我立刻把自己嘴巴掩住，生怕引起骚乱。但立刻发现，像我那么普通的人，想要人注意，还要喊出更震撼的口号才行。

耐心地又等了大半个小时，园门终于开放了，小孩子一个接一个被引出来，上了各式名车，扬长而去。看似有条不紊的常态中，我注意到出来欢送小朋友的幼儿园老师今天的笑容僵硬而古怪，时不时把嘴角往两边扯一下，敷衍了事。同时有一位中年女子被请进了里面，一面走进去一面表情惊疑不定。看来真的有事发生。

小破一出来，我就问他："今天幼儿园怎么了？"

他欢天喜地掏出一块早已惨不忍睹的小奶油蛋糕给我看："今天的点心好好吃，你吃一点，小破吃一点，再留一点给辟尘好不好？"

我当然说好好好，乖乖乖，紧接着又问："你说头掉了了？"

他漫不经心地往自行车那边走，说："隔壁班的爱丽思，我们上洗手间看到她的头不见了。"

我毛骨悚然，一把抱起他："你有没有看到谁干的？"

他想了想："我没有看见啊。不是自己掉下来的吗？"

我没好气："当然不是。"

他去摸摸自己的头："可是我的好像可以掉一掉啊。"

我赶紧把他的手拿开，不然一会儿这里就要变成街头魔术表演现场了。

把自行车推到远一点的地方放下，我带着小破绕到幼儿园的后门处，四顾无人，便大施轻功跳了进去。小破带我进到三楼小班洗手间，小小的洗手盆、马桶和干手器一应俱全，外观卡通，颜色鲜艳。在第三间隔间，就是他们看到爱丽思无头尸体的地方。当时其他小朋友全部吓得尖叫哭闹，而小破就若无其事地上完厕所，还安慰班上的小女孩子说："不要怕，这是魔术，魔术你知道吗？"大家都只有三岁而已，缺乏起码的辨识力，居然信以为真，当即恢复平静，镇定地回教室去了。

看起来现场已被非常仔细地清理过了，没有任何异状。唯一剩下的是空气中隐约的血腥气味，娇嫩而新鲜，令人叹惋一个小小生命的消亡。

我感觉愤怒。这愤怒要把我燃烧起来了。我喜欢小孩子，喜欢他们天真无邪如珍宝一般的脸孔，谁那么卑鄙残忍，扼杀一朵花一样美丽的生命？

坐在小小的奶黄色马桶上，我闭上眼睛，集中精力收集残存的空间碎片，力图重现当时的景象。

空白。

奇怪了。

二十四小时内发生的事情，以我的能力，最少可以回顾到百分之五十以上的景象碎片。为什么没有？

正愣愣地想，本来在一旁百无聊赖吃手指的小破突然走过来站在我面前，我以为他想回家了，赶忙俯身去哄他："宝宝，我们马上就走了。"

小破对我视而不见。他的眼睛闪烁出幽幽的蓝光，正凝视我的身后，脸色变得冰冷。

脊背上冒出一阵凉气。我惴惴扭头，看了一眼，没什么呀。

小破一步步从洗手间外跨进来，向我逼近，我心里突然起了一阵奇异的陌生感觉，眼前的小破，绝对不是我每天抱上抱下、宠爱有加的那个小孩子，他身体僵直，眼色奇异，冷森森地走过来。

我难过地看着他，隔间很小，他直挺挺地撞上我。哇，好大的力量，撞得我骨头钻心痛。你是未成年型洲际导弹吗？我让开，他一直走到马桶冲水器旁边，凝视着奶黄色的瓷盖，缓缓伸出手揭开。我冲上去探头一看——一双乌黑的眼睛，恍恍惚惚地正和我大眼瞪小眼。

我"咦"了一声，头抬高，再看，真的是一双眼睛，就一双眼睛。空荡荡地睁在水里。眼神中没有任何表情，却诡异而灵活地转动。

微微的风声划过我脸边，是小破的手指，迅速戳进水箱，径直插进了那双眼睛，我惨叫一声闭上自己的眼睛，却听见小破打个哈欠百无聊赖地说："嗯嗯，我饿了。"

饿了？看到一双光秃秃的眼睛你饿了？

放低遮住我自己眼睛的手掌，水箱里已经一无所有。但是我决不相信是自己视觉功能出了问题，因为昨天晚上已经看到一只手自己溜出来做贼了，今天再看到一双眼睛跑到儿童厕所偷窥也不算出奇，说不定什么时候去音乐会还可以与两只爱听歌的耳朵打打交道，讨论一下如何解构巴赫的平衡律呢。现在我可以大致明白历史上为什么会有"杀手"这个职业名称的出现，而不是杀脚或者杀脖子，仓颉大人造字的时候，大概也是遇到过一双手自己到处飘荡这种事情的。

背着小破跑上走廊去，一溜房间门上都悬着烫金的铭牌：手工室、美术室、游戏室……天色已经渐渐黑下去了，长长的走廊安静无声，显得分外悠远。我放轻步子，正要下楼，听到四楼传来隐隐的争吵声，有个尖锐的女子声音急促地说："我一定不会善罢甘休……"

这是谁？是不是爱丽思的家人？我想探个究竟，向小破悄悄说："宝宝，不要出声……"脸一扭，耳朵上沾上一些黏糊糊的液体。用脚趾头想都知道，小破睡着了，哈喇子流得正欢呢。

从腰间抽出皮带把小破绑牢在背上，我原地跳起，手指抠住天花板上的装饰纹，整个身体贴上去，像壁虎一样开始爬行。迅速越过楼梯，翻到四楼，打开通风口钻进去，刷刷刷来到了刚才有声音传出的区域，从间隙中往外看，下面是一个大办公室，一个头发灰白的妇人坐在左侧的沙发上。对面坐的是我看到被请进门的那个中年妇女，她衣饰华贵，双膝紧闭，身体前倾，说话声音又急又尖，显然极度激动："我的女儿到底怎么回事，我一定要知道得清清楚楚。你们只是幼儿园，无权阻止我看到她，即使有所谓的传染性重病，我也有私人医生可以确诊。不用再说了，你们把我女儿交给我！"

那个灰白头发的女人咳嗽了一声，站起来，仿佛陷入思考之中，走近中年女人身边，终于开口说："史密斯太太，我们已经把事情经过讲得很清楚了，令爱身患恶疾，不能见您，既然您如此坚持，我们只好……"

她说第一个字，我已经觉得不对。这个声音我是听到过的——"罗伯特先生，吃饭了"——里奇太太！

一阵危险的预感掠过我的心头，仿佛为了配合我，里奇太太突然向这位史密斯夫人扑了过去，后者发出短促的一声惊呼，想要跳起来，却被里奇太太准确地掐住了脖子，两根拇指训练有素地一捺，按上了她两侧的大动脉。分明是擒拿术的高手。史密斯太太身体一滞，转眼便软了下去，眼看着就要死个不明不白。此时我当然不能坐视，也顾不得找通风口了，伸手一掌打碎天花板，一跃而下，里奇太太一惊，抬头还没看分明，就被我一拳打得晕头转向。趁她眼黑，我抓起史密斯太太，越窗而去。

第四章
XUANSHENYIN

　　在我家躺了两个多小时，史密斯太太才苏醒过来。她走下楼的时候，我正在和辟尘、小破三个一起玩亲子游戏《小蜜蜂》——两只小蜜蜂啊，飞在花丛中呀，飞呀……我剪刀，小破石头，输了，啪啪——诸位，这可是货真价实的两耳光，打在普通人身上，立马可以打出二级残废，附送终身脑后余震不绝——再飞，啪啪，我下手打辟尘可也没藏私，当然像我那么爱和平的人，不断祈祷的就是平局。小破小嘴一撅，凑过来吧唧一下，我脸都笑烂了。让平局来得更猛烈些吧。

　　史密斯太太迷惑地看着我们三个，迟迟疑疑地问："请问，这是哪里？"我正好被辟尘运了半天气后的一记夺命连环掌打得飞出屋子外面，怒气冲冲地爬起身来一头扎过去喊："再来，再来。"结果流年不利，这次犯在小破枪口下，一头撞来，我仰天一跤发出巨响，肘部生生压裂两块地砖。

　　要不是她及时尖叫一声，我们实在没有哪只眼睛是会注意她的。

　　小蜜蜂告一段落。小破跑到花园里抓虫子去了，我在他后面嚷嚷："别吃毛毛虫，不能吃的，也不许把花园地下水管全部挖出来！"

　　招呼史密斯太太坐下，一时间话不知从何说起，仔细端详她，高鼻深目，眼睛碧绿，似乎是欧洲大陆的品种，虽说落

难，风度却甚好，有大家闺秀的气派。目睹我眼珠乱转地看来看去，就是不先说话，她只好开口："我怎么到这里的？"

我于是把经过略略一说，她若有所思地点点头，摸摸自己的脖子，心有余悸，脸上的表情一半惊疑一半沉吟，十分复杂。我问那个老女人为什么要杀她？她大摇其头，反应相当剧烈："不知道，不知道。她说我的女儿得了传染性重病，不能回家，又不让我见她……"

我还在犹犹豫豫，辟尘出门送点心给小破，经过时顺便说了一句："什么重病，你女儿已经死了。"

史密斯太太神情一变，霍地站起来，张了几下口，直着声音说："我不信。"再看我一脸同情，心知所言不虚，情绪极为激动，立时张开喉咙哭叫起来，反复道："为什么，为什么？为什么啊，爱丽思，我的宝贝。"泪如雨下，看了真是令人为之断肠啊。

我抢上一步，一面拿住她的闻香、人中两处穴道，轻轻发力，强迫她镇定下来，一面安慰她："冷静一点，冷静一点。我们现在还不能确定到底发生了什么事，请冷静下来。"

等她终于冷静下来的时候，我们的晚饭已经吃完了。不错，安慰女人，尤其是安慰悲痛的女人乃是我平生学得最差劲的一门技术，所以黔驴技穷的关键时候，我还是忍不住重操故伎，一拳把她打昏了过去。一天昏两次，一次两小时，这个剂量大了点，为了做一点补偿，我很好心地留了一点香草烧羊排给她，要说辟尘的厨艺不是盖的，这位太太本来再次醒后仍悲伤得要死，也硬是来了个中场休息，把羊排吃得干干净净后才继续。

她终于可以稳定地回答我的问题，家庭背景：商人，五个月前从法国移民来的，单亲。爱丽思四岁，刚进那家幼儿园不久。在本地没有什么朋友或亲戚，更没有什么恩怨纠葛。

没什么恩怨纠葛？没有恩怨纠葛还母女双双被追杀？这

是什么世界啊。我的推理能力显然不足，想了半天没有想出所以然来，只能安排她临时在我家住下，这时小破的冰激凌时间到了，辟尘帮他换了一身白点鹅黄底的连身外出服，带到门边开始念念有词："冰激凌，冰激凌。"

十分钟以后，如意料之中，我们在便利店看到了登喜路男人罗伯特继续郁闷地吃三明治。我悄悄问店员："你们这家店的三明治是不是特别好吃？"这位留着朋克头、嘴唇上和鼻子上各穿了三个金属环的惨绿少年哼了一声，眼睛望向放三明治的架子，慢吞吞地说："墨尔本一千家便利店自产三明治评选，我们位列第七百四十五名。"我释然："还不算最难吃。"

他紧接着来一句："后面二百五十五家店至昨日为止，全部倒闭！"

我顿时苦起脸："所以……"

他非常干脆地点点头，还挺起胸膛，彻底表现出一种无以名状的另类荣誉感："所以本店出品的三明治，从今日开始，正式成为整个墨尔本最难吃的一种！"

听到这里，我对罗伯特马上同情到极点，一方面为了挽救他的胃，一方面借机会看看他到底有何怪异之处，我当即上前邀请他第二日来我家吃午饭。他先是疑惑万分，接着就深感赧然，面面相觑的过程中我目击了他含在嘴里的那块三明治，从酸黄瓜的成色看，我完全有理由怀疑此人味觉早已失灵，才能这样吞糠咽菜，在所不计。我对他解释："我家厨子最近发明了两道新菜色，要我找人去试试味道。"他傻乎乎地点点头，含含糊糊地说："那怎么好意思……"

我瞥了一眼他的手，心里嘀咕：不用不好意思，只要你把断手飞行术表演来看看，我们就两清啦。

悬神引·第四章 XUANSHENYIN

109

回去我告诉辟尘明天家里有客，他相当犯踌躇："长得怎么样？"

我想了想："普通。"

辟尘点点头："普通我还可以接受。不要跟上次那个邮差一样，刚往家里送了三天报纸，小破的眼睛就变大了三倍。"

我忍不住大笑起来。辟尘是半犀族人，对自己的小眼睛极为自豪，一旦有任何人影响小破外貌，辟尘就会不择手段。上次那个邮差就因为家里闹鬼，不得不搬走了。

虽然腹诽了人家半天，辟尘还是很好客的，为了迎接罗伯特的到来，辟尘做出了下列食谱：

冷盘：豉爆田鸡腿

　　　怪味牛肚

热菜：红烧划水

　　　螃蟹粉丝煲

　　　梅菜扣肉

主盘：佛跳墙

汤水：黄瓜肉片汤

点心：两面黄酥饼

　　　鱼饺

主食：手工刀削面

　　　咸八宝饭

我从头到尾看完，出去找狄南美投诉："什么世道啊，我没吃过的都有，拿手菜一次到齐了！"

南美也义愤填膺："就是，我也没吃过田鸡。对了，墨尔本哪里来的田鸡？"

我去问辟尘，他正唱着歌儿专心整治手里的鲍鱼，一听还想了想："田鸡呀？田鸡？哦，我昨天晚上去了一趟墨西哥，抓了好多呢。"

我再次出去投诉："听听，为了给人家吃田鸡，去墨西哥！幸好他不耗汽油，不然亏死了，多费钱啊！"

辟尘听得不耐烦了，从厨房出来教训我："猪哥，你闹什么，你请的客人，我们要给人家面子嘛！要不别请了，我们自己吃？"

小破在一边做幼儿园布置的手工作业，正折着纸蝴蝶，冷不丁冒出一句话来："猪哥无理取闹了。"

成语用得如此精准，我立马就蔫了，灰溜溜跑去帮小破当下手。南美则请愿成为试菜师，拿着一双银筷子在空中挥舞，大义凛然："我豁出去了，我一定要先吃吃看，如果有毒，你们就别吃了，全部给我吃吧……"

结果她被辟尘用一阵平地龙卷风裹住丢出厨房，力度位置刚刚好，掉下来正戳在小破的剪刀上，她哇哇大叫在客厅里以超音速绕圈子，把期期艾艾进门的罗伯特晃得眼前一花，差点栽倒在地。

不愧是狐狸精，居然立刻忍住PP上的剧痛，瞬息间堆出满面妩媚笑容迎上去："罗伯特先生。"简直可以嗲死我了，一辈子没听过她声音分贝这么低。

我早就纳闷了，看南美今天穿着来者不善：V领纱衬衣，透明紫色贴身短裙，胸部修复有功，比以前还大了一号，如此刻意娇艳，一定有诈。果然听到这混蛋狐狸迎上去，娇滴滴地搭讪道："罗伯特先生可有涉足传媒业？您觉得我能不能当封面女郎啊？！"

丢脸啊，一千年的老精怪，居然灌人类的迷魂汤，可见贪图虚荣这种毛病，不仅仅是我们凡夫俗子专有的。

我对狐狸一向乏术，唯一制得住她、尤其是在饭前时分比较占优势的，只有辟尘大人。幸好他也看不惯，挥舞着一把锅铲大步流星走出来，威胁她："不要带坏我们小破呀，不然

以后你的菜我都下泻药！"

一针见血，正中命门，够狠，我喜欢！

但是这一切的一切，都不再重要：因为厨房里开始大批量传出各种复杂香味，结合中国各个省份招牌菜式的精华，经辟尘大人亲手炮制、放到金字塔里可以把木乃伊们全部熏醒过来的美食佳肴，就要上场了！

有没有在电视里看到过，某个大旱之年，千万人流离失所，城中心架起棚子施粥。此时万人拥挤，汹涌如潮，那场景真是令人唏嘘感叹。不过我一直有点意见的是，现在的群众演员选拔机制不合理啊。看看，这位仁兄，贵体重几何？一百四十斤，你可只有五英尺高啊，也好意思来演饥民？作为一个演员，哪怕是死跑龙套的，也要敬业嘛！

鉴于此，我实在应该号召各路导演们每逢中午一点，晚上七点来我家现场观摩，才能够见识到"天下狐狸，皆为饭来，地上破魂，皆为菜往"的真正盛景，才能深刻领会到什么叫做"人争一口饭，佛争一炷香"的至高真理，才能了解到"落花流水吃完也，天上人间"的古今盛衰盈缺。

当罗伯特先生正在和我进行正常的社交寒暄之际，突然犀牛一唱天下白："开饭了，上菜！"我把礼物往空中一丢，好功夫，不偏不倚落在五米开外的茶几上，然后罗伯特眼前一花，只见这个房间里所有人除了他之外，全部堆在厨房门口，眼睛里的绿光照亮方圆两米。小破爬得最高，踩着我和南美的大好头颅，正在扬尘舞蹈，嘴里结结巴巴地报菜名："小破，小破跳墙！"诸位，他不是发布三级危险警告威胁我们跑远一点，而是基于实际情况将佛跳墙改了名：佛跳不跳墙没见过，他倒是隔三差五要跳一回的。

辟尘以外层爆破风护体，好不容易将菜端上了桌子，罗伯特先生没有搞懂状况，慢条斯理系好餐巾，喝水漱口，笨笨地拿起筷子四下一张望，哎呀，只有小破啃着田鸡腿眉开眼笑，其他人呢？

其他人烟尘滚滚地杀进了厨房，正为多出来的一个两面黄酥饼扭成一团麻花。两分钟后，情势突变，罗伯特猛然以人类不应该拥有的短跑速度冲进来，一头扎入战团，靠着他异军突起，攻其不备，居然从南美的嘴里硬生生夺下酥饼，一击得手，全身而退，欢天喜地地闪进客厅，刚刚坐下准备大吃，那只酥饼却突然从他嘴里掉了下来。

他愕然地盯着我们家的楼梯口，状似痴呆，又似缅怀，激悦、痛楚、疑惑、感激、震惊、思念，统统交织在眼光里，仿佛一个初恋的少年，在望着他失散多年的意中人！

不错，我的比喻是正确的！

楼梯口出现的是史密斯太太。她身负丧女之痛，沉睡了整日，此时才蹒跚下楼。当她看到罗伯特，惊疑半刻，热泪夺眶而出，突然间两人同时启动，罗伯特高呼："莉莉！"飞奔过去，恰在第二级楼梯对接成功，拥抱在一起——年轻人冲动不懂事，两个人站一级梯子怎么站得住，顿时一起摔下来。按道理说我们应该及时助他一臂之力，不过狄南美当机立断地号召了一声："趁他分神，我们快吃！"所以大家都没空去捧他们这一出楼台会的场。

他们滚在地上又哭又笑，一起问话又一起闭嘴，眼睛贴在对方鼻子上看都还嫌不够近，亲嘴亲了十七八个才停下来喘口气。罗伯特平时还挺像模像样的，现在只会喊："天哪，天哪，耶稣基督爱我，上帝爱我。"辟尘喝着汤在一边观望，唏嘘地说："真感人啊，真是太感人了。"南美含着一口八宝饭凑过去问："怎么感人法，你什么时候那么多愁善感的？"辟尘指指那两个家伙身下，说："喏，那块地毯今天蹭了灰，我本来准备拿去洗的，不过现在已经不用了。"

等我们终于吃完，大家才有心情去把那两个人扶起来坐

下，他们的手还紧紧扣在一起，互相看着，仿佛一秒钟都舍不得分开。年龄加起来有八十岁。为什么还痴缠成这样？

再三催促，罗伯特才为我娓娓道来。莉莉是他十五岁时候的初恋情人，彼时在巴黎，和莉莉陷入情网不过四个月就被迫离开，联系断绝，后来百般寻访，仍然音信全无。罗伯特心如死灰，迁到本地买下大块土地独居，所住的房子也是模仿女友的家建的，聊以怀念。

我和南美对望一眼，哦，哦，这样啊。

他一边述说一边眼泪鼻涕齐下，激动起来，握住莉莉的手一迭声问："你去哪里了，发生了什么事？这么多年，我一个人好苦！"

史密斯太太脸上突然露出奇特的迷惘表情，她喃喃地说："我也不知道。"

罗伯特和莉莉一起驱车从我家离去。站在院子外面的我不由得发起呆来，发生了多少稀奇古怪的事啊，怎么就和我扯上了呀？

送客归来，辟尘开始每日的例行功课——哄小破去洗澡。预设台词一般是这样的：

"小破，洗澡！"

"不！"

"小破，去洗澡吧！"

"不去！"

"小破乖乖哦，你去洗澡我给你做好吃的。"

"吃饱了！"

"去不去？"

"不去！"

到这里，紧接着就会响起呼呼啦啦的声音，那是辟尘丧失了耐心后用线状偏旋风强行脱小破的衣服，这一招我垂涎已久，他就是不教我，其实我也不想干什么坏事啊，我不过讨厌削苹果皮，想吃现成的而已。

一旦小破的衣服被脱掉，他就会恼羞成怒，开始读辟尘的脑电波，并且大声念出来，可惜这个小子的语言表达能力不太发达，经常瞪着辟尘半天，才无比用力地吼出一声："萝卜！"

辟尘就向我解释："我琢磨着明天在后院种点萝卜呢，那块土不错。"

要不就是："水，水，水！"

不用注解我都知道辟尘在想着待会搞卫生的事情。

不过今天小破很争气，他在客厅里光着屁股跳上跳下，活像一只发条上得太足的运动人偶，一面念念有词地说："老太婆，小孩子，小孩子，阿姨，阿姨。"

我觑着辟尘："你最近看什么电影了？"

他一脸无辜地看着我："我脑子里现在什么都没有。"

谁都可以不信，辟尘是绝对不会对我撒谎的。捞出一个渔网兜兜我站在客厅中间，等小破一落下，瞅准机会一兜把他捞过来，问他："宝宝你说什么呀？"

他眼睛乌溜溜地看着我："爱丽思和刚才的阿姨在一起。"

我如释重负："爱丽思是阿姨的女儿啊，当然在一起。"

他皱眉："什么是女儿？"

不好，要解释与破魂家族传承左右不相干的道德伦理与生物学问题，我赶紧跑掉，任辟尘拖小破去浴室。

往常南美是要和辟尘联手去捉小破洗澡的，还顺便揩人家三岁小童男的油，把"老少皆宜童叟无欺"八字真言贯彻得十分彻底，今天却一反常态，坐在客厅角落，竟然是在思考！只见水晶球在她掌心上方悬浮，微微发光，球体里的影像飘忽不定，十分混沌。南美凝视着水晶球深处，神态凝重。

看到眼睛都酸了，我点点南美："有什么呀有什么呀，我

瞧不见。"一向明鉴万里的老狐狸居然也糊涂:"奇怪了,反复看到的还是上次那个古堡,水晶球居然没有办法再深入了。难道有什么干扰?"她猜测:"史密斯?没道理,我应该感觉得到的,难道我吃太多垃圾食品以后功能退化了?"辟尘阴森森的声音立刻从遥远的浴室传来:"你说什么是垃圾食品?"

南美噤若寒蝉,一会儿悄悄说:"猪哥,史密斯一定是有问题的。"

这话不错。适才他们匆匆离去前,我试图告诉罗伯特,他家里的那位里奇太太不但做出来的东西可以吃死人,而且还真的会动手杀人,结果最应该帮我腔的受害者史密斯太太却不断以高分贝的重逢咏叹调和无限热吻来转移罗伯特的注意力,让我数度话死嘴边,郁闷不已。

对南美的话大点其头,她受到肯定十分鼓舞,扳起手指准备和我细数子丑寅卯,突然两个人屁股一轻,得道升天一样被一阵风托起,呼的上楼转弯,一头栽进浴室,只见辟尘全身水淋淋地站在浴缸里,小破却坐在了洗手台上面,正满脸无辜地哼儿歌。看到我们,辟尘气急败坏地吼道:"快来帮忙,小子今天反了。"

合我等三人之力,终于把今天格外叛逆的小破洗完澡。说来也奇怪,天天要他去洗澡都跟要杀他头一样,但只要一放进浴缸,他就立刻安静下来,一脸陶醉地泡在水里。和普通小孩一样地喜欢一边洗一边玩玩具,所以两米长一米三宽的浴缸浮满了形形色色的军舰、货轮、海盗骷髅船,飘扬各国旗帜,天下一家。唯一的特殊之处,就是这些船在水里泡久了可能有点不耐烦,有事没事会飞起来,在空中表演托马斯全旋。

今天当值表演飞船体操技术的是导弹巡洋舰勇气号,只见它从水缸中徐徐上升,优雅地在半空中缓缓旋转三百六十度作为亮相，然后突然船头一提，飞速斜窜上天花板，临近高速撞墙的时候一个急刹，反身腾挪两周转体，又笔直下坠，速度之快，普通人压根看不到。我们三个各自端着一个小板凳坐在门口作为贵宾席，见状轰然叫好，纷纷鼓掌，献上飞吻，表示崇拜。小破在浴缸中咯咯发笑，得意得很。

勇气号踌躇满志地在空中高视阔步，自由自在地飞来飞去，偶尔会做出一些危险动作，例如飞快冲向放满各种洗发用品和婴儿护肤品的架子支撑部，在马上要撞上的时候一个急转弯掠开。说它危险，并不是害怕损失——江左司徒给的抚养费不少——而是那些东西一掉，就意味着辟尘的额外清洁工作立刻拉开序幕，今晚家里的蟑螂都没得安生了……

他差不多玩够了，我们三人站起身来挽袖子，准备把他拖出来。此时那艘勇气号突然在空中凝住不动，仿佛在倾听什么，瞬间之后，小破在浴缸中发出清亮的一声长啸，所有玩具船都腾地升空，争先恐后，以万夫不当之勇统统向浴室窗户笔直驶去，一声裂响，玻璃碎落，隐约有金色长发飞扬而起，迅速闪过。我冲上去探头一看，外面清风白云，夜空朗朗，一无所有。但是去势最快的勇气号船舷上，分明夹住了一缕头发，金色，极为柔细。南美抱起小破问他："刚刚是谁来了？"

小破乖乖地裹在浴巾里面让辟尘给他擦水，一面漫不经心地说："爱丽思。"一语惊人！还是辟尘镇定，抱起小破摇摇头："世道变了啊，狗仔队的成分都这么复杂，罗伯特的手，爱丽思的头。"南美插一句："猪哥，你身上什么地方是可以分体作战的？"

我耸耸肩："有待开发，喂，你别上来，我自己开发就行了。"

正打闹，南美忽然脸色一变，跳起来就问："几点了？"

还不等我答话，她飞快向门口跑，我在后面喊："喂——"

她回头瞪我："我要去布鲁塞尔的 RAVE PARTY，回见——"

这个"见"字语音未落，狐狸一头撞在门上，穿门术无效，一个大包从她头上像雨后春笋一样冒出来。我忍住笑，平心静气地告诉她："辟尘在门上包了超能防法术重尘罩。"

丢给我一根狠狠的中指，南美悻悻开门闪了。我笑了半天，东抓抓，西挠挠，心里始终觉得安定不下来。算了，这多管闲事的脾气改不了，还是趁夜去罗伯特家再看看，也许可以发现点什么。

第五章

XUANSHENYIN

　　还隔得老远，一阵悠扬响亮的音乐声就传到耳朵里，我睁大眼睛，愕然停下脚步。

　　古堡里王子在开舞会吗？窗户透出辉煌的光芒，大门洞开，隐约传出笑语与喧哗。

　　从大门口进去大约是不行的，算了，爬吧，这行我也做熟了。

　　上到三楼顶，那儿有一扇小小的窗户，黑着，应该是阁楼。我唱着"小小姑娘"的歌儿蹲到窗口观察一下，哎，金属网窗纱包得很严实呢。反正是做贼，我也就不客气了，运气将指尖切割力达到金刚石级别，我在金属线网上一横一竖划出两道大口子，好厚的封膜，居然令我的手指都有痛感。破口一开，一阵带着腥味的沉滞空气滚出来，砸在我的脸上，其杀伤力对普通人足以致命。要是辟尘来了，就会当场摸出一个扫把，兴高采烈地进去搞卫生。撑开金属网，窗户彻底露出来。我深深吸了口气，扑通跳了进去。

　　好黑！

　　我算见过一点世面，不然风风雨雨当猎人那么多年，要挂也挂了不少次了。当我静立在这阁楼中，感觉无限远旷，连呼吸都仿佛被巨大的寂静所稀释，没入虚空的时候，从前出生入死的预警直觉，悄悄回到了我身上。

我试着往前走了一步，提起，踏下。奇怪，我为什么要出汗？为什么明明踏在平地上，却有如临深渊如履薄冰的战栗直觉？

稳住身形，我凝神感觉四周。这里的空气不但味道奇怪，并且犹如实体一般有形有质，仿佛从某个地方正源源不断地涌出来，给我沉重的压迫感。

我将右手中指放到嘴里轻轻一咬，一滴血珠悬在指尖上，微微发光，那鲜艳的红色光明来自生命本身的活力，可以照亮一切异世界的幽冥。

我转了一圈，看我的周围。

无穷无尽的黑与沉默，蜂拥积压，有低沉却暴烈的异样咆哮，来自无名之处。我眼前有沉沉雾气压迫，天哪，为什么这里会有时间旷野？难道有什么高级大法师在附近而我竟然一无所知？

时间旷野，是拥有强大力量的修行者为了藏匿与转换生命和灵魂而设置的结界。它可以绝对封闭，也可以通往过去未来两端出口。

血滴之灵焰黯淡了。黑暗再度卷土重来，包围我。

站着不动会被时间的力量挤逼为尘埃。我打起精神，冷静下来，周身真气运转，使身体的热尽量降低以减轻时间旷野的包围力度。当身体状态到达最轻的时候，我纵身跳起，姿势媲美高峰期的乔丹最后一秒那凌空一扣，可惜不但没有摸着篮网，不知道哪个天杀的中锋队员将我裤子一拉，身体一坠，我就像只不幸被打中的鹌鹑一样，飞速落下，坠往虚空。

飞旋了不知多少时候，我脚下一滞，忙轻身稳住动作。张眼一看，好险，我正落在一扇门前，雕花原木，配有青铜原色把手和门环。有门就须开，我随手一拉，铺天盖地的弦歌与热浪劈头盖脸而来，顿时把我淹没。

这里也是一个舞会啊。金碧辉煌的大厅以巨大烛台照明，仿佛古老皇朝居住的伟大宫廷，华彩中充满精美与庄严的奢侈装饰。穿着复古装束的绅士淑女们穿梭来去，乐队在东南角奏乐，不是普通的派对乐队哦，是全本大型交响乐团，奏的歌曲完全没有听过。开玩笑吧，谁家这么浪费，请这么多人好贵的。

仿佛为了回答我的问题，大厅中央正在翩翩起舞的人群忽然分开个圆圈来，乐曲也戛然而止。那圆圈中走出一个着大红色长袍、戴着华贵教士冠的男子，满面笑容地高举双手，大声说："赞美主！"随即念起经来。

我当即傻眼："罗伯特？"绝对是罗伯特，一模一样啊，最多是老一点而已。

我隐约意识到发生了什么，通过时间旷野，我一定来到了某个中世纪的古堡，而那个时间旷野和眼前的罗伯特，必然有不可分割的关系。正要趋前细看，我又瞥到了另一位熟人，里奇太太正从侧门走入，她穿着修女服饰，头巾却没有盖上，身后跟着十四个壮汉，每两个人手里都抬着一个架子，每个架子上赫然绑着一位容貌极美的赤裸少女，长发披垂，脸上都带着极度惊恐的神色，嘴巴翕动，却没有声音。这行人走入，罗伯特神色转为激奋，紧接着我听到他说："以纯洁少女的血，洗礼我们尊贵皇族的罪，使光荣永生吧，我们的庆典要开始了。"欢呼立刻从周围人群中爆发出来。

他说的是拉丁文，我好歹还是听懂了一点，这要归功于猎人修行的时候考外语，免得看不懂古代流传下来的非人资料。

壮汉们在里奇这个死老太婆的指挥下，将架子在大厅中央一字排开，不知道什么时候每个架子底下放上了银色的盆子接取血液。我周围的人情绪极为激动，嘴脸因为渴望而扭曲，连夹杂了一个我这样的土人在中间也没注意。而我这个土人可就给气坏了。这叫什么，这叫暴殄天物啊。这么漂亮

的女孩子，可以去当电影明星，可以去当槟榔西施，可以去做超级模特，我也决不反对其中一个当我老婆，可是现在居然拿米放血，你们这些没文化的！

趁着罗伯特又在祈祷，我观察了一下四周的情况，身后不远处有个侧门，我看到有一些仆人进出，可能是通向古堡上层，烛台均匀分布在大厅四周的半空和地面。好，罗伯特喊阿门了，就在他"阿门"一出口的时候，我奋起神威大喝一声："滚你妈的臭鸭蛋！"舌尖上一口血喷出去，施展出的，乃是我最强的神魂藏顿诀。所有的烛台一起熄灭，黑如永夜，大风四起，满场惊呼中我合身向中央扑去，拼出老命，一口气设了七个防护罩。抢在烛光再亮之前，倒翻丈许，再翻，隐入了侧门。

门内是楼梯，上了两层，竟然一个人都没有遇到。空空荡荡的中世纪建筑中，安静得十分诡异。

在第二层，许多硕大的门都关着，沉沉的背后仿佛都藏着不可告人的秘密。我随手推开其中一扇，差点哇地叫起来。只见一个高鼻子的老妇人正怒冲冲地瞪住我，绿眼睛，一脸鸡皮，全副盛装，头戴珠冠，好像立刻就要扑过来咬我一口。定了一下神，我才发现这其实是一幅画，不过这画也未免太大了，又放在门口，存心吓死人吗？

我愤愤不平地把这个金属底框的大画架移到一边，移的过程里，不小心多看了几眼画里的老女人，看到了画幅下的名字：厄斯特拉。厄斯特拉，厄斯特拉，名字很熟啊。灵光一闪，啊，我想起来了，欧洲历史上最著名的女吸血鬼啊，十六世纪匈牙利伯爵夫人厄斯特拉，十年中杀害超过六百名少女尽取其血以供应她的洗澡水。她在这里？

我正在嘀嘀咕咕，从另一扇门忽然进来四个身高六英尺、满面黑胡子的彪形大汉，看到我也受惊不浅。一怔之后，也不问话，拔出了刀子就冲上来抓我的胳膊。喂，我怕怕吸血鬼而已啦，你们是什么品种的葱，也来？我顺腿一扫，当头那个倒在一边，身子跟跄，砸到厄斯特拉夫人那幅画，歪在一边了。他大吃一惊，如丧考妣，抱着画架，哇哇大叫起来，其他三个人把我扔在一边，也一起上去叫，最后四个人围成一圈，竟然哭起来。几个大男人，胡子又多，鼻涕嘀嘀嗒嗒的，别提多难看。

我正想跑路，他们回过头来眼露凶光，这种表情大家都明白，意思就是：我倒大霉了，你也别想闲着！

为了让他们死心，我干脆起手一式拳打南山，咔啦一声，把那幅画像连人带架子，打了个稀烂。那些人惊叫一声，轰地全跑了。

我追在后面叫："别走，别走，这是哪里？"

那四个人跑得越发快，当头那个冲去开门，刚一拉开，突然一声长长的呼啸声，一条黑亮的鞭子啪啦闪过，打在那几个人身上，顿时皮开肉绽，鲜血从脸上流下来。

说来我这烂好人的脾气就是要不得，刚刚他们还跟我拗，这会我就忘记了，反而上去打抱不平。人还没看清，鞭子又来了——好家伙，上面还带着尖锐的倒刺，当人家是稻子打吗，稻子还要顺势拔呢。我迎上去两指一夹，往后一拉一送，掌心吐力，那个拿鞭子的人尖叫一声栽了进来。栽到我面前我就不客气了，揪住先给他脸上两耳光。这一招我偷学南美的，说能把脸上打出两坨红潮，看上去皮肤好，南美这方面是很专业的，扁人家还照顾视觉效果。

是个很矮小的男人，穿的衣服质料比刚才那四位好很多，一脸迷惑，一脸红肿地看着我。

我喝问他："这是哪里？"

他擦了一把鼻血，锐声叫喊起来，语速很快，只依稀听到几个单词，好像是：巴托里古堡，死亡，惩罚……有点创意好不好啊，现在是兄弟我当家做主啊，你威胁我？带路，去你们主子那里。

半个小时以后，我在这栋古堡最高层最东端的一间巨大卧室里，亲眼看见了历史上最混蛋的化妆品制造者——厄斯特拉·巴切里夫人。看来她的先锋护肤法是失败的，因为她脸上褶子成堆，五官都带着青灰色，一对狭长的三角眼里闪动着歇斯底里的光。

这位老太婆在巨大的卧室里转来转去，穿着十六世纪贵族的盛装，裙子极为蓬松，坎肩斜搭着，无数串珠宝装饰垂在她脖子上。她仿佛在等待什么，不断向门外张望，嘴里发出神经质的嘟囔声。

我早已把矮子用他自己的裤子绑在了楼梯下面，自己舒舒服服地躲在卧室落地窗户垂帘的后面，看事态如何发展。

厄斯特拉等得心烦，突然怒气冲冲向大门走去，被什么东西刺到一样，又立刻跟跟跄跄退了回来。原来那门上有硕大纯银的十字架交叉镇守，传说因为这位伯爵夫人是吸血鬼而被软禁看来是真的。

就在她马上要抓狂的时候，罗伯特进来了，他除下了教士冠，怒气冲冲，厄斯特拉迎上去迫不及待地问："血呢？可以开始最后的仪式了吗？"

罗伯特极为懊恼地伸手号叫起来："三十七年，三十七年的等待！落空了，落空了！祭品不见了，在我眼前消失了，难道是上帝惩罚我，天哪！"

厄斯特拉整张脸皱成一个苦瓜，嘴巴张开，那是一种疯狂的失望和怨恨所交织的表情，她嘶叫着："不可能的，不可能的。安诺斯祭司，你骗我，说实话吧，我们要成功了对吗？

一切都在今夜，一切都在今夜！"

罗伯特，还是安诺斯祭司，绝望地摇摇头，有气无力地念叨："在我的面前，不见了。我，安诺斯，是欧洲最伟大的祭司啊，一定是上帝，上帝——"

我藏在帘子后面要笑死了，上帝你个头啊，我哪里长得像上帝了？

这个解释不但遭遇到我的嘲笑，也难以取信于厄斯特拉，她焦躁地喘气，突然走近罗伯特，阴沉地说："安诺斯祭司，我知道你恨我，你和你的那条母狗里奇都恨我，是不是？"罗伯特惊跳起来，脸色立刻转成青色："不，不，夫人，你要相信我。我不会背叛你的！"

这番表白没什么说服力，厄斯特拉不等他说完，即刻放声尖叫起来："叛徒，叛徒，我要惩罚你！"

她向罗伯特扑了过去。罗伯特架住他，气急败坏地喊道："你疯了吗？厄斯特拉，厄斯特拉，厄斯特拉，啊……"

想跟女人讲道理没有丝毫作用，看这一场好打，多有意思，两个人的法力或许相当，抵消了等于没有，也或许他们彼此都极为熟悉，各自占不到什么便宜。所以一个宫廷大教士和一个资深吸血鬼之间的打斗，和街头流氓的斗殴类似。随着战况深入，"君子怕流氓，流氓怕泼妇"这句俗话逐渐得到了更多的印证。几个回合过后，罗伯特一身红袍已经给扯得稀烂，而且一着不慎，脖子被吸血鬼母夜叉给狠狠咬了一口，微黑的血液先是滴滴冒出皮肤，很快如破开的水管一样，凶猛汹涌地流了出来。罗伯特护住自己的头，惊恐地退后退后，突然大叫一声，脚下一踉跄，倒在地上，瞬间冒出一阵青色烟雾，他整个人也就消失在烟雾中。只留下一阵隐约的痛苦呻吟和诅咒，大意无非是"我还会回来的"之类。

伯爵夫人模样也甚狼狈，喘着气站在屋子中间，良久，好似下了什么决心，自言自语地说："我要试试看，我要试试看，

即使没有血，我不甘心就此终结在这个鬼地方。"

她盘腿坐下来，闭上眼睛，双手举起向天，摆出了一个非常古怪的手势形状，同时口中喃喃念叨着什么，须臾过后，她身上残存的衣服突然间化为尘灰，身周升腾起一圈鲜艳的血色光芒。我心里惨叫一声：我的妈，倒霉啊，这种太婆身材看了好伤眼睛的。

不想看，还是要看，免得错过什么，我骂骂咧咧，注意到她的身体渐渐变得透明了，筋肉中却飞快窜动着许多红色线条。她看起来就是拉斯维加斯赌场中的老虎机，除了窜来窜去的不是数字而是悬神引外。她在做什么呢？

到目前为止，我已经插手搞了一场破坏，窝里斗我也看了，可是始终不明白我破坏了什么，他们又在搞什么。这种被卷在漩涡中喝水的感觉实在不好，现在悬神引再次现形，事态似乎开始十分不妙起来。多等无益，我一拉窗帘，精神抖擞地跳了出去，要把这个恶棍老太婆敲出一头包来。

厄斯特拉的运法已经到了关键时候，悬神引的活动速度慢慢迟缓了下来，我发现她的整个模样起了一种奇特的变化，脸上的褶子变平，肌肤散发出鲜嫩的光泽，而本来十分下垂的部位，也打起了精神抵抗地心引力，骄傲地耸立起来。就在我的面前，一个烂茶渣一般的老太婆正缓缓地变回一朵花的少女——而且越来越清楚地呈现出史密斯太太的模样。我猜想她大功告成以后，一定会跳起来高唱一曲"青春，最可爱是青春，白天踏春，晚上嬉春"什么的。

她那么得意我干什么吃的？冲上前去，我随手抓了个金属烛台想砸她看看。欲砸未砸的当儿，耳边传来轻轻的一记啪啦声，然后厄斯特拉猛然睁大眼睛，整个人的神态透露出一种发自内心的震惊。我往后一跳，严阵以待，而事实上她却根本没有注意到我，而是直勾勾地盯着我的身后，在她睁眼的瞬间，刚才所有的回春变化都中止继而消失了——仍然是一个死老太婆坐在那里，而且光着身子。不知廉耻啊，穿点什么行不行？

追随着她失神的眼光我凝神转向自己身后，惴惴不安。这样把后背露给人家，乃是混偏门者的大忌讳。此时随便哪个法术平常的菜鸟在我身后施一个长生变形咒，我下辈子就要活在狗身上。即使能够以全狗之身逃生，回到家也没有善终——辟尘可爱做韩式香肉锅了！

这疑虑之心延续了十秒钟，被一个熟悉的声音打破。这是谁在奶声奶气地叫我："猪哥，给我讲故事！"

拉拉自己耳朵，幻听了呢？难道我老了？再接着就看到了小破，穿着他的乖花花睡衣，吃着手指站在我身边，四处打量。

我大惊失色，蹲下来抱住小破："你怎么来的？辟尘呢？"

他看起来很想睡，靠在我怀里狂打哈欠："辟尘睡觉了。你不给我讲故事，我来找你。"

我指指自己，再指指周围："你知道我在这里？"

他很不耐烦地摇头："我要睡觉了，你快点带我去睡觉吧。"

我把他又搂又摇："乖哦，马上就讲故事，马上就睡觉。不过小破可不可以先告诉我，你怎么来的？"这个问题不解决，我下辈子恐怕都睡不着觉了。

他带着一副意思是"你这个白痴真难搞"的表情看着我，说："我想看你在哪里，我看见了，我就来找你了。"

我做了一个从床上翻身下来的动作："就这样？"

再做一个含手指东张西望的动作："然后就在这里？"

小破耸耸肩膀，活像辟尘平日跟我纠缠不清最后表示"俺投降，俺怕了你"的表情，非常忍气吞声地说："对啊！"

我那个兴高采烈啊，达旦就是达旦，我这个基金买得好，回报率高，成长空间无限，时时有分红惊喜，业绩还稳定。最

起码，想去哪都不用找光行了，找它还要冒犯规的危险。以后我再想要点什么杨贵妃的沐浴液啊，曹操的大砍刀啊，兰陵笑笑生的《金瓶梅》原始版啊，就让小破想想就行了。

正笑得我见牙不见眼，另一个冷冷的声音在我耳边响起："猪哥，居然想带坏小破，哼，遭天谴啊！"

说曹操曹操就到，那是光行啊。说到"神出鬼没"四字，它绝对是个中鼻祖。看来它对舞蹈仍无限热爱，跳着西班牙斗牛舞，嘀嘀嗒嗒其乐无穷。它笑眯眯地看着我，说："别大惊小怪，这位小达旦自出生起就享受我的即时特快服务，脑子里一想哪，就去哪，不过这还是我第一次运他。嘿，怎么样，猪哥要不要加入我的客户行列，给你八折！"

光行在，就有件事情大为不妙。我背过身遮住小破，再拉过来一看，难怪刚刚一晃眼觉得小子皮肤白了不少，不行，得把他和光行隔离起来。

叙旧多愉快，伯爵夫人的想法却有点不同。她的恐惧溢于言表，跪倒在地浑身筛糠一般，头都伏到了膝盖中间，一把年纪柔韧性还那么好，我还真佩服。她怕小破我不算太惊讶，破魂以万物中的至强者为牧羊，本来就是魔界生物链最高的级别。但是为什么我有点奇怪的感觉，就是她的恐惧之中，还有一股极为强烈的贪婪呢？

本来昏昏欲睡的小破这时好似发现了新玩意，挣脱我，摇摇摆摆走到她前面蹲下，厄斯特拉吓得往后退了两步，小破不满意地逼近两步，研究了半天，发出惊喜的叫声："好多虫虫，好多虫虫哦！"

他笑嘻嘻地张开两只小胖手，一把一把向厄斯特拉身上虚抓，跟捉鱼一样，很快掌心里出现了许多条悬神引，都在缓缓蠕动。小破还对我欢叫："虫虫哦，可不可以吃？可不可以吃？"我摇头摇得跟一把风扇一样："不能吃啊，吃了要拉肚子的。"

伯爵夫人抬起头来，失神地望着小破的手，眼神里闪现出无比深邃的绝望、痛恨、后悔，以及深深的渴望之色。渴望？我可以确定是。但她这是渴望谁来着？

我？过了三年彻底完全的家居生活以后，曾经完美的体形上，已经有了一个小肚腩！光行？那位翘起脚来正做软体芭蕾动作的兄弟，怎么看怎么像只宠物。那么只有俺的心肝宝贝小破了！她想干什么？吃掉他吗？

不如先下手为强好了，我问小破："你想不想咬这个太婆一口？"

他摇摇头："不好吃。"

就说人老了没用啦，口味刁一点的人吃都不想吃了，看来只好粗加工一下拿去做压缩饼干……

联系罗伯特在时间两端的出现和悬神引的作用，我隐约可以推想到一点事情的大概。比如说两个罗伯特和史密斯之间一定存在元神和宿主的关系，唯一要再弄清楚的是为什么是一模一样的人。另外里奇太太为什么要下手杀史密斯和爱丽思，爱丽思失踪又是怎么一回事等等。

从她房里的衣服中我找了件最宽松的，连头带脚把她一包，拿她那些丁丁当当的项链当绳子，捆得结结实实的。饶我手脚快似蜈蚣，小破也已经秉承他一贯"我要睡，我就睡"的恺撒式休息风格，站在那里打起盹来了，头一点一点的，嘴巴不时吧唧两下。我猜想破魂的先祖一定和马族有点瓜葛，不然怎么这样都能睡得着？当然今天晚上的故事我还没讲，明天他一定要和我算账，到时候怎么才能保住这条小命，我现在已经开始操心。

一手抱着小破，腋下夹着厄斯特拉，光行翩翩一鞠躬，吆喝了一句："走了！"我们从眼前的空间门里一冲而出，顺利

地回到了二十一世纪。光行的业务能力不是盖的，落地处，竟然就在罗伯特古堡左近。

身子着地，头虽然有点晕，我屁股却还软绵绵的，不由大喜，立刻表扬光行："做了企业和单干就是不一样啊，现在为顾客服务得多细，还发一个垫子！我喜欢。"

他一边悠闲地练习古典芭蕾舞的几个基本动作，一边懒洋洋地说："猪哥，发表意见之前，一定要先看看自己的屁股。"

屁股？我的屁股怎么了？莫名其妙地正要看，一阵锐痛从我的尊臀上传来，哇哇哇，瞬间跳起八丈之高，小破我舍不得丢，厄斯特拉就没有什么便宜好占，直接给摔到了地上。只见狄南美躺在地上伸出手，指甲明晃晃地朝天怒指，对我骂骂咧咧："混蛋猪哥，下地也不长眼睛，上次坐坏我的胸，这次坐在我脸上，看我的妆给你弄成什么样了！"

我大表惊讶："你怎么在这里啊？"

凑过去看看她的脸，扑哧笑出来："哇，你哪出戏演什么角啊，老生还是花旦？一二三四五，为什么你化个妆脸上会有八种颜色？"

她白我一眼坐起来："你懂个屁，最新的幻彩狂野系列，凸现女人潜意识里渴望成为危险分子的特性！"

我听她又四六不着地胡说，立马打断她："老狐狸，你潜意识什么危险女人啊，你显意识已经够危险了嘛。跑这干什么呢？"

结果她以为我夸奖她，大喜，拿身上那件花花短连衣裙子把自己脸上的五彩纷呈一把擦，不知从哪里摸出一个化妆箱，向我抛个飞眼曰："猪哥，难得你识货，我去换个造型给你开开眼界。"

我赶紧拖住她："等会儿等会儿，咱们先把正事说完。"

尽管狐狸声称，穷追时尚乱跟潮流就是她人生最正的一件事情，她还是看在我们多年老友的分上，答应和我一起理清楚发生了什么事。当然，撕下这层温情脉脉的面纱，事实是我今后一个月之内每顿饭的定额，要被她分掉一半。

内部协议达成之后，我第三次一字一顿地吼出我的问题："你怎么会在这里，你不是去了布鲁塞尔？"

她挑起眉头指指我怀里的小破："还不是为了找他。辟尘给我打电话，说去给小破盖被子，居然发现人不见了。你又联系不上，哼，硬是把我从布鲁塞尔锐舞派对中捉回来！我就来找啊找啊，只有这里有一点他的气息。"

话说这天晚上辟尘见天色有点起风，生怕小破着凉，去给他盖被子。这里我忍不住又要插一句：这三年来，辟尘天天晚上必定要巡视小破两次，美其名曰怕他踢被子着凉。可是早在小破一岁多的时候，就曾有跟我于零下三十度在西伯利亚穿一条小短裤四处跑的经历，我冻得鼻涕在脸上结成了冰棍，一左一右长出了下巴，跟只海象似的。他不但屁事没有，还结结巴巴嘲笑我，至今被我引为奇耻大辱。

辟尘一进去发现小破不在，二话不说，发动长尾四级搜查风，把家里藏在暗处的东西统统卷了出来，结果发现两只老鼠待产——很快我们家鼠丁就会旺盛起来，另有一只西洋小精灵族的背包旅行者在偷吃辟尘做的曲奇饼，为了报恩，自动请愿要给辟尘做双鞋子。此外杂七杂八的东西不少，只有小破踪迹渺然。他当即急得冒汗，想自己出去找吧，追踪不是长项，自己都经常迷路。典型例子是上次我被江左司徒抓到洛杉矶，他能找到纽约去。我也没有回来，不知道到底做什么去了，因此他当机立断把南美揪出来，勒令她尽快找到小破，否则永远不许她来家里吃饭。听到这里我不禁暗叫佩服，酒色财气四字真经，对南美都没有鬼用，但是说到不准吃辟尘做的饭，威力之大，实在无法以言语形容。南美在狂舞当

中也保持了清醒的头脑，回到墨尔本一追，就追到了罗伯特的房子前。其所见和我类似，都是一个灯红酒绿的晚会。她稍微整理一下仪表，款款走进去晃了一圈，把鱼子酱吃得七七八八，喝光两支八二年的拉铁，还顺带和两个平头正脸的老男人套了一把瓷，玩得正高兴，想起辟尘的顶级绝食预警，不由打了个寒噤，开始集中精神追寻小破。本来在外面，她已经感觉到小破在附近，进来反而没有了。为了确认，南美在门外门内进进出出，鼻子跟抽油烟机一样疯转，终于锁定小破的气息来自最高处的阁楼窗户。

前人种树，后人乘凉，开了那个洞，南美进阁楼比我容易多了，而且她是老狐狸，对空间的透视力更强，一进去，立刻就看到了一样奇怪的东西。

那是一男一女两个人形紧紧拥抱在一起，立于阁楼中间，他们缓缓旋转，透过华贵的礼服，身体隐隐发出红色光芒。南美本来以为是两个狗男女上来偷情，还打主意要去找个相机过来拍拍照，可是不对呀，在发光呢，谁偷情好死不死身上挂俩霓虹灯呀。

南美悄悄走过去，脚步虽轻，还是有动静，那对人儿却置若罔闻，仿佛处身于另外的世界。她干脆上前把人家一拉，居然拉不动！这就把狐狸惹毛了，开玩笑，拉不动，我把希腊岛上的神像还搬过地方呢。往手上吐了口唾沫，又拉。这次成功了，那两个人被强行分开，仰面八叉倒在地上。南美一看，熟人熟人，史密斯和罗伯特，为什么家里那么多房间不去，偏要跑到这里搞东搞西？

听到这里我发话了："狐狸，你不是还没注意到这是个时间旷野吧？"

狐狸瞪我一眼："什么是时间旷野？"

我噤若寒蝉：原来她也有无知的时候。

南美蹲下来观察了一下这对老鸳鸯，双眼紧闭，面色惨白，但是气息均匀正常，没翘辫子。检查过程中，随着时间一分一秒地过去，史密斯身体的光突然光芒大增，罗伯特却渐渐黯淡了下来。南美翻过罗伯特的身体进行查看（我说你是不是想看看有没有电源插头的地方？南美说就是），发现他脖子出现一处咬痕，虽然没有血流出，他的身体却千真万确地逐渐呈现出迅速失血的现象。

老狐狸百思不得其解，这最能让她抓狂，所以她站起来狠狠踢了人家两脚，嘀咕道："他妈的，搞什么鬼，看我把你们用三昧火烧成灰，也省掉你们的丧葬费。"

她说得出做得到，真的起手燃了一点火，正要施到那两个人身上，突然一阵强烈的空间波动传来，波动中还包含着强大的能量转移。她吃了一惊，再看，史密斯太太的身体在这瞬间也黯淡下去了。

叙述到这里，我那个激动啊，当即大喊大叫起来："明白了，明白了！"

我的猜测是正确的，这里的两个人正是那边两个人的宿主，罗伯特或者说安诺斯，是被厄斯特拉所伤，所以没有办法进行"对接"，而厄斯特拉本来可以成功的，却在关键时候被小破搅黄了。流年差啊！

我叫的声音太大了一点，小破伸个懒腰，好像醒了。我大吃一惊，飞快把他放到地上，拉着南美迅速逃出一公里开外，听到他大声嘟囔，语气着实不善，幸好很快安静下来。我和南美多呆了两分钟才提心吊胆地走回去看，安全，这才松口气。不过有个阴恻恻的声音就申诉说："猪哥，你不讲义气。"我一看，光行全身上下变成焦黑色，眨巴着一双大眼睛委屈地看着我，眼泪都要流出来了。至于四周围的土地，就被小破的怒火烧得草木涂炭，龟裂起来。吵醒熟睡的破魂，可是

要付出巨大代价的！

　　安抚完光行，南美继续说，她之前在我家悄悄留了一点史密斯夫人的头发，回去后做了细胞年龄测试（她严肃地对我强调：这是科学！），并且用斗数和塔罗看了史密斯夫人的命格，不看不知道，一看吓一跳。一个人的头发，却显示出了两种截然不同的命格。其中一个显示这位徐娘早就死了几百年，嗣后还经过了多次轮回。她一定不是什么善男信女，因为四五百年中投了二十七次胎，倒有十九次是给雷打死的。另一个则推算出此人活着，生平稳顺，但有失群之兆，一生孤独。南美第一次对自己的命理之学产生怀疑，搬出所有的卜算工具一气乱算，结果都相同。她精疲力竭，一怒之下，才跑去布鲁塞尔吊凯子。直到现在，结合我的所见所闻，总算让她觉得有点眉目了。

　　不愧是专业人士，一旦南美明白过来，还是可以提供很多有价值的意见的。比如她很有条理地告诉我：传说古老的欧洲长生法术中，有一种叫做悬神借生。拥有此术的法师在有生之年，就有意识地培育自己的第二元神，以悬神引作为载体留存。法师死后，到一定的时日，尸体被人发现并接触，悬神引便自动依附后来的人，悬神引无色无味，在常人眼里无定形，除非怀有大法力的修行者存在，否则根本不会被发现。附身一定时间后，悬神引便融入宿主元神，将所有思维、记忆、行为习惯、行事风格都来一番大清洗。施法者借此复生于他人的躯体中，可以避开轮回的量罪，潇洒开始第二世。

　　这番解释似乎很有学术理论基础，但还是不够合乎眼前事实，既然是要死后等待其他发现者才能附身，为什么是两个活的史密斯同命格呢？

　　厄斯特拉现成就在我们身边摆着，我们不用乱想了，直接逼供她好了。

逼供超过半小时，我们用上了所有我们会的刑求办法，最后奏效的是小破，抱着往她面前一凑，她就立刻惊慌失措，应允开尊口，我和南美都蹲下来洗耳恭听，却不防光行在一边跳着跳着舞突然一声鬼叫："起火啦！"

起火？光行，你又乱开天眼通，看到两千年前项羽进咸阳烧阿房宫了吧？定定神就没事啦，烧不到你的。光行飞起一脚把我踢开丈许："猪哥，自己看啦！"

其实不用看，我这会儿已经觉得屁股后面火辣辣的，好像自己变成了一只小乳猪，正被架上炉子烤。哇，罗伯特的古堡起火了，邪门，这么大的火怎么会一瞬间烧起来啊，整个房子已经变成了一团大火球，熊熊几十米高的烈焰烧灼着天空，映得方圆几里地都是赤红一片。热浪汹涌，几乎要扑到我们脸上来了。

我低头看看小破，他小脸也是通红，被热浪波及了吧，身上竟然开始烫热起来，幸好还没有醒。我把小破丢到光行怀里，叮嘱他一旦不对，立刻带上孩子走人。然后一拉南美："狐狸，那里面有很多普通人啊，我们要赶快去救。"

犹如离弦之箭，我和南美急速向古堡跑去，她跑了一气，突然自言自语地说："我这条裙子可是VERSACE的，烧了好可惜。"居然就手把身上那件小吊带裙脱了下来，甩出危险区域，穿着一身比基尼继续跑。我感觉到自己鼻子一热，还没进火场，已经一级烧伤，于是气急败坏地吼她："老狐狸，你想害死我！"

来不及和她理论，我们到了大门前，门上的金属拉环已经开始软垂熔化，可见火势之烈。进入门内，寂静无声，火焰如同有生命一般，立刻从四方风卷而来，围成埋伏圈，渐渐逼近，带着神秘的邪恶气息。南美脸上有点变色，大声对我说："猪哥，这不是普通火，你跟着我。"

她把我拉到身后，张开双臂，掌心作印对天，闭眼清清楚楚地说道："凡以清凉界生者护持，往极乐处，无上报答，与神为证。"

在热与混乱的昏沉中，她的声音如一块冰一般落入我的身体。而我认识南美那么多年，第一次看到她脸色如此郑重，甚至隐约有点畏惧。咒语发挥作用了，我们走进房子深处，火焰次第向两边退去，如同摩西在红海中分开潮水。一待我们走过，却又立即跟随上来，熊熊如舞，情势凶猛。南美猛然转头看着我："猪哥，千万莫充英雄，跟住我。"

我自然唯唯诺诺地答应，但是随着走进了大厅，这句话就被我抛到脑后去了。大厅里的宾客以各种姿势倒在地上，烈焰在他们周围肆虐，但并未真正烧上他们身体，如果救出去，应当不会死。我跃跃欲试，被南美严厉的眼神制止："猪哥，这是冥地之火。你看，火焰如此狂烈，却没有烟雾，有选择地燃烧物件，所烧的一切都瞬间成为气体。你必须留在我咒语范围之内，最好赶快出去。"

她说得是很有道理，我也相信南美一定是为了我好。不过看看我脚下这个头发斑白的中年男人，我认识他的，他的小女儿是小破的同学，据说是个大人物，却常常亲自去接孩子下课。女儿飞出来投进他怀里，他的笑容跟朵向日葵似的。要是他今天死在这里，那个漂亮的小姑娘多可怜。

这么一想我就难过，滥好人脾气发作起来，拼着被南美打，我弯腰就抱起近前的两个人，往背上一甩，再抱起另外两个，脖子上还横陈了一个。南美愤愤瞪着我，须臾长叹一口气，说："猪哥，你真是没得救！"

我歉意地咧嘴笑笑。她没办法，只好一边运诀，一边也抓了两个人过来背上，然后不管我同意不同意，冲我屁股上大力一脚，发射火箭一样把我踢出门几十米远，自己飞扑出来，我们两个都重重跌在光行身边。

光行抱着小破的姿势跟一个小脚老太太抱着一只二十斤的西瓜一样，小心翼翼。他看到我们两个出来，立刻提醒我："猪哥，狐狸，这火有问题，你们小心是术师做法。"

提到术师，我立刻去看厄斯特拉，她那张麂皮脸上流露出奇特的表情，像是了然，又像是疑惑。我心想就是因为你这个混蛋恐龙丑人作怪，老而不死，才害得今天那么多人要葬身火场，一气之下，大力踢了她一脚，把她踢得嗷嗷直叫。南美跟上补了一脚，这脚更狠，她穿的是尖头的高跟鞋，锋利度直追干将莫邪，立刻痛得老太婆泪如雨下。南美狠狠地喝住她："哭个屁，哭！告诉你，今天猪哥身上少了一根毛，我让你一百辈子轮回当蛤蟆！"

我感激地瞥了她一眼，被她的大眼瞪回来："别发呆，继续去救人，我知道你那个德行，哼，放心，你死了我会照顾小破的。"

没人理会厄斯特拉在哼唧些什么，虽然我一瞥之下，觉得她被踢以后出现的表情相当奇特。我忙着和南美一块冲回火场，一边没忘记叮嘱她："你照顾小破的话，千万不要给他看恐怖电影，他会把那些怪东西全部变到面前来的。"

上一回我们总共救了七个，这回有经验了，还可以多一点，正在我到处找还有一线生机的人体的时候，南美突然在我身后发出一声尖锐的呼哨声。我心里一惊，张口叫："南美，怎么了？"

回头去看，南美挡在我身前，双臂双腿之上，赫然缠着无数条彩色的龙蛇一般的异物，正在纠缠扭动，嘤嘤待噬。南美抱着两个人，掌心的避火诀已经放松，烈焰疯狂席卷上来，已经烧到了她的皮肤。我大惊失色，将抱着的所有身体都压上肩膀，弯着腰跟只驴子一样冲上前去，抓住南美右手那条金色蛇体用力一拉，嗤嗤声音响起，它立刻转而缠上了我，所到之处的皮肤，都顿时跟烤乳猪一样脆。我忍着痛，张手去

抓南美身上另一条，拼命叫她："赶快走，赶快走！我顶住！"

老狐狸的长发披散了，突然停下一切动作，只是冷冷地凝视着眼前的厉火与火中的幽灵。她的脸色突然间变得雪一样白。我隐隐觉得不妙，待要叫她，已经来不及了。梦罗美达天城美丽狐族的单传精灵，以女子皮囊混迹于人世间七百三十七年，历尽人间沧桑，洞悉前生后世的狄南美，有生以来第一次，但愿也是最后一次，在我面前现出了原形。

一只浑身上下银光似雪的绝世狐狸，随着人类脆弱的皮囊褪去，冉冉出现在火光中。

第六章
XUANSHENYIN

　　她的灿烂光华在刹那间压下了所有热焰，如无垠雪山压下了一堆篝火。刺骨的寒转眼侵入我的身体，甚至神志。我头昏目眩。臂膀上扭动的红蛇仿佛也受到了极大的痛苦，发出哒哒的声音，在垂死的剧烈挣扎中游窜，给我带来更强烈的刺痛。冰火九重天，诚不我欺，十分"销魂"。那边，南美将刚刚救起的宾客往空中一掷，美丽的尾巴轻轻在自己背上扫动，幽邃的眼中闪动着极度冷酷无情的光芒。她一偏头，张口将缠绕她的彩蛇咬在齿间，蛇们发出奇异的垂死嘶叫，在她的唇齿间扭动，不到一刻，已经化为烟尘。盘踞我们身上的残党感知到亡命的恐怖，弹身而起，向着空中飞扑而去，可是南美发出一道银色闪电，划过火光中的弧形圈住了那几条红色的异物，璀璨焰火一般炸裂，将它们送入了永世不得轮回的破碎虚空。

　　一从红蛇缠身的困境中脱出，我顾不得理会南美变形，赶忙扑过去寻找更多的受害者。找到第七个时，我的样子就活像码头上搬沙包的苦力，身上叠满了死沉死沉的身体。虽说重量不值一提，却找不到更多的面积可以承载。我一边弯腰到处乱爬，一边叫南美："狐狸啊，赶紧把人带出去，快点啊！"

　　没有回应。

　　我心里一寒，艰难地扭头去看，只见熊熊烈焰包围着南美

的真身，她好整以暇地站立着四处张望，脸上带着超然物外的淡漠神情，这来历不明的大火好似她偶尔经过的景色，她正往什么地方走去，只是突然停下来看一看，然后再走开，不关心到底发生了什么事，也永远都不会再回来。

这可不是我认识的老狐狸，我认识的那个又爱臭美又贪吃，每季都紧跟巴黎和米兰的服装新时尚，最热衷尝试什么新的减肥法、彩妆法，还不时搞出一些莫名其妙的事情来让你哭笑不得。当然，她也是一只热心于公益事业的狐狸，常常为了给什么非洲灾民筹款去搞街头人体秀，拿个小盒子吆喝吆喝，非要人家给钱，有时候一两个阔佬坐个奔驰打眼前过居然不捧场，开出一两百米就会发现自己浑身发恶寒，家里的金银细软给人偷得干干净净的。

缺少南美辟火诀的庇护，冥地之焰已经逼近我，我感觉自己皮肤收紧，整个身体正在发出吱吱的焦烤声音。要不是从猎人联盟学校毕业的时候因缘巧遇，有欧洲大法师给我布过一道三界不侵咒，后来又上西安法华寺求过菩萨保佑，得蒙主持赐斋，吃得几乎撑死，堪称是中西法术界联手罩住的一号人物，说不定现在已经化为焦土了。我尽量站直身体保护背上那些混蛋富翁，一面骂骂咧咧发誓回头一定要去他们家大吃一顿，一面试图唤醒南美的良知："死狐狸，你吃了我们家好多小鸡炖豆腐哦，你不能见死不救啊！哇，裤子烧到了，混蛋狐狸——"

就在我叫天不应、叫地不灵的时候，我的周围，突然一空。

一空？一空是什么意思？

一空就是：这栋巨大的、被某种神秘力量控制的、正在大烧特烧快要把我烧成一只大烤鸭的房子，突然之间，就在我眼一眨巴的时候，不见了。

等我再醒过神来，我就看到了辟尘。

他站在不远处，正张开双臂，头向上仰，我跟着去看，哇，奇观，那栋房子居然被一阵极强的龙卷风包围着，飘荡在数十米的高空，仍然裹在火中。房中的火焰试图从底部突破出来。辟尘"唔"了一声，说："不是一般的火啊，还会战术转移。"说着立刻重新催动他的超能力，在房子之下、我们之上，设置了一个结界真空层。其工作原理，相当于宇宙中小型的黑洞，以防止冥地之焰的穿越。现在我周围一片焦土，很多衣着光鲜的陌生人东倒西歪昏迷不醒。另外就是狄南美，轻摇着它的小尾巴，无所谓地看着我。

辟尘做完了手里的活计，赶紧冲过来接我身上的人，看着我的手变成了一只烧猪蹄，气得暴跳，跑过去痛殴南美，南美灵巧地一跳，跳到旁边，歪着头冷冷地看着辟尘气急败坏、摩拳擦掌的样子，悠然问："你做什么？"

辟尘一脑门的火："哎呀，居然装酷！忘了吃掉我多少提拉米苏了？不要以为你有原形了不起，我也有，要不要变给你看？"

他说起了火，真的一挣耳朵，要变成一头犀牛和狐狸打架——我的妈，今天演《西游记》吗？莫非我的角色是唐僧？

我急忙上去把他拉住："南美可能太久没有回复真身，有点不适应，别理她，我们去看看那些人吧。"

不幸中的万幸，那些普通人虽然昏倒过去，身体却没有什么伤害，看来冥地之火主要针对的是有灵性的修道者。我把他们排排好放到停车场旁边，走过去抱起小破，见到他犹自沉睡的小脸当然分外开心。

我问辟尘："你怎么来了？"

他不放心那一栋渐渐烧没了的房子，仰头一边观察着，一边说："光行回来叫我的。南美怎么回事啊，明天绝她一天食。"

每次说到食，就可以唤醒那个笨蛋的内心冲动，南美发呆好像发完了，慢腾腾走过来，眼睛里那种为我所不熟悉的冷光渐次消失。她懒洋洋地叫我："猪哥，手痛不痛？"

我大喜："你醒了哇？刚刚以为你鬼上身！"

她尴尬地干笑两声："我不上人家身已经很给面子了，谁来上我的身啊！"

说着自己打量了自己一下："哎，别弄脏了我的本相，用原来那个样子吧。"

一耸身，一转脸，又是一个媚态万千的娇娇女，我提醒她："鼻子高了，眼睛大了，不是刚刚那个。"她满不在乎："没关系，今年流行混血脸，我尝尝新鲜。"

我们脱了险，厄斯特拉的麻烦就大了。我摆出凶恶的样子拷问她："刚刚是怎么一回事？不从实说来，我让小破吃了你！"

说着把小破往她面前一招呼，小家伙很配合，小嘴一张，牙齿亮晶晶的，连光行都打个寒战，喃喃道："乖乖，杀气好重。"

果不其然，厄斯特拉惊恐地睁大眼睛，尖叫起来："我不知道，我不知道，啊，求求你，不要让破魂大人过来，啊——"

这样作弄她让大家都很高兴，但我差点给烧成一只烤猪，手一痛就没有闲情了，暴躁地追问着厄斯特拉。

她趴在地上，脸贴着泥巴，眼睛不敢往上看小破，嗫嚅着说："你们这个时代的那两个人是代人……"

代人？

我们三个异口同声喊出来，然后又不约而同按住自己的嘴巴。连厄斯特拉在内，大家集体静默十秒，观察小破的神情变化。十秒过后，南美举起右手拇指表示安全。大家才继续听招供。

十六世纪，匈牙利乃至整个欧洲最伟大的祭司名叫安诺斯。他一生极为风光，享受了人间最高贵的待遇和最豪华的生活。但凡这样的人，都舍不得进入轮回无常的下世。他也未能免俗，希望可以使自己的生命永生。

在皓首穷经十年之后，安诺斯找到了一种古老的方法实现自己的梦想，那就是悬神借生。本来他准备在自己死后等待若干年才复生，结果出于一次偶然的机会，他发现厄斯特拉夫人是正统吸血鬼的后裔，能够使用时间旷野，灵机触动之下，他独创了更有效的借生方式——利用时间旷野寻找到自己在现世的转世之身，以悬神引控制他们的身体，直到那一世的生命可以延续过来。厄斯特拉所渴望的，本来就是保持青春而此生不死。两人一拍即合，开始了三十七年之久的寻找转世人身和悬神借生的过程。

现代的两个人被先世的元神操纵，只等控制程度日深直到完全受辖。但是在开始阶段，他们各自的元神没有全部消散，还是会起一些作用。我插话："那罗伯特是真爱吃三明治吗？和史密斯是这辈子的恋人吗？"

厄斯特拉老脸上竟然闪过一丝黯然："不止今世，不止。不过，都过去了。"

她继续说："悬神借生要利用悬神引的力量，而悬神引来自血之精华，今天晚上，本来就是最后的仪式，当处女的血流泻出来，让我们沐浴其中的时候，罗伯特和史密斯在你们这一世的生命就结束了，代替他们的，是来自十六世纪伟大的伯爵夫人和祭司。之前我还以为是他不再爱我，想用诡计欺骗我独自转世。结果，结果……"

她沉浸到了自己的世界，绝望的眼光投向空中那座烧尽了的城堡，哀伤地说："我的一切梦想都破灭了，安诺斯的也破灭了。他没有死，一定是他不甘心，驱火来报复。"

我听了就有气："破灭了好，专会害人，哼！对了，那些到处跟着我们家人不放的手啊头啊什么的，是不是安诺斯那混蛋干的好事？"

厄斯特拉点头又摇头："那是被悬神引已经控制住的身体

悬神引·第六章 XUANSHENYIN

143

部分自主的行动，元神与宿主融合过程中，常常会出现这样各自为政的现象。可能你在它们面前现过形，它们来探测一下。"

身体各自为政，有意思。万一嘴巴要吃饭，屁股要上洗手间，哪只手跟去拿刀叉，哪只手跟去擦屁屁？是不是要先掷一下色子？

那栋房子仍然飘荡在半空中，不过已经是一片废墟了，这是安诺斯数百年前的妄想在今日的纪念。崩散焦黑的门窗摇落着，尘烟四处弥漫。我走过去检视刚刚救回来的那些人，没有罗伯特，也没有史密斯，更没有里奇太太，应当是已经散形了。

狄南美闲闲地跟着我过来，一路走一路自己发笑。我白她一眼："笑什么？"

她深深地望着我，摇摇头："那个几百岁的老太婆说什么你就信什么呀？"

我顿时皱眉头："你说她骗我？可是听上去很合情理啊，而且她那么怕小破。"

南美脸上有奇异的表情："猪哥，你真的没有发现吗，厄斯特拉是怕小破，可是她更渴望小破。你知不知道破魂的血多么有价值，连我有时候都不能保证自己能不能抗拒这样的诱惑。"

破魂的血？我突然想起江左司徒来，以人类之身，拥有无法测度的神秘力量，他曾经告诉我，他是由破魂与食鬼的血液饲养长大的。

一念至此，我赶紧飞脚回去从辟尘手里把小破接过来。仔细看看他，还在睡。小孩子睡性是大一点，不到明早七点半，怎么也不会醒的吧。念叨的时候我眼角余光扫过地上的厄斯特拉，她正直勾勾地盯住小破，眼神和跑到非洲玩了三个月后饿着肚子回来的南美一模一样，饥渴得立刻就要烧起来。她刚才表现得那么夸张的恐慌之色，可能倒有一半是在掩饰。

天色有点透亮了，很快就有人会来接那些参加宴会的宾客。我们应该走了，否则被人看到这一幕，又要花好大功夫消除人家的记忆。带上厄斯特拉这个大包袱卷，我们一行人穿街过巷，很快回到了我住的地方。南美突然停下脚步来："不好，气味不对。猪哥，有东西在你家。"

有东西在我家，意思是清洁情况可能受到了破坏。辟尘一听急火攻心，撒腿就往家里赶，遥遥看到好好的房子矗立在那里，安安静静的，门还保持着它出来的时候半开的模样。他回头叫我们："没事啊，狐狸疯了，乱吓人。"

话音未落，一道黑气从我家的屋顶冲天而出，在光色朦胧的半空渐渐弥散开，形成一个巨大的人头。黑影里发出沉重的呼吸声，突然说起话来，声音尖细而单调："银狐，人类，啊，厄斯特拉？"

厄斯特拉张大眼睛，狂喜地尖叫："安诺斯，你没有死，你没有死！"

黑影在空中缓缓飘荡，仿佛是在摇头："厄斯特拉，你这个愚蠢的女人，因为你错误地开放时间旷野，使我附在那两个男女身上的元神都被冥地之火烧得消散了。我再也不能回复真身了。都是你的愚蠢，是你的愚蠢啊！"

我们一群人脸上都露出莫名其妙的样子。南美忍不住谴责他："喂，黑头，不是你自己放火来烧的吗？要负责任啊！"

黑头听了这番话极度激动，变幻出各种怪相，良久他冷笑了一声："银狐，你空有千年的修行，却被人类的皮囊遮盖了灵性。我在生只是一个祭司，怎么有能力驾驭冥地之火？"

我看看自己被烧得烂皮烂骨的手，大为纳闷："那是谁烧我呀？赶紧说，我得烧回来。"

安诺斯格格格格怪笑起来，笑得我们掉了一地的鸡皮疙瘩。

　　笑够了，那道黑气在空中回旋舞蹈，仿佛讥讽我们的愚蠢，轰隆隆的声音响起来："远在天边，近在眼前。嘿嘿，最大的魔头就在你们怀中，却没有人认识！"

　　我和辟尘毛骨悚然地对望一眼，一起去看小破。

　　安诺斯的声音继续传来："不错，就是他。破魂的主宰，他穿越时空，使我的元神无法凝聚，使我的宿主在火焰中消失，他是所有修行者的噩梦与克星。不过你们也不要高兴，他已经开始觉醒了，当他醒来的时候，一切都会和我一样消失的。"

　　厄斯特拉尖叫起来："安诺斯，我不要消失，救我啊，让我回去吧。"

　　安诺斯叹息一般的声音传来："不可能了，夫人，时间旷野已经毁灭，你回不去了，你很快就会死去的。"

　　仿佛为了配合这句话，我怀中的小破突然伸了个懒腰，哼哼唧唧地揉着眼睛醒来了。他睡意蒙眬地抱怨着："好吵哦，唔唔。"

　　看来安诺斯对大家的影响不小，所有人都呆呆地看着小破，一声不吭。等着他伸够了懒腰后，爬到我肩膀上四处看看，找到辟尘，立刻撒娇："我饿了，我要吃甜甜。"

　　辟尘的表情好像睡床上的公主刚刚被王子的吻唤醒。他的小眼睛努力一睁，上前接过小破，柔情蜜意地满口答应："吃甜甜，吃甜甜，辟尘马上去给小破做甜甜哦，乖！"

　　他大步流星向家里走去，我在后面叫他："辟尘，辟尘！"

　　他平静地转过头来："猪哥，我不信外人，只信自己。进来，我们吃饭。"

　　这句话，仿佛肉毒杆菌抚平老女人脸上的皱纹一样，消灭了我心里一点点的疑虑。我招呼大家进去，连厄斯特拉一起，准备享用辟尘精致的早餐。当然，关门以前，我没有忘记送给安诺斯的黑影一个中指，并且对这个手势在现代的应用做了非常详尽的解释。

每人一个火腿蛋三明治，一杯鲜果汁，小破另外要喝牛奶保证营养。他跟往常一样心不在焉地喝着，跟我说："我做梦了呢。"

我尽量挤出笑容："小破梦见什么了。"

他睁着酷似辟尘的小眼睛仔细想想，然后犹犹豫豫地说："起火了，很热。"

光行啪的一声从椅子上掉下去，爬起来屁都没多放一个，开了个空间门走了。南美骂骂咧咧地说："不讲义气，以后见一次打一次！"

我伸出手握住小破，心里有点凉凉的东西涌上来。这种感觉曾经在小破幼儿园的那间小小洗手间里出现过，当时小破眼睛里的蓝光，提醒我终会失去他，这命中注定的失去深深刺痛我。

小破在我的手心里忽然安静下来。那种安静如同死亡一样突如其来，却毫无争议。他看着我，那梦幻般的蓝色逐渐在瞳孔深处闪现。任何一个三岁小孩的脸上，都不会出现如此冷静如山河大地的神色。

然而他只是轻轻地说："猪哥，我还要喝果汁。"

我忍不住紧紧抱住他。

我们的早餐以我和辟尘怅然若失地坐在厨房炉灶边发呆结束。南美去参加她的墨尔本小姐选举初赛去了，临行发了毒誓，要是没有选上，就让墨尔本所有育龄女人在十八年内只生男不生女，以方便她以后东山再起卷土重来。她发完誓以后紧了紧腰带，雄赳赳气昂昂地出门了，我们听到她在门口吼了一声："黑头，你还在啊，饿不饿？"

我追出去看，安诺斯真的还在屋顶上盘踞着。我好心劝他："喂，你永生不了啦，早死早投胎，走啦。"

他呼呼呼喘气，嘿嘿冷笑两声，阴恻恻地说："我在等破

魂大人的苏醒呢。厄斯特拉，你不跟我去吗？哈哈！"

说完卷成一道长烟，消失在空气中。

我怔怔地看着天，辟尘在厨房窗户里看着我。一种不祥的预感涌上心头。此时，小破突然在二楼阳台叫了一声："爱丽思！"我一拍大腿，糟了，还是忘记了一件事情！

我和辟尘一头撞上去，正看见小姑娘爱丽思穿着校服的小身子贴入厄斯特拉的躯干，逐渐融为一体。跟我昨天晚上在古堡中看见的情形相似，老巫婆骤然间又焕发出了奇异的神采，脸色红润，皮肤逐渐伸展开，整个人仿佛在时间中倒退，一直退到只有三十岁的模样。在爱丽思完全消失的瞬间，她长长笑了一声，身体一挣扎，居然把我精心扎上的绳子扯成一段段，站起来伸手闪电般抓住小破，往空一跳而去。我大叫一声赶上，可是来不及了，她迅速消失在我的视线之中。

我急速转身下楼找我的装备包，一边走一边告诉辟尘："我想到了，这个老巫婆一定也会悬神借生，你记得小破看见史密斯的那一次说看见她和爱丽思一起吗？我猜爱丽思也被厄斯特拉抓去作为保存元神一部分的分宿主了。我现在去追她，你在家里等我消息，防止安诺斯捣乱。南美一回来立刻叫她来找我。"

在我最后看到厄斯特拉的地方停下，我取出专门追踪吸血鬼所用的异质指向图。图纸显示全城现在共有七十三个吸血鬼在活动，其中六十八个处于微弱的能量进出状态——天亮了，人家躲太阳睡觉去了。另有两个呈现工作中的状态，吸血鬼能做什么工作呀，调到细节窗口一看，居然是检查地下室建筑老化情况，果然专业对口。还有三个，一个快速移动在南区街道上，另一个呆在北区一个点没有任何动静，能量指示正常。还有一个，怎么好像在逐渐消失中？

一旦我明白过来在快速移动的那个是厄斯特拉，我就一跳而起，拿出我的最高时速，往那个正在快速移动的吸血鬼所在地狂奔而去。一路上我脑子也转个不停，果然不出所料，目的地是小破的幼儿园。里奇太太一定在这里。

轻车熟路攀上三楼校长办公室，不出所料，里奇太太已经死在办公室一角。一边是年轻时候的伯爵夫人，真的风华绝代，难怪她能嫁个有钱老公。她挽着那条松松的裙子，娇媚地倚靠在窗边，向我伸出双手："年轻人，你真聪明，可是还是晚了，我永远的生命已经来临，而更辉煌的还在后面呢。"

我看了看，小破站在不远的地方，没有什么表情，只是悠闲地站着。看到我，他也没有反应。

我努力镇定下来问她："里奇夫人、爱丽思和史密斯一样，都是你的元神寄体？"

她妩媚地一笑："不，我只是恨里奇而已，她也恨我，因为她没有我美丽，抓不住安诺斯的心。不过爱丽思和史密斯是的，我的幼年和盛年分别在不同的人身上留存，以保持更多年轻的活力。"

看着我目不转睛地盯着小破，厄斯特拉咯咯娇笑起来："你是他父亲？不可能的，他是破魂的主宰啊。我曾经在古老的典籍中读过破魂这神秘族类的存在和他们的恐怖力量，原来是真的。他现在没有觉醒，我有机会喝到他珍贵无比的血。你知道吗，我会成为世界之王，永远的世界之王啊！"

她款款向我走来，身上不知从何处发出浓香，氤氲了整个办公室。她魅惑地低语："年轻人，你愿不愿意与我一起，共享这世上无限的荣华富贵？"

要是换了卡梅隆·迪亚兹来求我，说不定还有点希望，至于这个，皮肤再好也几百岁了，代沟之深，完全可以千米为单位计。我肯辟尘都不干啊！

我于是气势如虹地大喝了一声："巫婆你休想！"毫不犹豫先下手为强，迎面一拳打去，力求第一时间把她的鼻子打下去两寸，让她从欧洲伯爵变成日本艺妓。

　　厄斯特拉脸色一变，身体灵巧地旋转，元神合一后果然体力大胜从前，轻易就闪过了我的一击。她快步跳跃到我身后，冷风一凛，我感觉到她的森森白牙已经咬到我后脖子了，忙平地一扑，侧身大力踢出去，同时从装备包里取出银色小刀，六刀连发，将厄斯特拉钉成一个靶子。嘿嘿，对付吸血鬼我还是留了一手的。她噔噔噔退出去。就在我以为给予了敌人重击，顺便赞美自己功夫长进不少的时候，正统欧洲吸血鬼的顽强作风支撑着这个混蛋女人重新一跃扑到我面前，锐齿森森，角度古怪，居然咬中了我左手手腕的动脉。我大呼不妙，拼命用右手为刀切中她的后脖子，紧接着把她摔开。

　　左手手腕血液流出，我脑子一热，叫苦连天："糟了糟了，我要变成吸血鬼了，我下辈子要靠去医院买血为生了，现在的血好贵啊，完蛋了！"

　　伯爵夫人虽然受伤也不轻，不过情况比我好，最少这一点可以从她宽宏大量的安慰我看得出来："害怕吗？不用那么害怕，告诉你吧，我的元神力量没有回复，不能够感染像你这样拥有特别能力的人。不过……"

　　她摇摇晃晃过来，居然还调戏我，摸摸我的下巴："不过呢，一段时间内，我无论要干什么，你都只能看着了。"

　　她没有说错，我感觉到自己全身的力气都从某个地方流失了，非常冷，身体动不了。

　　厄斯特拉轻巧地反手一拉，身上的衣服流泻而下，露出她美好的身段。"美人自古如名将，不许人间见白头。"说得多么正确！想想几个小时以前，如果伟大的伯爵夫人在我面前宽衣解带，我第一个念头要么是去自杀，要么是杀掉她拉倒。可是现在呢，我甚至觉得自己动不了也不错，至少就没有借口去盖自己眼睛做纯洁状了。

　　这念头只是一转眼，下一个转眼，我就要抓狂了。厄斯特拉向小破走去，随着她得意的笑声，我仿佛预见到小破蕴涵着可怕力量的破魂血液将流入她的喉管，而后一个超级无敌怪物就会在我们面前诞生。

我喉头呵呵发声，心里一惊一惊地跳着，可是空有一腔焦灼，却有心无力。只能看着厄斯特拉抓住了小破的肩膀，虽然还是有恐惧之色，却微微颤抖着，无比坚决地一口咬了下去。

"啊！"

这声是我叫的。可是我叫的应该只有自己听得到，因为我的发声器官都松弛了。为什么声音会那么大，震得我耳朵疼？

"啊啊啊——"

不绝于耳的惨叫声。

是厄斯特拉。

她的嘴巴被小破的小手紧紧抓住，像他常常玩的橡皮泥玩具一样，逐渐被捏成一团，牙齿从张成小洞的口中一颗又一颗脱落出来，仿佛在进行一场大逃亡。她再也发不出声音，只有四肢在无谓地抓挠。小破的身体小小的，站在那里，却比金刚巨人看起来更可怕。他毫无表情地看着厄斯特拉，眼中蓝色的光焰如此强烈，以至于我都要转过头。那不是力量，那是权势，世间是他的牧场，熙熙攘攘都是他的牛羊，予生予杀，不过反掌。等我再转过头去的时候，厄斯特拉已经毫无声息，被不知名的力量破坏过的身体犹如败絮垂在地上。她的脸扭曲成一团，带着一种痴呆无辜的神气。灵魂被毁灭，她死去了。

窗台外传出叹气与大笑并发的奇特声音。我抬头去看，那是安诺斯仅存的阴魂。他在空中兴奋地回旋。我猜想，其实是他以最后的能量催醒了小破，纠缠那么多年，既然不能永生，那就共死吧。

小破放下厄斯特拉，轻轻摇头，高贵而冷静地转身看向窗外。安诺斯的阴魂突然一滞，传出压抑的喃喃声，仿佛在向

他信仰的上帝祈求什么。而在破魂主宰的世界，上帝是经常放大假的，无人受理他的祷告。安诺斯生前死后的下场都不太好看，因为小破只是向他瞪了一眼，安诺斯就发出一声惊呼，那团黑烟如有形的生物一样，撕裂成几块，而后烟消云散。

我哀伤地看着小破，他回看我，却还是带着无限的高傲和安静之色。而往常，小破对我充满爱心的注视总是回以一个无辜的探询鬼脸，或者微微地笑。

他不认识我了。

他真的醒来了。

醒来的是达旦，是破魂和食鬼的主宰，是另一个世界的神秘之王。他将主宰杀戮与占领，我将再没有机会拥抱他软软的身体，听他懒洋洋地叫我送他上幼儿园，帮他从厨房偷小点心，带他去街角吃冰激凌了。

想到这里，巨大的空虚占领了我的胸膛，那味道青酸、质地沉重的悲苦感觉压迫着我，使我一介凡人都没空去恐惧死亡。我更害怕的，是一切美好时光这样突如其来地失去。对爱的期望与惆怅，比死亡更强大。

小破向我走过来，无穷残忍汇成大海，在他眼睛中波涛汹涌。他的脚步稳而慢，一步一步，煞气弥漫。一切已经无法挽回，我生命里一段又一段的好时光，不由我控制，总是这样蓦然断掉，结束了。

我定定地看着小破，我多么爱他。从第一天他的小手抓住我的手指，那凉凉的软软的婴儿皮肤的触感，就永远留在我的记忆里，那是最温情的记忆。从他向我撒娇的每一个时刻，闻到他熟悉味道的每一个瞬间，从他跟随我去各种地方游荡的天真微笑和奔跑里，从朝夕相处的一切平凡片断点滴里，我所能做的——无论他是不是破魂或魔鬼，即使他下一个动作就是一手捏爆我的脑袋，让我死得一僵二硬，我对他所能表达的感情，仍然是爱。

他的小手毫不犹豫地伸到了我的肚子上，我几乎可以想像到肠子流出去的惨状了，哎，看在我喂你吃那么多年饭的分上，可不可以麻烦你干脆一点啊，免得我伤心伤太久。

他揪住了我的衣服。

他仰头看着我。

他仿佛在想什么。

他说："猪哥，我要上幼儿园了，你要早点来接我呀。"

我欣喜若狂地瞪大眼睛看他，他很不满意地看着我，并且嘀咕："这是哪里呀，我要上学了。"

尾声

Xuanshenyin

南美选完美赶到并把我带回家已经是两个小时之后的事情了。她虽然没有得到墨尔本小姐的称号，却得到最具魅力奖，果然名副其实。小破哭着闹着要去上幼儿园，说今天有运动会。我叮嘱他千万不要在跳高的时候过于用力，免得我要去偷俄罗斯的空间站来打捞他。

送小破去幼儿园之后，回到家发现有位稀客在等我。说是等我吧，看到我进来却招呼都不打。当然我是表示谅解的，因为他正在吃辟尘做的桂花甜酒小丸子，而且吃得如狼似虎。

我一屁股坐在他身边。还是那么爱穿白西服的江左司徒先生终于吃完了最后一口，恋恋不舍地放下勺子，长出了一口气："美味啊，没有更美味的了。"

我不客气地问他："你来干什么？"

他笑眯眯的丝毫不生气："朱先生不太欢迎我吗？"

我白他一眼。我干吗要欢迎你啊，你来有什么好事，多半是把小破接走。

他仿佛看出了我的心里话，立刻说："我只是来看看小破过得如何，事实上这几天墨尔本的异物活动很频繁，我怕达旦提前苏醒，特意来一下。"

虽然我还是在腹诽他马后炮，儿子都生两个了你还来喝喜酒，不过既然他不是来接小破，那就一切好商量。带着一脸眉开眼笑我殷勤留客吃饭，辟尘得令，钻进厨房，随着DMX强劲的音乐传出，丰盛大餐即将出台了！

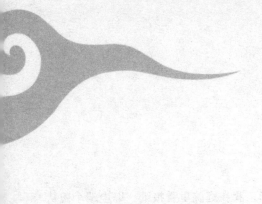

QINGCHENGPO

倾城破

第一章

QINGCHENGPO

　　暮春之初，黄昏将降，我在庭院里看报纸，辟尘端个碗从厨房里走出来，怪斯文地告诉我："这碗冰酥酪乃以《红楼梦》中所言古法制成，你来试试看。"一只犀牛也看《红楼梦》，这什么世道？结果被辟尘连碗带冰酥酪扣在头上，犀牛作狮子吼："你还敢说我！你呢，小破《道德经》背完没有？赶紧去帮他做作业！"

　　我嘀嘀咕咕爬起来，去捉小破。彼小孩正藏身于十七米深的地下，不晓得在捣鼓些什么东西。从附近无数毛毛虫、食粪虫、蚯蚓等亡命逃窜的情况来看，小子多半在里面尿淹七军。我瞄瞄左右无人，取下自家皮带，顶头拴了一坨泥巴放下去，不出片刻，手上一紧，急忙起钩，果然见小破张大嘴咬住那坨泥巴，脸色颇为不爽地被我钓了上来——傻小子给什么吃什么，辟尘是多么的教化无功啊。

　　一松钩，这条小人鱼立刻脚底抹油，掉头就往自家地洞里跑，被我从后赶上，一个饿虎扑食放倒在地，五花大绑起来，往屋子里拽。他哼哼唧唧地抗议："我要玩泥巴，我要玩泥巴。"一边滚来滚去，赖着不走。

　　出了一头大汗，几乎虚脱，我终于把他成功弄回了书房，一边喘气一边叫他："来，宝宝，背个《道德经》听听。"

　　他窝在椅子里，两只小脚丫子上全是泥，翻翻白眼，无精打采地念道："大愚若智，大拙若巧，大声希音，大象畸形！"

我看看书，指出："宝宝，反了，全反了。"

他生气了，跳起来抢过我手里的书，刷刷撕成四半，往嘴里一塞，吧咂吧咂就吃掉了，然后对着我身后的墙一闷头冲过去，轰的一声，不用看我都知道墙上多了一个小破形的大洞。叹口气我走到门口去叫辟尘："喂，叫贝塔斯曼书店再送两百本《道德经》过来。还有，房子你修还是我修？"

小破三岁过后，个子不长了，模样也没再变化，这都算了，让人悲痛的是其智力亦如出一辙。幼儿园上了一年又一年，从最贵族的到最贫民的，从管理最严格的到最松散敷衍的，从最先锋理念的到最违背人性的，无论是哪一家幼儿园，他都只考得过体育科。

为了小破的教育问题，我和辟尘辗转八方，苦心孤诣，尝试过了填鸭、引导、催眠、拷打（实施过程中还因为动用暴力自食其果，我躺进医院住了好久）等多项手法，最后我们得出如下结论：破魂在以武犯禁一途上确实高山仰止，令我辈望尘莫及，但是提到学习两位数的加减法，他就彻头彻尾应该划入智障儿童那一群。

不过就算这样，我还是爱他的。要知道，笨小孩也有春天啊。

我和辟尘放弃教化做出"天生天养"这个英明决策，却忘记了要和委托人交代一声。半年之前，江左司徒先生心血来潮，跑来巡视，在观摩完我们组织的"小破五年教育成果展"之后，坐在客厅里半天没有出一口气。良久，他颤颤巍巍地站起来，有气无力地说："达旦之本尊天生智慧，为什么，为什么，现在会变成这样？"被他杀气腾腾的十几二十个为什么问得懵了之后，我和辟尘被迫从家居型保姆向学术型演变，希望通过后天的顽强努力，弥补小破的先天不足。于是我们严密分工，我每天跟他一起恶补四书五经，辟尘则负责带他

临帖作画。为表郑重，我跑去一口气盗了八十七座王墓，硬把王羲之的兰亭真迹找了出来当摹本。可惜无论我们如何努力，小破都非常有原则地岿然不动，你教你的，我搞我的，急了就把书吃掉，目前为止，已经有上千本《唐诗三百首》，两百多本《千字文》，无数本《道德经》不幸遇难，变成了他的屁屁。

哭丧着脸我回客厅去拿修墙工具，进门先打了个寒噤，腿上莫名一轻，一跤便摔了下去，出于本能我跳起来气急败坏地嚷嚷："谁，谁下我绊子？老狐狸，你舍得回来啦？"

然而这次认错了人，不是南美。来的虽也是一个熟人，却是能不见最好永远不见：破魂长老——服莱。

它还是老样子，矮个，银长发，黑色的外衣，脸上皱纹层峦叠嶂，面无表情地抿着嘴。

我一看到它，心提到了嗓子眼，嘴巴张到碗口大，却半句话都说不出来。

它向我点点头，那单调的声音沙沙地说出我怕了好多年的一句话："我来接小破。"

我脑子一晕，还没来得及有反应，辟尘已经挥舞着锅铲从厨房里冲了出来，威风八面地招呼我："猪哥，带小破赶紧跑，看我用真空大法憋死他。"

我眼尖，瞥见服莱身后背了个小包袱卷，一看身形就是小破。人家已经先下手为强了。果然，服莱很好心地提醒我们："来不及了，我已经把达旦大人打好包了。"

那天服莱走后，我做了好多犀牛珍珠断续膏，因为辟尘不停地哭，眼泪落了满盆子，每接够一定的数量，我就拿去和珍珠粉，加配药熬煮，最后得出来的东西可以治好天下一切风湿疼痛关节僵硬之类的毛病。我准备把这些都放到阴凉处储藏起来，要是以后老无所养，就拿去街头叫卖。

到了半夜，终于等到它哭够了，擦了把鼻涕，对我说："好了，换你。"

作为一个基因正常的人类，我的眼泪毫无建设性，不过有一点可取的就是，我哭起来比辟尘艺术性高得多，完全可以一边保证基本的涕泪纵横，一边絮絮叨叨小破如何聪明伶俐、乖巧可爱、有理有节、能文能武，真正是前无古人，后无来者……我哭得声情并茂，唱做俱佳，撼动山川，响遏行云。辟尘一开始还颇配合我，频频点头赞成，还递上热毛巾表示鼓励，后来越听越不是味道，突然阴森森对我说："猪哥，你道什么苦情呢？你当小破死了吗？"飞身上来，就地把我踩得只有一张纸那么薄。

打完这架，东边已经翻出鱼肚白。我们精疲力竭地躺在客厅地板上，看窗中第一缕阳光悄悄透入，空气中荡漾着屋外玫瑰新开的温柔芳香。一切都是静悄悄的。很久，辟尘轻轻地说："猪哥，你今天不用送小破上学了。"

一个人的伤心程度到底可以达到哪个级别呢？读了两本书的辟尘认为是孟姜女那个级别，可以哭得把一堵好大的墙都倒掉，猪哥你做不到吧。我很老实，我是做不到，不过我也不算差了，昨天晚上小试牛刀，就搞得四周邻居纷纷搬家。辟尘听到这里叹了口气，说："那，猪哥，我们也搬家吧。"

是啊，我们也搬家吧。看看四周，熟悉温暖的一切突然间变得极为陌生。望向楼梯口，朦胧中一个穿狗熊睡衣的小娃娃正连滚带爬，气急败坏地冲下来吼我："上学了上学了，迟到要罚站的。"我喜上眉梢地迎上去："不急不急……"

四字破唇而出，我已知是幻觉，悲从中来，不可断绝。不行，搬家，一定要搬家。搬到青城山去，躲到后山买块地去。这辈子不出来了。

屋子不要了，反正这里一直都闹鬼，等我们走了那些怪东

西都会跑回来住。衣服拿两件，小破最爱的痨痨熊带上，结束停当，我准备拔脚就走了。转眼看见辟尘挑了个好大的担子出来，油盐酱醋，锅碗瓢盆，连抹布也没落下，在锅盖上盖了一溜。我忙叫住他："做什么去？"他眨巴眨巴眼睛，好嘛，围裙都是系着的："搬家呀，搬了家我们也要吃饭嘛。"我指指那个担子："你带着这个去坐飞机？要超重的！超重好贵的！"辟尘叹口气，忧郁地说："猪哥，你以为我们还有钱坐飞机吗？你不记得你失业很久了吗？我们要节省啊，节省就是说，我们走路去青城山吧。"

拍一拍担子，他还补充一句："万一路上断粮了，我可以摆个地摊卖卖云吞。"

唉，真是贫贱犀牛百事哀，难为人家想那么周全，我也不好再说什么。那走路吧，走到天涯海角去，如果距离可以缩短记忆的话，让我直接走上月球吧。

最后把门重重一关，看到院子里昨天小破挖出的地洞还在，里面发出咕嘟咕嘟的声音，我忍不住好奇心上去瞧瞧，我的天，温泉啊！辟尘多愁善感地在一边发表评论："一定是小破怕你生计无着，所以开发一个温泉度假村出来给你养老。"

我瞪他一眼："胡说，我是猎人，我几乎是五星猎人啊。哼，最多我去做老本行。"

他哼哼哈哈不理我，径自走了，我郁闷地跟上。岂知我背上的包裹里突然传出一阵强烈的震动，解下来一看，居然是那个我好多年都没用过的定位通讯器。打开视讯接收屏幕，几道白光闪过，山狗极为熟悉、又极为陌生的脸出现在我的眼前。之所以说他熟悉，是因为这小子很有两招驻颜术啊，多年不见，半点不见老。说他陌生呢，他的头上脸上和身上，这都是缠的什么东西啊，一条条的绿藤，还开着小喇叭状的花，可说那是花吧，又都在唧唧歪歪地说话，说的内容还挺肉麻，什么"山狗哥哥，你最喜欢我们哪一个？今天晚上，谁陪你睡大房间"等等。

我忍不住狂笑起来，莫非撒哈拉之眼里那几只小嗜糖蚯蚓搞出的变种植物又有进化，春心荡漾，懂得跟人类谈恋爱了？那山狗你千万要把持住啊。我不给你喇叭头干儿子压岁钱的。

山狗在屏幕里仿佛也知道我在想什么，没好气地把脸上的喇叭花藤拉开，冲我嚷嚷："她们对我才没兴趣，她们爱上了丝瓜，拿我练手的。对了，你这几年在搞什么？现在有没有空？"

我警惕地问他："要干吗？"

他气急败坏："我说，你记得东京地铁下那只大蚯蚓吗？它从阿肯色逃回去了。现在那边的耕作计划就差一点点，没它不行啊。"

我觉得纳闷："那怎么了，猎人联盟不是抓住过它的吗，再抓一次就好了。"

山狗越发恼火："那么简单我就不找你了，当初抓它我们花了大力气啊，让东京地铁停运两天，出动世界上最顶尖的十大模特轮番做上空秀它才出来的。"

我立刻心痒痒："那再来一次啊，等我等我，我也要去看。"

山狗一晃头，把一朵正鬼鬼祟祟爬上他嘴边想偷吻的喇叭花甩开，叹口气说："没用了，那只蚯蚓最喜欢的模特去年空难死掉了，现在世界上唯一可以把它从地底下搞出来的，就只有你啦。"

听说我的魅力和全球顶级模特有一拼，辟尘在一边笑得几乎要昏过去了。唉，跟一只犀牛解释"惺惺相惜"这么高级的成语是很困难的，就让他去笑吧。

没有小破在身边，走到比利牛斯山还是走到柬埔寨乡下，区别相当于零，既然如此，那我们就去东京吧。七年弹指，猪哥又来，沧桑啊。

第二章
QINGCHENGPO

话说我们星夜兼程赶到东京，辟尘累坏了。他担着那堆厨房家什从澳洲狂奔到亚洲，累得跟只猪头一样，路上还丢掉了好几个装作料的瓶子，心疼到皮开肉绽。

别后多年，山狗居然光荣升职了，现在是亚洲联盟东亚地区首席猎人，穿个西装往那一坐，颇有点踌躇满志。

相形之下，我布衣粗服，风尘仆仆，身边还带了个"挑夫"，形象分数就要大打一个折扣。这个照面一打，我还来不及嫉妒，他忽然咚的一声跳到我面前来，抓着我肩膀猛摇，摇得我浑身骨头都要散架了："你说，你说，你这几年跑哪里去了？怎么联盟都没有来找你？告诉我告诉我，老子也要人间蒸发！"

人间蒸发很穷啊，你还是好好做你的东亚首席代表这份很有前途的职业吧。他苦起脸："有前途个屁，说起来都伤心啊。"

正要坐下来好好叙旧，有人敲门进来了，是一个联盟的工作人员。他看看我，再看看辟尘，再看看我，再看看辟尘，然后就抬头去看山狗身后一个电子屏幕的左下角，我也随着去瞧：猎人联盟十年追捕悬赏名单。我的妈呀，辟尘也升了，现在排名第一啊，还配有照片。难怪人家跟乌眼鸡一样盯着我们。山狗见势不妙，突然从工具箱里取出一支记忆屏蔽枪，足足对人家射了十几二十发子弹，估计这倒霉蛋醒了以后，要花很长时间想自己姓什么。

虽然隐姓埋名那么久，我们在江湖上还是那么招风，看来树太大了，想装豆芽都不像啊。此时辟尘冷然提醒我："喂，人家找我啊，你陶醉什么？"我瞪他："我是头号窝藏犯好不好？军功章有你一半也有我一半啊。"

多说无益，赶紧藏起来是正经。山狗果然讲义气，居然让我们去住希尔顿总统套房。看看，客厅已经有我在墨尔本一层楼大，应有尽有，舒适非常。可怜我十几岁开始就当猎人，惯于风餐露宿，四海为家，没事就蹲树上过一晚，哪里有现在这么销魂，躺在一张 SUPER KING SIZE 的床上，看着落地窗外明媚的阳光，简直打心眼里要哼哼一首 RAP 出来。不过看到辟尘的表现，我就有点惭愧。看，人家把家什一摊开，立马就把客厅变成了一个专业级的厨房，他跟一只勤劳的小蜜蜂一样忙来忙去，搞得我不夸奖他两句都觉得有辱自己的良心。可是忽然之间，他一锅铲飞过来，对我大吼："猪哥，跟我去买瓶绍兴黄酒来，晚上我想做猪手……"

那天晚上，在总统套房被辟尘唠叨了整整一天之后，我终于缴械投降，答应不顾被暴露身份的危险，和他出门去买天杀的绍兴黄酒。辟尘得了便宜还卖乖，紧接着教育我说：热爱国货是每个人的应尽之责，尤其像绍兴黄酒啊，四川辣酱啊，山东红枣啊之类的土特产，能够到手的时候要尽量囤积。我听了恍然大悟："辟尘，难怪我们住哪里，哪里的萝卜干就脱销，敢情是你！"他不置可否地哼哼两声，借走入黑巷子的机会掩饰心中的不安——

黑巷子？什么黑巷子？

出了希尔顿之后，前后左右，无论是走路还是要爬墙，所有地方都是灯火通明，华光万丈——我们怎么会跑到一条小巷

子来？回头看看，身后雾霭蒙蒙，来路不见。一条黑色的影子蓦然闪过，而后无声无息地消失。此外一切都寂静而迷蒙，提醒我们这是一个非正常的世界。

我一拉辟尘，凝神去看，四周弥漫着灰色的浓密空气。我们好像是两只掉进胶水里的蚂蚁，被卡在什么不可见的东西中间了。我轻轻问辟尘："怎么样？"

他镇定地判断："迷之陷阱。"

迷之陷阱？那是猎人联盟的法术部门研究出来的工具性陷阱，作为猎人捕获低级活口非人之用啊。我猜周围一定有我的旧同事在上班，要是两人一组的话，拱猪应该都打了好几盘了。一边缅怀一边按照九行八卦的位置走到生门，低低念了一个破空生天咒，眼前豁然开朗。哪里有什么小巷子，我和辟尘好端端地站在离酒店不远处的街道上，面面相觑。

环顾四周，不算早了，路上人不多。有个醉鬼唱着歌，一个家庭主妇匆匆挽着手袋从旁边绕过去，他们都对我和辟尘视而不见。但是不远处一个垃圾桶边，有个人正站起身来，表情非常惊讶地看着我们，衣服鞋子，都是联盟的统一装备，说明是低级猎人。从外貌来看是来自亚洲地区，我于是殷勤地上前招呼："贵姓？"他往后跳了一步，皱起眉头看着我，我也看他—— 一张年轻的脸，甚是清秀，但容色尖削，神情冷漠，我把伸出去的手又放下，说："我也是猎人啊。"

他毫不动容，把我上上下下打量一番，对我的打扮似乎颇为不认同，然后神色十分倨傲地对我说："你也是猎人？"语调中带着明显的戏谑与嘲弄。我不由微微有气：横什么？我当猎人的时候你还是单细胞呢？我老气横秋地摇了摇头，紧问道："你是亚洲联盟的？几星？梦里纱可好，我们当年共事过。"

听我问起梦里纱，他脸色有了轻微的变化，开始尝试堆上一点笑容，没错啦，这个反应万试万灵，他绝对是猎人。

这种熟悉的反应，是当年我和同事们共处的时候，经常可以免费观看的人间奇景之一：世情冰火九重天。

比如明明有一位仁兄，昨天为了争一个食金兽的捕获名额还在你面前吐口水，声称对你的九族十八友从此要见一次打五次的，今天早上获悉你升级为四星，年底要出席全球联盟精英会议的消息后，硬是在大门口守了三个小时要对你说一声恭喜。其中唯一例外的是我和山狗，因为每年全球猎人联盟都会组织级别考试，一年出题比一年难，其他人拖得一次是一次，只有我俩永远踊跃报名参加，求的是将所有的前二名都拿下，三次后就在全球范围内自动升级。梦里纱给我们准备的鞋子常常太小，我们只好用这种霸王硬上弓的办法槿大点。谁要是看见当年梦里纱发现我们又过级别考试的表情，就会深刻了解到什么叫做"情非得已"。

"我叫德文，两星。你是……好像没有见过？"

"为什么他的声音一下子变成这样甜蜜啊？好冷。"辟尘在一边嘀咕。

我苦笑了一下，哎，提起我的名字，多半没几个人记得了吧。都五年了。五年中我蜗居墨尔本，带小孩！虽然偶尔间也游荡到世界各地去做做类似劫富济贫、呼吁环保、维持生态环境平衡的事情，也从来没有忘记过自己曾经是一个了不起的猎人——至少辟尘是认为我蛮了不起的。可是，我毕竟离开那个世界很久了，久得有时候自己想一想都觉得从前生活的印象是那么模糊。

因此，当我发现自己的名字在德文那里激起了完全无法预知的强烈反响时，我简直想看看日历，今天是不是愚人节的特别纪念日。

猪哥，我是猪哥。

嘣的一声，他跳了八尺高，满脸激动，万般狂喜地睁大了眼睛，完全把之前的酷形象抛出万里云霄之外。他先是退后两步仔细看看我，喃喃念叨："像，真是像，不说不觉得啊！"等他认为自己完全确认以后，就一个虎扑冲上来，抓住我又摇又抖："猪哥？你真的是猪哥？亚洲联盟的传奇五星猎人？天哪，我三生有幸，居然在这里看到了最伟大的猎人之一，山狗大哥说了好多关于你的故事，人人知道你啊。你要给我签名，签名，喏，这里。"

不知几时他塞了一支笔给我，自己转过身去，撩起外套，露出一件雪白的 T 恤，一个劲地催促着："签啊，签大一点，我回去装玻璃挂起来！"

我转头叫辟尘："来，给我一拳，我做梦呢！"

辟尘皱着眉头正在到处使劲找参照物，看是不是我们还陷在那个迷之陷阱里，正面临着幻象的考验，当即说："我也怀疑啊，你等等。"

他真的上来手起指头落，给我一个大栗凿，好痛，有一个包立刻冒出来，跟长笋一样快。我摸着自己的头，而前头那个翘起屁股在我面前摆来摆去的人还在一迭声地催促，心一软，下手龙飞凤舞地写了个"猪哥"。老实说，到这个时候，我都防备着他会一头跳转来，对我大加嘲笑，说我是一只前无古人后无来者的大孔雀，自作多情。

可是没有。他小心翼翼地放下外套，欢欢喜喜地对我打躬作揖，还遗憾地啧着嘴说："猪哥，真是相见恨晚啊，我要立刻去追踪一只红粉土狼，没时间向你请教了。有没有通讯地址？我一定来拜访你，一定的。"

我摇摇头，从来没有过 FANS，突然冒出来这么一个狂热分子，瞬间对我的人生观造成了很大的冲击。他失望地摇头叹气，捶胸顿足，念叨道："遗憾啊，遗憾啊，早知道，申请期限多两天好了！"

在我身上的鸡皮疙瘩全部飞起来打我之前，我赶紧转换了一个话题，想起刚刚那个空间陷阱，就问他："你刚才是在等红粉土狼吗？"

他点点头："是啊，不过结界开口设置得不好，你们一进去，那只土狼就顺风逃出去了。它平常也在希尔顿酒店周围出入的。"

红粉土狼？哦，那条黑色影子。不过猎人联盟几时变得这么没有品位了，连这种低级的妖怪都抓？

德文点头："最近东京警视厅急征一大批土狼充当警犬和缉毒犬，所以我们奉命尽量捉拿。"

拿土狼当警犬？这是哪个笨蛋想出来的创意？不错，土狼确实拥有对于人类而言非凡的听觉和嗅觉，在五十公里之外，已经知道哪家餐馆炒什么菜。不过它们生平最恨的就是狗了，经常极端到狂奔十公里去咬狗泄愤，对全世界的狗肉火锅店都顶礼膜拜。居然要驯服它们去干狗的事？荒谬啊。

虽然觉得把土狼当狗用这个创意实在不如一坨屎，我还是决定露上一手帮他找出那只跑路的土狼。方法太简单了，这一族类生性非常好奇，无论遇到什么事情，哪怕自己几乎要当场丧命，事后也一定要回去看看。要抓到它，我们需要做的就是，第一去买两罐啤酒，第二坐下来慢慢等。德文这些资料都没弄清楚，也敢出来混？今时不同往日啊。

不出我之所料，一个钟头后，一个上下肢比例完全失调，腿特别短的男子开始在我们面前频繁地蹭来蹭去，裤子下露出的小截腿部毛发极浓，简直剑拔弩张。承继土狼族比较低的智商，它还戴着一个巨大的草帽，遮掩自己头上尖尖的双耳——怎么就不想想现在是晚上几点，谁吃饱了没事干戴草帽，你以为自己在夏威夷的不夜海滩上跳艳舞吗？我叹口气，说句老实话，欺负这种傻乎乎的生物实在非我人生志愿，看见人家欺负，心里还难受得很。

　　只见它探头探脑，看来看去，藏在帽子下的脸色有一种蠢蠢的迷糊。我几乎要劝说德文放弃算啦，作为一个希望成为伟大猎人的年轻人，应当学会如何和疫龙啊、魔鬼铁天牛啊、七毒采丝虫啊这些价值既高，又危害人类的东西战斗，不要一心一意找人家土狼的麻烦。我知道很多土狼在人间以开出租车、当侍者维持生活，还纳税，说不定比我对人类的贡献还大呢。然而不等我开口，德文脸上已经显露出捕获猎物后的得意笑容，他一边目不转睛地看着土狼，一边从设备袋里取出一张薄薄的内钩强力粘结网，要把土狼一把捞住。此时我心里思想斗争非常激烈——是锄强扶弱呢，还是同流合污呢？幸好辟尘比我有原则多了，早已挡在土狼身前，德文一顿，还来不及询问有何贵干，已经被一阵点状平地飓风搞得满肚子内脏一阵翻腾，好像在一万米高空遇到超强气流一样，慌不择路，转身就到旁边去吐起来。一不做，二不休，辟尘上前再补一拳，德文措手不及，软软倒了下去。我啪啪鼓掌，开始赞叹道："辟尘啊，好久不见你出手，宝刀不老啊。"他面无表情地甩甩手腕，答："杀鸡就用犀牛刀，古代有这句话吧？"是吗？听起来蛮耳熟的。

　　我们在这里互相吹捧，土狼先生还搞不太清楚状况，愣怔半天，站着不走。我离它三步，好声好气地讲："去告诉你的同类，这几天能跑多远跑多远吧，猎人联盟抓你们去当狗呢。"

　　一听到要去当狗，土狼的脸色就明显不太好看，它郁闷地看了看地上的德文，走过去补了一脚，也不管人家失去了知觉，正处于缴枪不杀的俘虏状态。

　　它这次比较识相，立马就走了，不过走之前为了报答我们相救之恩，就很随便地告诉我们说："喂，你站着那个地方的下面，藏着一个非人赌场。有很多美女啊，酒也很好，你们去玩玩吧。"

　　看着它的身影消失在远处，我摇摇头对辟尘说："你现在知道人家为什么要把它们捉来当狗吧？"

提到"赌"字，我有点瞎兴奋瞎兴奋的。这是源于多年以来在全世界各个大赌场的温暖回忆。想想以我的听觉、视觉、手腕控制能力，无论是轮盘赌、猜大小，还是二十一点，面对普通的赌徒，基本上都是无往而不胜的，想赢人家长裤就长裤，短裤就短裤。也正基于此，我实在不大好意思去和人玩，现在遇到的既然是非人赌场，这个顾虑应该不存在，那我们去玩玩吧？

得到辟尘的踊跃赞同之后，我看看四周无人打扰，轻声念了一个低级的附着类空间开破令。所谓附着类，就是完全依附正常空间形态而存在，比刚才那个猎人陷阱独立性更低。这种空间以稳定的通道连接正常世界，十分方便出入。许多高级别的妖怪住在都市里的时候，对房地产开发的要求十分高，高到最后没有房子可以住下去，只好自己花点精神设置一个附着空间。果然如土狼所言，就在我们的脚下，一扇门徐徐浮起于地表之上，初始模糊缥缈，如同在水波中荡漾的倒影一样无可捉摸，但是两分钟以后，它的形状便高过了地面，变得十分硬朗实在起来。我和辟尘心花怒放地对看了一眼，趴到地上扭了扭门把手，然后双双跳了进去。

果然是个好地方啊！

一进门站稳，就看到好多人——非人。最先吸引我目光的是穿梭来去的火焰女郎。

火焰女啊，那可是猎人传说中最幸运的人才能目睹到的非人绝色啊，难道上天体恤我与雄性为伍太久，今天批发给我一个巨大的补偿？只见它们的皮肤都呈现出柔媚的浅焰色，若隐若现的，飘散出橙色的火光，果然是真正的热力四射！如果放一只土豆到附近，抹上一层芝士，撒点葱花，味道一

定一等一！再看它们脸上那深深的黑眼睛，美艳非凡，笑容如花绽放，身材之好，最高标准的《男人帮》杂志上我都没怎么见到过。尤其它们的着装还效法人间的酒吧女，统统穿着短到不能再短的比基尼，昂头挺胸，端着各种酒水盘子走来走去。辟尘看着我口水一波波汹涌澎湃地流到下巴上，马上就要决堤而出了，很好心地提醒我："猪哥，千万记得火女只能看不能摸的。"我擦擦下巴，点头唯唯称是，心里大呼好险。火女乃非人界的尤物代名词，只可远观不能亵玩，否则就会被当场变成生肉烧烤，色香味俱全，被其他非人分而食之。谁出的主意安排一群超辣火女在这里当侍应生？手段狠啊！

把眼光强行从婀娜多姿的火女们身上挪开，这个比一切我见过的赌场都更豪华的地方立刻吸引了我的全部注意力。极尽奢侈之能事的装修与布置，美轮美奂精致考究的赌具，围成一堆堆的呼幺喝六的赌客。唯一不同的是，在其他赌场，每次开台，输赢各色人等发出的声音中，大到英语，小到印第安语都不绝于耳，但是无论如何，大家都可以达成共识："我们说的是人话。"到了这里就不见得了。看我左边那台推牌九的刚刚结束一局，有一只狗身人头的不知名贵客，面前虽然还有大堆筹码，刚刚却似乎输得十分憋气，当场愤愤不平地爬到桌子上对天长嚎起来，声音回肠荡气，凄厉非常！叫得大家都闭起气来，生怕撞到它枪口上。它叫了半天才又爬下去，一瞪眼睛说："再来。"

右边一溜，是猜大小的，第一桌，很显然全部是吸血鬼。只有吸血鬼，才会拿自己当华尔街精英分子来看待，赌赌钱消遣一下，居然还穿燕尾服，打标准领结！难道赢到两百块钱的时候你要大开四十台流水席吗？

第二桌，罕见的蓝田半人，对玉的炼化能力历来被人类珠宝商所垂涎；草鬼，每届欧洲杯和世界杯，都要请回几只去维护球场草皮。突然我眼前一亮，看哪，和这群低级非人混迹的，好像是黄金使者啊！我推推辟尘让他看，他不知道为什么反应那么大，"唬"了一声扭头不理我——喂，这个已经不算普通非人了呀，这是修行非常长久以后进入半仙阶段的大人物！它所在的任何地方，很快就会有无穷的自然与非自然的财富通过各种途径密集而来，兼之影响黄金、资本、期货等市场的上落情况，翻手为云覆手为雨。不过它现在看起来并不是很开心，可能是因为面前的筹码日渐其少吧，人生而不平等，赌博却平等。

正看得高兴，有人上来招呼我们了。一位火女笑吟吟地走近，问道："先生赌什么？我帮您带路。"

我尴尬地摸摸自己鼻子，小心翼翼地问："有没有老虎机？"

它笑容更甜："老虎机运气成分太大，一向为我们的赌客们所排斥，有其他选择吗？"

这个意思显然是骂我弱智，不过我没什么脾气，弱智就弱智好了。我们最后决定去猜大小。火女小姐点点头："您赌现金还是代金？"

代金？那是什么，写张借条？现本人输去英镑五十，三日后归还？它摇摇头："不，所谓代金，就是可以换到现金的东西。比如古董、法器、特别能力出租、情报，诸如此类。"

我想想我有什么呢，想了半天，深觉不好意思。我很穷呢，非常非常之穷。在一些少见世面的八婆之中还可以传诵一下的超能力，到这里就很容易丢人现眼了。不过还好，堤内不足堤外补，我有辟尘啊，我可以借他出去给人家打扫卫生……

辟尘对我明察秋毫，发现我不怀好意地上下打量他，扭头就跟着火女去那桌代金专用台了，一边走一边恨铁不成钢地说我："猪哥啊，麻烦你带眼识人好不好？我是半犀族的长老级人物，自然界五大元素中风的控制者啊！你怎么就只会想

把我借给谁搞卫生呢？我要严正声明，那是我的爱好，爱好而已！"

哦，辟尘很少这么锋芒毕露啊。长老级大人物！风的控制者！你最近是不是打游戏打太多了有点走火入魔啊？

这句话我没敢问，点头如捣蒜，两人转眼间已经来到了大厅最东边。这里单独摆放了一个巨大的圆形赌台。是为使用代金者准备的专用台子，多数赌客都是因为赌金不足而临时加入的，短期投机，套现离场，所以，这里出现的非人种类极为庞杂。看来猎人联盟的情报收集工作还是不够到位啊，看这位，肚子奇大，而头却只有拳头大小的单眼人是什么？有两条身体，却没有任何骨架支撑，相互纠缠成一团麻花的又是何方神圣？我一面东张西望看新鲜，一面在非人头攒动的台子边找到了一个角落挤进去，落座，刚想透口气看看桌面局势，有一种非常奇特的不祥之感就哗啦一声从我四周汹涌奔袭靠近，紧紧地缠绕住了我。不知从何而来，也不知为何而往，仿佛是一种铅质一般凝铸的东西，正沉重地砸在我的肩膀上。好痛啊！

不用琢磨太久，我已经反应过来，那阵不祥预感虽然还是来历不明，砸我肩膀的物事，却一目了然。那是一对呈椭圆形、非常美丽的水晶紫色翅膀，长在我旁边一位罕见的美女身上，它的侧脸正对着我，弧线如弯月般完美，纯紫色的长发高高盘起，有幽幽的光彩闪现，一条如同梦幻般的灿烂长裙裹着它玲珑的身体，放射着神秘的吸引力。它正专注地看着赌台上色钟的旋转，而背上那两只奇异的翅膀正不停地开开合合，一下一下对我的脊背进行严格的击打承受度测试。显然它的心情颇为紧张，全神贯注地等待着下一轮的开盘，对于我是不是会当即骨折，实在毫无余暇关心。

耐心等了一会儿，确认它不大可能良心发现和我主动搭话之后，我实在忍不住肩膀上传来的剧痛，赶紧挪挪开，为了和美女搭搭讪把自己吃饭的本钱废掉，怎么也是得不偿失。辟尘冷眼旁观到此时终于露出嘲笑的表情，对我眨巴眨巴他的小眼睛。

这里赌的是最直截了当的猜大小，这一盘开，美女输。它虽然面色不变，赌品看起来不坏，可是眼前的筹码又走了一大半，眼看江河日下，社稷不保。

赌场的司钟见到又有人来，精神立刻为之一振。这是一位软八脚虫兄弟，戴着支撑它脊背直立的铁架子，神气活现地站在赌台后面，令人眼花缭乱地飞舞着那八只脚。所谓世风日下，人心不古，果然没说错，不然几时见过八脚虫涂指甲油的？这位就当仁不让，而且涂的颜色色系十分不统一，挥舞起来五光十色，让人眼睛发花。它吆喝着："来呀，来呀，小赌可以养家餬口，大赌可以改天换地呀。不要犹豫不要怀疑，不要退缩不要闪避，大胆地下吧，来下吧！"有种，说的真比唱的好听。

辟尘有点手痒痒了，兴致勃勃地响应："我来我来。"

我轻轻地问他："我们拿什么赌？"

他想了想："我拿对犀角来赌吧。"

一个火女过来，从辟尘手里接过一对晶莹透亮的上品犀角，须臾，换回来一叠筹码，看来那对犀角估价不低。这个东西我好似从未发现在家里出现过，现在突然看到辟尘随手递出去，不由大为诧异："喂，你怎么把自己的角拿出来赌啊，万一输了怎么办？不如押我啦！"

他白我一眼："谁说是我自己的角？我自己的角早就炼化了。这是我以前离家出走的时候顺手拿的纪念品。啊呀，你不要婆婆妈妈啦，你不值钱的。看，开始了。"

果然司钟摆开了架势，像弹琴一样将骰钟从一个脚尖（也许是手指尖）传递到另一个脚尖，那色钟仿佛运行在流水上，飞快地在空中划出多条令人眼花缭乱的弧线，然后如流星一

般，叮一声，轻轻地落在台面上。与此同时，所有人的呼吸声都先一松，再一紧。

"下注了啊！"

在我的对面一只蓝毛伏地魔满头大汗，一颗颗胶水状的汗珠粘在毛茸茸的头上，虽然不太干净，却让它看起来有一种非常朋克的感觉。它沉吟半天，毅然把一堆筹码堆在小上面，叫道："连开了三把大了，我就不相信！"

另一位长发如银、獠牙带血的月毓兽偏要对着干，掷出自己全部赌本吼道："运走十八道，还没完呢，我还是要大！"

八爪虫长脚飞舞，一把抓住筹码送回台上，继续吆喝道："买定离手啦，快点快点。"

辟尘是只走现实主义路线的犀牛，没什么口号可以喊，把我们全部赌本悄悄往前一推，直推到大上面，叫道："六六六，三个六，大，开来看看。"

司钟嘴角一翘，意思是开玩笑，你以为你是火箭登月的地面遥控总指挥吗？居然连三个六都叫出来了。它表示讽刺的方式十分个人化，乃是将自己那八只脚晃得满天神佛，旁边对它聚精会神目不转睛的一只黑羽鸟人哐啷一声被它晃点昏了，流着口水倒在了地上，头晕晕地喊："喂，行了行了，眼花啊，快开吧。"

八爪虫咧咧嘴巴，嘲讽眼光向辟尘一闪，懒懒地，骰子钟开了。

全场突然跟死一样的寂静。

那台面上，由恐龙头骨磨制而成的骰子正安静地一字排开，十八点嫣红如血。

司钟的下巴掉到了桌子下面，它赶紧拿一条腿去找，找了半天嚷嚷起来："那谁，脚拿开，踩到我下巴了。"捡起来随便擦擦，装上去，发现我好奇地看着它，就解释了一句："习惯性脱白。"

辟尘哈哈大笑两声，不等人家发话，先赶紧过去把所有筹码都拿过来，一边还教训人家："愿赌服输，不要赖皮。"乐颠颠过来往我面前一堆，说："猪哥，等一下兑了现金，先去买一份大的保险给你，免得你将来老了还要我养。"我白他一眼："可是我也养过你呀，不要尽一点反哺之恩吗？"

所谓一家欢喜一家愁，我们赢得心满意足，就有人脸皮发紧。蓝毛伏地魔好像把什么都输光了，垂头丧气跟着一位火女走开，经过我身边看到我好奇的目光，它很善解人意地通报一声："我刚才押的是一年的西方魔界通译服务，可惜专业人才不值钱啊，一下就输掉了。"

我身边那位带翅膀的美女，一样也输了。它这次就不如刚才镇定，转头狠狠看了我们一眼，眼睛犹如最美丽的初生杏子，流荡神光，摄魂夺魄，而那瞳仁的颜色，竟然是一种神秘莫测的幽深紫色。

八爪司钟下巴装好了，百思不得其解地对我们看来看去，嘀咕着："刚刚我摇的真的是三四二啊，怎么会变成三个六的？为什么，为什么，为什么啊？"

满桌赌客纷纷扰扰，议论不休，从它们的讨论中我们听出来，这位司钟可不是普通打工仔，乃是纵横非人地下赌场数百年，号称"摇一不二"的骰子之神，今天摇出的点数居然可以在眼皮下被人改掉，实在是生平仅见的奇观。

我悄悄问辟尘："你怎么改掉人家骰子的？"

他漫不经心地数着筹码，说："我哪里有改掉人家骰子啊，是它自己性子急，没等停稳当了再开。"

我听得不是很明白，旁边先已传来一阵大笑声："风之辟尘，藏世已久，今天居然在这里再睹真容。"

我跟辟尘是什么时候认识的呢？对人类来说，是很久了。

倾城破·第二章 QINGCHENGPO

十多年前？美洲死亡大峡谷的一处石壁地下。记得他的小眼睛闪着非常忧郁的光芒，看着我穿一身猎人服走近，就无精打采地对我说："你是不是来抓我的呀，我不愿意跑了，你抓吧。"

我一头雾水地站在他面前，作为一只刚刚出道的菜鸟，我实在是花了很大的工夫才认出，眼前这位长得像一头猪的仁兄原来是一只半犀人。

事实上我当时不是去追犀牛的，我不追任何东西，而是在做一次猎人例行的长途徒步拉练。走完死亡峡谷后还有一个游泳横越大西洋和骑一辆二二型号的小自行车上西藏的计划。

那天我已经走了整整十三天的无人峡谷，虽然不算累，可是已经无聊到和自己带的背包谈起心来，刚好说到出了这个狗屁地方以后要去哪里找人来喝掉两加仑啤酒时，就发现了一个真会说话的东西。那时候我的心情，用激动两字完全不足以形容其万一。站在他面前我想了想，问他："你要不要和我一起去做铁人三项，你和我一起，就没有人追你了。"

我们首先走出了大峡谷，一路说说笑笑，十分快乐。游大西洋的时候，路上遇到了两只海豚谈恋爱。雄海豚求之不得辗转反侧的样子让我们觉得十分有趣，在一边哈哈大笑了一场，结果把人家惹毛了，不泡 MM 了，倒过来追杀我们五十里。你要知道海豚一样是会咬人的啊，而且咬得非常之痛，雪上加霜的是，辟尘虽然可以在海底走路，却竟然不会游泳！不会游泳你跳大西洋怎么比我还快？于是我必须一只手拉住他，一只手划水，生怕海豚叫上它们家表弟鲨鱼一起来，我们就完蛋了。

不过，这件事情最后是以喜剧结尾收场的，这只勇猛的雄海豚因为它的威风而获得了爱人的芳心，两豚卿卿我我去了。而我就不小心获得了辟尘的犀牛心，他上了岸就决定要跟着我了！

　　那一次拉练的过程中印象最深刻的事情发生在我和辟尘骑一部自行车上西藏的路上。我们走的是青藏公路，在接近目的地前一百公里时，本来非常好的天气突然变脸，刮起了一阵非常强烈的高原飓风。一时间天旋地转，昏天黑地。我们的自行车给吹得直接飞起来了，在空中摇晃了两下，眼看要一头栽到悬崖底下去。我一看情况不妙，双手扶着车把立时起跳，拽上辟尘，翻了两个筋斗落了地。赶紧找到一个避风的地方躲着。眼看这风夹杂着无数的沙砾，来得气势汹汹，一时间都没有停下来的迹象，我心里一迭声叫苦："有没有搞错啊，什么时候西藏天气成这样了？"

　　为了保证安全，我顾不得去研究这个反常的天气现象，先依靠自身能量建起一个护卫式防护罩，建得七七八八了先一头把辟尘拉进去，自己蹲在还没有来得及封住的口子上，嘴巴里唠叨着："完了完了，学艺不精，学艺不精啊。"一边回头叮嘱辟尘："喂，你要呆在我背后啊，我能量不足了，这口子好像封不上了。我跟你说，要是我被卷走了，你也千万不能出来，千万不能出来哦。"

　　那阵飓风确实非常强烈，据说造成了青藏公路一度交通瘫痪和巨大的经济损失。可是自现场唯一的目击证人——猪哥我看来，那已经是这阵飓风可以造成的最低伤害，因为就在我说完要辟尘呆在我身后不动的那番话之后，他一把推开我走出防护罩，把飓风收起来了。

　　所谓"收起来"的意思就是，他张开手，跟收衣服一样挽了几把，接着那阵风就哗啦一下蓦然消散，顿时天开云朗，满目青翠空远，无限河山。

　　面对我近似要面瘫的傻样，他摇摇头说："你这样也算是猎人啊，居然不知道半犀人是可以控制风的？"

　　是吗？我当时还确实发了一阵愣，记得念过的教科书上

说，半犀人的特长是净空，就是收集并转化空气中的有害杂质，提纯特殊成分，控制适合地球环境的大气平衡。无论是我之前遇到的几个半犀教学模范，还是各种书上看到的资料，都没有说它们会牛到这个程度，可以控制风啊！

我不知道辟尘从哪里来，他不知道自己应该往哪里去，既然大家都那么糊涂，那我们就一起呆着吧。虽然我经过这一趟拉练回到总部以后第一次接触到追猎榜单，就看到了辟尘的名字赫然在目，不过我无论对猎人联盟还是对辟尘，都一句话没提这件事。接下来的十几年，辟尘就和我一起，四处游荡，洗衣做饭，闲来看电影，没事把歌唱。他对风的控制能力，我渐渐司空见惯，无非是拿来做做清洁啦，当当吸尘器啦，阴雨天气给衣服强力脱脱水啦，还有找找我丢三落四的那些东西啊。发挥最大作用的是后来帮小破每年春天放风筝，那风筝完全跟成了精一样，在空中要它干什么它就干什么。有一次国际风筝表演队不巧在训练的时候遇到我们，所有队员看了一阵以后，都决定回家金盆洗手，退出这一行，免得丢人现眼。

朝夕相处了十几年，按理说我对辟尘的一切应该是非常非常了解的了。可是，当我听到有人叫出"风之辟尘"这四个平常的字，却有一种非常奇怪的隔膜感觉涌上心头。那种感觉在我遇到狄南美现出真身大开杀戒的时候有过，当我看到小破眼睛里充满的不是天真笑意而是恐怖蓝光的时候有过，现在，我又回到了那种突如其来的哀伤与恐惧里，那种恐惧，叫做失去。我却始终不知道，那到底是为了什么。

而辟尘自己，在听到那一句话的时候，整个人忽然静下来，那种静来自虚无，也来自回忆，来自他正凝视着的无限远方。很长时间后，辟尘淡淡地说："敛？别来无恙？"

说着话，微笑着，从人群中走出来的，是黄金使者。我适才在右边第二台看到过的。不过当时可以看的东西太多，无论多么伟大的男性朋友，都不太可能争取到我的全部注意力。此时我才仔细地打量它，穿一件毫无腰身剪裁的银色长袍，光一个亮晶晶的头，五官都在位子上，却看不太清楚到底长什么样子，因为都被它脸上的毫毛给遮住了。当然，与其说那些是毫毛，不如说是箭猪的背！无比浓密，根根剑拔弩张，且都呈现出纯净的金色。整个人看上去是毛乎乎、金闪闪的。我还注意到了它的手指，非常长而结实有力，却没有指甲。走到我们面前，它面对辟尘冷漠的眼光毫不介意，仍然笑着说："一别七百年，我安健，你呢？"

　　虽然我老早知道辟尘有一把年纪了，不过也没有想到他竟然老到这个程度，七百年？喂，你认错人了！

　　听到我的嘟囔，黄金使者转过头来看我，神情冷漠，对我上下眼波一扫："人类？辟尘，怎么你和人类厮混到了一起？"

　　厮混？黄毛兄，你看起来多少是个斯文人，说话不要那么难听好不好？说起来我和辟尘的关系跟人家解释起来是颇费思量的。你看，他第一不愿意以我的宠物这一比较好接受的身份行世，第二我再没有尊严，也不可能说他是我女朋友，而且跟他混一起以后，连相熟的老鼠天师都要给我介绍对象。幸好辟尘没有因为正在装酷就一笔抹杀我们的感情，他身子一侧，对黄金使者断然说道："关你屁事，没事闪开，我们还要继续玩呢。"

　　这么干脆我喜欢。黄金使者好似也没什么意见，侧身让到一边。八爪早就等得不耐烦了，此时又吆喝起来："来呀来呀，大赌可以……"这个家伙好像并没有第二套说辞啊。继续表演了一番魔术般的软足之舞后，色钟落台，我注意它的一只

脚尖微微搭在一边，仿佛随时准备发力，改变中间色子的形态。辟尘好似也看到了，却不以为然，懒洋洋地对我说："放心，放心，除非它有本事把里面的空气全部逼出来。"

它把我们赢到的全部筹码一气又推了出去，叫道："六六六，三个六，买大。"

哇，八爪的脚都气得发红了。环视赌台上，月毓兽还有一些余资，新来了两只吸血鬼赌一幅毕加索的真迹，火女正找马良神鉴定，黄金使者也要插一脚，许多赌客也开始从各个赌台上汇集过来看热闹，渐渐把台子围得水泄不通。一切到位，色钟落定，连八爪一起，所有人眼睛都盯住辟尘，沉默一刻，纷纷把自己剩下的筹码推上了大。唯一的例外，是那位紫色美女。

我很好心地提醒它："你基本上没筹码了，赌什么？"

它那能够把人的魂魄都一眼勾销的眼投在辟尘身上，那里面有一种奇特的深思意味，再流转到黄金使者脸上，同样留了一瞬，而后腰身一展，懒懒地说："我押一个消息，看看价值几何？"

这是我第一次听到它的声音，低沉、沙哑，出自如此绝色的口，给我带来一种巨大的不适应，而更不适应的，是那声音中深深蕴涵的绝望口气。

绝望。

为什么我会如此觉得呢，难道是因为，它接下来就说："东京，三日内，灰飞烟灭。"

满堂死寂。

万籁俱静。

发布了惊人预言的紫翅美女从容起身，不等赌台最后的开盘，腰身袅袅一扭，飘然离去。经过我身边时，它再回头深深地看了黄金使者一眼，就在这瞬间，一只巨大的昆虫形象在它周围若有若无地升腾而起，仿佛要吞噬周围的一切，转眼又无声地消失了。我整个人一激灵，好似在零下八十度的天气被人突然丢进冰水里，我想起来了，我想起来了，为什么我感觉如此绝望，因为这美丽的女子，是厄运之蝉啊。我一下子跳起八尺高，疯狂大叫起来：厄运之蝉啊！

　　那一年，庞培古城的废墟第一次被勘探发现，为了搜集到详细的古代生态情报，猎人联盟出动了精锐的调查队伍，辅以特殊的探测仪器进行仔细的勘察，发现两千年前存在着诸多眼下已经非常罕见的非人种类，与人类混居一城之中，各自相安无事。尤其值得一提的是，勘察之时适逢星河猎人联盟与地球的五十年定期互访，星河联盟的到访者中有一位资深的猎人，拥有时空景象重造的卓越能力，竟然再现了庞培毁灭前一天的所有景象。我看到折射幕上出现了熙熙攘攘的街道，脸带笑容的人们，高大古老的房屋，构成一幅绝佳的城内风景，展示着这古老都市被淹没在灰烬与时间之前的惊人美丽。阳光如此灿烂，丝毫看不到陨灭的阴影。当时空景象重造的演进过程来到火山爆发的那瞬间，突然之间，有一层奇异的彩色光芒闪过所有人眼前，就在折射幕上，我们看到有一样东西正在预告上帝的恶作剧：一只巨大的，妖艳的，带着惊人美丽与不可言说的邪恶的蝉，停留在庞培古城的城墙上，微微扇动翅膀，眼波流转，如魅如惑。

　　仔细看去，这是一只有着绿色翅膀与身体的半蝉半人，它有着草木初长出幼芽的鲜嫩的翠，温柔的翠，婉转流丽，宛如光阴一样迷人耳目。在它纯绿的翅膀上，从左至右，整齐地排列了七颗黑色的星状点，其中有三颗更在闪闪发光，如天空中最明亮的星辰，预示不可挽回的命运。

　　在场看到这一幕奇景的所有猎人仿佛都经历了一场梦魇，

久久沉默无语，最后，来自星际联盟的来访者轻轻地说："看到了吗，那是厄运之蝉。"

厄运之蝉，大难之象。象征上天的震怒与惩罚，有七色级别。紫色最烈。翅上负灾象星，每颗星星代表一种灾害。庞培的那一只，亮了三颗。土、火、灰尘齐齐为害，使得整个城市鸡犬不留，惨然灭顶。

如果说在远古的灾难记忆中看到厄运之蝉带来的震撼还不够直接，那么两年之后，我运交华盖，竟然亲身遇见这传说中的灾星。我记得当时自己是在印度尼西亚狩猎，有一天晚上好不容易和一窝长虫打完架睡下，不久就莫名被尿胀醒。本来被尿胀醒平常事耳，不时都要胀一胀的，可是那一次我是在印尼南部未开发的原始林区里准备抓一条疫龙，当地的所有水资源，包括刚从天上落下来的，只要一进入疫龙的百米污染区，统统宣告剧毒无比，谁喝灭谁，我已经有三天加十八个小时没有喝水了，不要说尿，连哭都一律干号。带着这百思不得其解的尿意我坐在树上，愣愣研究了一下上帝的恶作剧为什么越来越下流，得不出结论，只好去解手过过干瘾：我倒要看看今天可以拉出点什么来。拉着裤子哼哼唧唧起身，刚一转头，冥冥中感觉自己已经把下半辈子的尿都直接拉到了裤子里。只见在比我高一头的树枝上，一只鹅黄色的厄运之蝉正无声无息地停歇着，它有一张看不出性别的脸，毫无表情地看着我，翅膀轻轻振动，上面赫然有两颗灾象星熠熠泛光。仿佛是无数把嫩黄色的刀，一点点刺进我的胸膛，奇痛无比。我盯住它盯了好久，自己两条腿是不是存在都变成了一个大疑问。就在马上要一头晕过去的关键时刻，我鼓起所有勇气，和蝉先生还是蝉小姐，打了个国际化的招呼："HELLO！"伊把头微微一偏，倏忽间悄然飞去，要是我当时不是做梦的话，我隐约还看到它嘴角有一丝笑容。我在那里发傻发了半天，一等反应过来，飞快收拾包裹撒腿就跑，沿路往怀里揣了无数昆虫啊老鼠啊之类的一同逃命，等坐上飞行器回到纽约，我一头栽进猎人联盟办公室，要求梦里纱立刻出动政府力量，尽快通知印尼做好民众疏散和防备灾害的工作。我一辈子都记得，梦里纱以一种非常少见的悲天悯人的表情看着我说："来不及了。"

就在我离开印尼的时候，南部十七个城市发生多波式强地震，死亡人数以七位数计。同时长时间降超大阵雨，给搜救工作造成极大困难，预计之后可能有更多人死于救援不及。

看完这个报道，我一蹶不振地回到寓所，睡了很多天都不愿意起来。迷迷糊糊中老是看见那只厄运之蝉默然的脸。

赤橙黄绿青蓝紫，黄色和绿色的蝉，已经带来了如此深重的灾难，当紫色的厄运之蝉出现的时候，会发生什么？

若是可以，我宁愿永生永世对此疑问一无所知，然而不如意事十有八九，眼下答案已经摆在我的面前。那就是："东京，三日内，灰飞烟灭。"

第三章

QINGCHENGPO

那天晚上，我回到酒店里一屁股坐下，拍着大腿长吁短叹，无论辟尘怎么引用类似于"生死由命，富贵在天"的名人名言，我就是不肯停下来。他最后终于恼了，跑到厨房里去炒了一碗蛋炒饭，丢在我面前命令道："别胡思乱想，吃，吃完给我去睡。"

我怪叫起来："我怎么胡思乱想了，难道你不想知道厄运之蝉是怎么来的吗？还有，那个长一脸黄毛的家伙拉你出去说了什么？"

厄运之蝉那句话，音调平常，效果却弥足惊人。

当时，余音尚未在空气中散去，满屋子的非人突然都站起来，集体拍拍屁股，走了，连侍应生火女们都转眼消失不见。我看看这凋景残象，忍不住大叹其气。现在，除了我和辟尘，就只有黄金使者还在，而且它还无比殷切地看着辟尘，缓缓说道："你知道我为什么而来的了，不是吗？"

它这句话不说还好，说出来以后，不但我头上雾水重重不散，辟尘的脸色也越来越难看起来，简直难看到要直接垮到地上去了。要知道辟尘生性镇定，眼睛又小，实在很难让人看出他神色的喜怒变化。小破在家时，我们有时候也玩玩京剧表演什么的，他永远站在正中间当布景台，从外观上看起来似乎无甚相似之处，但在本质上却非常接近，即：布景和辟尘，都是没有表情的。

他不高兴，我当然也不高兴，伸手搭住辟尘的肩膀，我决定马上带着他从这个莫名其妙的家伙面前消失掉。结果那个家伙一见，不顾自己长衣宽袍，装出来一派名士风度，竟然过来和我比手力：拉住了辟尘的另一个肩膀。我在一边说："我们回家，别理这个疯子。"它就同时说："我有事情要和你说，非常之重要。"我们一边争一边就对着对方怒目而视，而且手上用的力气也越来越大，等我反应过来我所用的力气已经是我的极限，而这个极限的记录是曾经跑去希腊岛上搬动过那些几十米高的石像的时候，可怜的辟尘已经被我们拉成了一个平面体，薄薄的胸部贴着背部，在上半部分的某个角落里，有一排牙齿亮晶晶地露出来，并且上下左右做着一些物理上的动作，倘若非要破译，他在说你们这两个杀千刀的……

我比较心疼辟尘，当即放手，只见那片曾经是一头犀牛的扁平东西呼啦一声，借助弹力在空中使劲飘扬了两下，然后干脆利落跟块膏药一样贴上了黄金使者的脸，后者手忙脚乱地满世界抓了半天都不得要领怎么把他弄下来，直到过了好几分钟，辟尘自己恢复了原状，才慢吞吞地从它头上爬下来，活动了一下手脚，怒气冲冲地问："你找我到底要干什么，到底要干什么？"

喏，这句话也就是我现在要问的，而且作为一个好奇心非常旺盛的人，我还有大把问题在后面排队呢，不过我很有耐心，我愿意慢慢等。

辟尘没好气地说："有什么事啊，这个家伙在南非发现一个很大的钻石矿洞，不但狭窄无比，而且里面有上千条石乳毒虫守着。方圆五十里之内都是剧毒空气层，生人根本无法

靠近，它要我去清理一下，事成之后分我百分之零点三的收益。"

说这番话的时候，辟尘的眼睛没有看我，而是坚定不移地盯住了地板，好像生怕我反问他什么一样。

我顿时跳起来，在床上包着条被子扭来扭去，激奋地喊口号："分太少，毋宁死，百分之零点三，欺负我们吗？"

他纠正我："猪哥，没你什么事啊。"

我白他一眼："喂，当初我赚钱养家的时候你没这样说过啊。"

他想想，点点头："也是哦，好吧，你的就是我的，我的就是你的。"

这还差不多。我心满意足躺下来，随口又那么一问："百分之零点三到底是多少？"

犀牛的数学都不太好，所以才会教出小破这种目前都只会从一数到十，然后倒过来数一遍算二十的学生。被我一问，他当即发起呆来，愣愣地数着自己的手指头，还一边咬嘴唇，摸头发，扭脖子，腿伸来伸去的，不知道的以为他在跳大神。半天过去了，他终于冒出一句："总有一两百亿吧。"

轰隆，总统套房承重可以达到两吨的大铜架子床给我压垮了！陷在一堆毯子枕头中间我沉思了半天，最后对辟尘无限深情地说："我跟你走吧，走到那个有好多钻石的地方去吧，让我们离开这些俗世的纠纷……"

这只一点幽默感都没有的犀牛翻了翻眼睛，毫不客气地叫我滚，叫我滚我就滚好了，反正一家人，面子不重要，在床上滚了好几个来回之后，我才继续问："那你答应它没有啊，风之辟尘先生？"

我个人觉得，"风之辟尘"这四个字其实好听得很，充满了浪漫情怀，又有一种特别的尊贵，如果放在江湖上闯名号，肯定一炮就可以红。但辟尘似乎并不喜欢人家这样称呼他，连我都不例外，他听完问题沉默下来，又开始呆呆地看远处。

每个人的背后都有他不愿意叙述的往事，我对此是了解的。我也了解，无论是谁，都没有权力去要求深入到某个人最隐蔽的地方，获知最神秘的细节。有一个人告诉过我，一个人的精神生活，是他和上帝之间的秘密。

我大声咳嗽了几下以示不再啰嗦，然后说："喂，小犀牛，可以赚那么多钱，我们去不去呢？"

辟尘翻了翻眼睛，悻悻地说："再说啦，你不是要帮山狗找蚯蚓吗，什么时候去找？"

说到这个，我倒想起来了，我来东京可不是来玩的，我应该去把那条蚯蚓找出来，要知道还有一帮美国可怜人没饭吃，等着它拯救呢！

回头和山狗联系上，他压着嗓子，在电话里偷偷摸摸地告诉我，千万不要去猎人办公室。最近全球的超级重污染城市开出了天价寻找半犀人，辟尘的名头越来越大了，在东京刚一露相，没经过山狗的手，消息已经直接传回了总部，梦里纱指令动员全部力量，不惜代价，务必把辟尘抓到手。我越听越气，一拳砸到桌子上，奶奶的，一定是那个狗屁德文回去报告。看来那天扁他扁得不够狠啊。

既然一时出不去，我们只好乖乖呆着。辟尘没什么事干，自然就去捣鼓他的厨房，而且怎么都不肯死心，心心念念要做猪手，我只好长吁短叹再次出门，去找一瓶"一闻就会让我晕倒"的正宗绍兴黄酒。

一个人走在街上，感觉回到了多年前的猎人时代，入夜，带一瓶啤酒去地铁站等着蚯蚓出来给我表演"时尚八卦深夜开讲"，懒洋洋晃回家，被辟尘的一个枕头打得满地找牙。那是好日子吗，或者只是我不曾有任何牵挂的日子？这两者之间，有何区别？

漫无目的地走着，等待一瓶绍兴黄酒的气味从瓶口破空

而来，将我打昏在地，不过，真正差一点把我打昏的，却是一条断腰鱼。

这条平常生活在马那亚海沟底部，不过偶尔会到陆地上买买衣服的断腰鱼从天而降，笔直落在我的脖子上。当我把它抓下来的时候，它的头和屁股贴在一起，还在气急败坏地嚷嚷："不许插队，不许插队！"

我很耐心地等它吆喝完，然后弯腰问它："你从哪里来的？"

它跳到地上，怒气冲冲地把自己打开——跟打开一把折尺一样，白了我一眼，然后说："你？乡下来的？赶紧回乡下去吧，我没工夫理你！"

说不理就不理，它的大尾巴在地上一点，整个身体弹跃而起，向前飞去，动作虽然有点傻，不过速度却奇快。

我摸摸脖子，想不通啊，它从哪里冒出来的？不行，我要追上去看看。

尾随着这只跳来跳去的断腰鱼，我一路狂奔过了两条街，来到了一个 Y 字形状的路口，四周无人，漆黑一片，唯一亮灯的地方仿佛是一家通宵营业的小店，而就在这店面门口，大批各色非人正排成一条长队，吵吵嚷嚷，热闹非凡，冲突时有发生，不断有三两个非人从队伍中飞出来，呼的一声，不知道被摔到哪里去了。嗯，我现在知道断腰鱼是怎么跑出来的了。

作为一个喊出过"不好奇，毋宁死"口号的前猎人，此时我要是转身就走的话，下辈子都一定会睡不着。所以我忠实秉承了自己的本性，满脸激动地挤到了队伍的最前排，扒在一只食金兽的背上，刚想定睛看看到底是什么级别的清仓大甩卖，居然可以吸引如此多的另类观众，身后一阵骚动，好似又打起来了，一股大力在我背上一推，我一个跟头，栽了出去，栽进了一扇门里。

眼前是一片温柔的烛光，摇摇曳曳的烛火照耀着这间小小的屋子，除了错落分布的烛台外，空无一物，在我的面前，一块巨大的黑色帘子垂下，有个声音幽幽地问我："你要什么？通行证还是算命？"

这声音好生耳熟啊，好似故意压低了，一下子又听不大出来。出于某种本能，我也憋了一口气，哑着嗓子说："算命什么价钱？"

答："批流年可以贵到你出鼻血，也可以由我倒贴你一点去买张草席包包，看你命如何啦。先把生辰八字报来，测字也可以，你随便说一个字。"

这番纯粹业务性的介绍完毕之后，那声音非常低微地嘟囔了一句："妈的，饿死了，今天生意怎么那么好！"

我的妈呀，难怪我说听起来耳熟，这是狄南美啊！

三年前，她突然从墨尔本消失，不知道跑什么地方去了，此后偶尔有一个电话来请教辟尘如何处理毛衣起球的问题，或者我在家里天台上唱唱山歌的时候会听到她中气十足的千里传音，通常是："小破，我的乖乖。猪哥，你唱得难听死了。"诸如此类大逆不道的话。看起来混得不错，开店当个体户了，我敢担保，这家伙一定偷税漏税的。听我半天没反应，她开始催我了，说："到底要什么，你赶紧说呀，我收工了要去吃夜宵的。"

奇怪了，以老狐狸之通灵，居然不知道近在咫尺的是我？饿坏了吗？

不管怎么样，先算一算再说。生辰八字？还是测字？给她看手相是一定不行的。她要发现是我，随便一激动，三昧火

一出，我的爪子就熟了。

说到我的生辰八字，老狐狸还真不知道，她说一旦知道了，一定会忍不住要给我算命，而且算得无比仔细，但凡发现有什么不对头的地方，自然无法坐视不理，只能出手去修正我一生所有可能存在的错误，最后泄漏天机，妄改人命，多半连累我和她一起被雷打死。

那测字吧，昨天那么多倒霉的事，我希望有一个好兆头，所以说了一个吉字，测最近行事的运气。南美心不在焉地"嗯嗯"两句，我几乎都可以听到她肚子发出的咕咕声了。天哪，为了做生意她居然饭都不吃啊，难道是"勤劳致富"这句成语感动了她？

我正在偷笑，南美忽然在帘子里抽了一口冷气："土之口言事不祥，行途拮据，无手则孤，有手而困，是之两难。糟糕，真糟糕！小子，你最近要去做什么？"

我吓了一跳，失声说："什么？"

那帘子刷的一声拉开，南美盘腿窝在后面的一个大豆袋椅上，圆溜溜的大眼睛不可思议地瞪住我："猪哥？你怎么死到这里来了？"

我和南美认识这么多年，她以骚扰我为人生至乐，却从没给过我机会反咬一口。今天好不容易这么难得的一出相见欢，到得后来，又是在一片骚乱中结束的。这骚乱固然有我们的一部分贡献——我们打得可热闹了，但主要的出力者，恐怕还是屋子外面那一批非人。

话说当排队的群众叫嚣着怎么我算命算个没完的时候，南美正把我骑在地上狠揍，她打得上瘾，还要去找根蜡烛来滴我，眼看身体发肤要毁在异类头上，忽然轰隆一声，这间房子临街的那面墙，倒了。

整面墙啊!

所有人不约而同张大嘴巴向天上看,在这面墙和天花板接壤的地方,有一个俊美的男子悠闲地坐在那里,修长的手还插在水泥钢筋的墙壁中,如在切割一块柔滑的芝士蛋糕。白色的过膝长衣,一双毫无感情的蓝色眼睛,眼波流转过下面的熙熙攘攘,仿佛牧场的猎人在清点他的牛羊,当看到我这只羊的时候,美男子明显有点惊讶,手一撑,轻巧地跃下来,就在这一瞬间,外面的非人们发出了杀猪般凄厉的喊叫:"破魂啊,破魂啊。"转头如潮水般散去,飞的飞,跳的跳,可是走不多远,却又拥了回来。在它们的身后,东南西北四个角上,精蓝修长的身影在夜色中也刺痛着我们的眼睛,逐渐向大家逼近。

我目瞪口呆地看着精蓝,心里的小鼓打啊打,为什么,为什么会有破魂在东京出现?南美在我身边伸长脖子看了看,问:"怎么样,打还是跑?"

打不过,跑不赢。

逃命的法术有没有?我反过来问她。

南美白我一眼:"我一辈子不逃命的。"

我哼一声:"那你还问我打还是跑?"

她摆开架势要跟我来一场辩论赛:"逃命和跑路是有区别的,前者是打不过,后者是不想打!"

我们在这里纠缠不清,假装不知道发生了什么事情,精蓝好似也懒得管我们,只在外面公干——虽然现在没了那堵墙,里面外面的概念已经很难说清楚。

非人们回到原地,密密地挤在一起,束手待吃。五个精蓝布成了一个星状包围圈,一步步逼近,非人互相拥挤着,拼命往中间压缩,却没有一点声音发出来,每张脸上,都是大限将至的绝望与痛苦之色。适才被我插了队的那只食金兽还领着它的幼崽,它将孩子紧紧掩护在自己的肚子下面,眼神

黯淡地凝望着精蓝。过一会儿，我就看到它的眼泪砸下来，砸得我的心一颤一颤的。这一招对付我，可实在太有效了。

老狐狸此时真正未卜先知，已经把我的手紧紧拉住，那么久的朋友了，多多少少有些了解。结果没敌过我满心不忍，使出全身的力气一挣，大步跨了出去。心里暗暗念叨，怎么我也救过你们一族大小好不好，给点面子，给点面子。

精蓝们显然正在催动能量，破坏包围圈中猎物们的神经中枢，因此眼神凝定，对我的接近竟然毫无反应。我猜这些精蓝以前在破魂出新大典上见过我，说不定还以为我是自己人呢。既然有如此近距离的攻击机会，我运起全身力量，单掌为刀，就要向最近那个精蓝的后脖子招呼过去，南美锐声叫我："一个对五个啊，猪哥，你想想！"

我苦着脸大喊了一句："尽人事，听天命！你要救我啊！"

手起，手落。

仰天一跤，我跌在地上，浑身如被抽去筋骨一般酸软无力。完了，一定是被精蓝反噬，把我的能量抽走了。摇摇脑袋，我费力地去张望周围，先看到了老狐狸似喜似嗔的脸："猪头，你运气真好，一拳搞定五个。"

不是吧，你不如说我中了美国两亿累计的六合彩吧。等我看看。

咦，是真的啊，五个精蓝都摔在地上，好夸张，还失去了知觉。我无法置信地看看自己的手，难道我什么时候修成了微型核导弹手？南美过去查看，回来戳戳我："这五个精蓝刚刚战斗过，能量储存没多少了，这个星状阵势是五人一体，一倒全倒。哇，你这狗屎运，好几千年才有一次啊！"

救了这一堆非人，也没得到什么感谢，人家一哄而散了。而天色提醒我，今天出来要办的事情是办不成了。我惦记着酒店里对我和黄酒翘首盼望的辟尘，雄赳赳气昂昂地决定回去表功。南美一听说辟尘也来了，肚子响得跟放鞭炮一样，什么都不管了，跟着我一起走回去。

进了酒店，辟尘气呼呼地在客厅里等着我，面前放了一大碗没有加入绍兴黄酒的猪手，看到这个，南美说的那个吉字有手没有手的话又涌了上来，回头我就问："刚刚测那个字，到底怎么说？"

她向辟尘摇摇手表示久别重逢，躲过一串对方用于欢迎光临的连环枕头，把嘴巴一张，足有脸盆那么大，扑上去几口就吃掉了那碗猪手，然后才含含糊糊地把刚才那几句狗屁不通的话又念叨了一遍，听得我鼻涕眼泪，呼之欲出。要知道我身为人类中国种的一员，居然在汉语这个课目上被一只完全身残志坚自学成才的狐狸考倒，其羞愧程度岂是无地自容可以言表的？我几乎要跑到外太空才行。

此时辟尘过来，在狐狸肩膀上拍一拍，为我解围，他说："狐狸，你晓得啦，猪哥没读过什么书的，你要是有话跟他说呢，麻烦你用白话文罢。"

南美顿时对辟尘肃然起敬："哇，三日不见，如隔三年，什么时候说话这么文绉绉的？"

辟尘叹口气，血泪辛酸，涌上心头："南美，不瞒你说，你走了以后，为了让小破的期末考试及格，不要说《道德经》，我连《孟子》都背了：鱼，我所欲也，熊掌，亦我所欲也，为了龙虾，两者都不要也。"

这两只野兽居然搞起了文化交流工作，我在一边如何挨得住，翻身下地，拿个沙发垫子垫着向两位知识分子磕头："求求你们行行好，别糟蹋古人了。"

他们让我免礼平身后，南美耐下性子跟我讲："吉字表面是正字，但是问到行运，与之相涉的就桩桩件件都不顺，无人援手，固然行路艰难，有人襄助以后，也有相生的烦恼。猪哥啊，你和辟尘来东京，到底做什么？小破呢？"

一提起小破，我真心痛莫名，呆呆坐下来，咬着手指不作声。南美是多么冰雪聪明的狐狸，见到我这个德行已经把事情猜了个八九不离十："猪哥，不要太伤心，说不定他觉醒以后，还记得你呢？想想，达旦叫你干爹啊，多么心旷神怡啊。"

哎，要是真的如狐狸所言，这个前景倒也是个指望。不过我要赶紧离开东京才行，要是厄运之蝉所言不虚，过两天我不但做不成干爹，多半已经被人干炸了。南美听得纳闷："怎么说？"当她听说我和辟尘在赌场的遭遇，顿时脸色大变，一拍大腿："糟了，我刚刚就想呢，生意这么好有蹊跷啊，卖便宜了卖便宜了，亏死我了！"

卖便宜了？什么啊，倒卖厄运之蝉？你不是进化得这么夸张吧？！

她告诉我，这几天从东京外撤的低级妖兽和精灵非常多，多到了要通过黑市炒卖吸血鬼边界通行证的地步。

我眯起眼看老狐狸眉飞色舞的得意劲："南美，你这么高兴做什么？"她嘿嘿笑两声，奸诈嘴脸表露无疑："我没做什么，我就倒卖了几张通行证。"

我就知道，敢情刚刚说的"卖便宜了"就是指通行证了！看我悻悻然的样子，她安慰我："猪哥别小气啦，最多你要的时候我八五折给你。对了，厄运之蝉什么颜色？你好像还说到了黄金使者？五运同绝里面的黄金使者敛？犀牛啊，你都有好多年没见到它了吧？"

我瞬间把眼睛瞪到有铜铃那么大："你认识？犀牛也认识？你知不知道它叫风之辟尘，风之辟尘是什么？"

南美摸了摸头发，脸上居然出现那种小偷被当场抓住的表情，一看就没什么好事。她吞吞吐吐地看着辟尘，问："喂，这么久了，猪哥都不知道？"

辟尘小心翼翼地摇摇头，耳朵耷拉下去。根据我多年的经验，这表示他很心虚。

南美皱起眉头："现在才告诉他，他生不生气啊？"

这个问题我可以回答，因为，我已经生气了。

还是说，我伤心了呢？

　　我少年之时，和我最亲近的是一条土狗——真的是一条土得掉渣的狗啊：身上毛东边一块有，西边一块无，颜色斑斓，古怪无比。我带着它四处流浪，名义上我是主人，它是宠物，事实上在它心里，一定认为其实是它好心收养了我。因此，它对我无微不至，经常在外面捡了一块排骨也要衔回来和我分一半，虽然我抵死都不吃，它还是一如既往，乐此不疲。

　　这条连名字都没有，和我一起被人叫做猪小弟的狗，活了十五年，之后以一条幸福高龄狗的身份安然去世。死前的一个晚上，已经衰弱到很久很久没有离开过狗窝的它，居然走了两个房间到我床前，舔了舔我的脸。现在想起来，我还记得它眼睛里面深切的眷恋和一点点担忧，我想，它是不是担忧，等它走了以后，我会孤零零一个人在世上生活，没有人给我排骨吃呢？

　　现在，又过了十多年以后，当初看到它眼睛最后闭上的那种寂寞感觉突如其来地回到我脑子里。门外，和我相依为命了那么久的……犀牛，原来是来自一个我完全无法涉足、也不被欢迎的世界。

　　转身回到卧室里，我蹲在那张被我压垮的床中间，考虑要不要哭一哭的问题，这时候辟尘进来了，为了安慰我，他拿出一贯的法宝，丢了点东西给我吃，居然是烧烤鸡翅膀，烤得金黄油亮，香气扑鼻，那酱汁与孜然的美妙配合加上绝佳的火候，绝对是人间极品。我抹了把鼻子，考虑了两秒钟，最后是两个因素促使我下了决定：第一，我是男人，太小心眼的话，有点对不起我爹娘。第二，鸡翅膀的味道实在太香了，

而老狐狸的衣服已经在门外发出窸窸窣窣的声音，可以肯定，只要我手慢上一秒，狄南美就会一跃而入，转眼间连我的骨头都吞掉。

想到此处，我顾不得有鼻涕将流，迅如闪电猛如奔马，出手抓住了这只鸡翅膀，毫不犹豫伸出舌头，先上下左右无微不至地舔它一圈再说。当我用这"猫咪撒尿法"宣布了对鸡翅膀的"领土权"之后，南美的脸贴到我鼻子三寸的时候，满是愤愤不平地说："猪哥，算你狠！"

看我已经破涕为吃，辟尘坐在我对面，说："猪哥，首先我们来普及一下高端非人界的常识，你知不知道什么是五运同绝？"

我老实地摇摇头。五运同绝是什么？说唱组合的名字？

五运同绝，乃是风之辟尘、水之藏灵、金之敛、木之方、土之实。五个半仙半俗的人物，分别控制自然界中一种关键因素的力量，风之辟尘控制大气，水之藏灵控制水力，金之敛控制矿物，木之方控制植物，土之实控制地壤。而其中以风与水的力量最为卓绝，发挥到最大极限的时候，可使整个地球于顷刻间毁灭。不过，这五种力量之间存在相互制约的天然属性，而五运同绝的名号，也就来自于它们相辅相成、相生相克的微妙关系。只有非常稀少的高级修行者才会知道它们的存在，依靠某种古老相传特殊符咒对它们加以召唤。就跟三大邪族一样，它们处身于常人看不到的神秘世界。

我顿时对辟尘肃然起敬，嘴里的骨头都顾不得吐了："辟尘，你千万不要告诉我，你老人家就是传说中的风之主人啊，我心脏不好，受不了这个打击的。"

他苦笑着对我耸耸肩膀："不好意思，我就是那个倒霉的什么风之主人……喂，不要对我磕头，我也不想的。"

把我从地上抓起来丢到一边，南美进一步对我解释："五运同绝不是自己修炼出来的，都是从五神族中选的接班人。半犀族世袭传承风之主的名位，辟尘他刚好被选中而已。"

我还是觉得很佩服："被选中啊，了不起才会被选中啊，我当年选个猎人出来都辛苦好多年的！辟尘，你小时候是不是特别灵通剔透，人家都觉得你是可造之才？"

他摇摇头："不是，是我小时候特别喜欢玩弹弓，全族人家里的屋子都被我打出洞来！它们为了赶我走才选我的，因为风之主人不能住家，要满世界乱走。"

他对过去犯下的罪行进行了相当深刻的忏悔与总结："奶奶的，当时不那么调皮就好了……"

可怜啊，明明人家是一只住家型犀牛，却非要把他搞成SUPER STAR，巡回演出，夜夜睡酒店。我同情得把自己的委屈都忘了，搂着辟尘安慰他："没关系，我们过我们的，管他什么主人不主人，最多天气太阴的时候你吹一吹风来干衣服吧。"

南美看着我们这么肝胆相照，肯定是出于嫉妒，硬是使了一招开碑手把我们两个摔出老远，气鼓鼓地说："不要肉麻了，都是雄性啊你们，要抱过来跟我抱啦。猪哥，你真的看到了最高级别的厄运之蝉？它真的说东京要毁灭？"

这件事情一提起来，我的急惊风毛病又发作了，不管是不是真的，我都应该要去跟山狗说一声才行。在我离开以前，猎人联盟就已经有灾难检测的系统投入使用了，多年过去，现在应该只有更完善，也许他知道一点什么呢。

跳起来夺门而出，我去打山狗的电话，居然占线。再打，还是占线。混蛋，不是跟喇叭花有一腿了，在互诉衷情吧？

闹腾一阵，又吃了鸡翅膀，我口渴极了，决定先去倒一杯冰水再说。一开冰箱门，一阵强烈的杀气扑面而来，我大叫一声，翻身后撤，将杯子贯穿了十分真气，脱手砸去。

在冰箱里，一只骨架折叠成压缩饼干状的吸血鬼，双手伸

出冰箱，抓住两边的门框，缓缓将身体舒展开来，挤出那狭小的空间。我掷去的杯子给它咬在了口中，嘴角鲜血隐隐流出，证明我并非无功而返。

它嘎嘎作响地从冰箱里挤将出来，站到地上，咔啦咔啦活动了一下脖子，尖削枯槁的脸上毫无表情。它身上穿一件纯黑色的贴身战衣，质料十分柔软，紧紧贴住身体，是所有修炼中的吸血鬼永远随身穿着的另一层皮肤。他四肢强壮，力量分布均衡，骨骼灵活而柔软，可以折叠压缩，自如伸展，很显然受到了日本伊贺忍术修行方法的影响。

它上下打量了我一下，表情惊疑，自口中取出杯子，有分叉的长长舌尖伸出来舔舔自己的嘴唇，居然不理我，四处看看，径直往卧室而去。我心想要是这样给你进去了，我这辈子不是要被那两只动物嘲笑至死？舒展了一下身体，我轻巧地赶上去，伸手去抓它的后心衣服，喝道："慢走，你是谁？"

它忽然将身子一软，幻影般消失在我眼前，仔细看，其实是整个人放低到了地上，颜面朝天，对我露齿阴恻恻地一笑，猛然跟只弹簧一样反弹起来，对我来了个一头撞。这速度可真快啊，一不做二不休，我硬起头皮，沉关下气，头一拧，跟它针锋相对地撞了上去。

一声闷响过后，我和吸血鬼分别找了个地方蹲下，各自龇牙咧嘴地摸自己的头，我在一边骂骂咧咧的："神经病，打就打吧，非要撞头，脑震荡你有钱治吗？"

南美和辟尘听到响动，慢腾腾走了出来，跟看到西洋景一样，惊讶地说："哎呀，有只吸血鬼哦，猪哥，你从哪里弄来的？"

SHIT，又不是我上集市买来的西瓜，为什么要问我。我指了指冰箱："那里出来的，不关我的事。"

南美过去查看了一下："空间洞，什么时候开的？这东京就是不好，妖怪到处乱开洞。"

吸血鬼没有想到我的头原来也如此之硬，蹲了好久才昏昏地站起来。它四处看看，听到南美说空间洞三个字，神色一凛，立刻翻身冲了上去，可能是生怕空间洞被封住，它有点抓狂，居然一拳偷袭后心要害。老实说人家的拳法真不错，放在街头玩两手，过往客人也会心甘情愿丢点钱。不过现在，我还是先行代他惨叫一声好了。想南美一生做人，最喜欢背后偷袭，把这一手功夫研究得出神入化，炉火纯青。据说当年她在狐山的时候，连万狐之王出行都要带两个盾牌，一前一后小心防护，免得南美冷不丁兴趣来了，过来跟他玩荆轲刺秦王。只见南美一个姿势优美的倒踢紫金冠，轻轻巧巧做了个侧腿空翻，不但把那一拳躲开，而且及时凑脸过去，冲到人家的鼻子面前，一口咬下。

　　该吸血鬼怪叫一声，眼看下辈子要破相了，忙不迭地躲，射箭一般回撤了近十米，姿势干净漂亮，值得喝彩。可惜，它对着过去的乃是辟尘，指头一动，一阵迷你龙卷风围住它的腿转了两圈，抬起来往地上狠狠一摔，摔得人家哇哇乱叫。还听到辟尘习惯成自然地说："看见没有，这样多摔打几次以后鱼肉脱水就比较彻底了。"

　　被我们搞得如此之难看，这位吸血鬼仿佛还是不甚服气。我看它在地上怨恨地看着我们，忍不住蹲下戳他的胸口："喂，起来啦，打输了没关系的，这两位可都是大人物，要不要给你签名？"它摇头如拨浪鼓，而且脸上露出异常痛苦的神色，让我进一步怀疑自己的手劲最近莫名有了极大的长进。不过它最后终于忍不住，对我说："劳驾，可不可以不要戳我，很疼啊。"

　　抱歉地收回了手，我发现它的胸口隐约有蓝色液体渗出，而且被我一戳之下，渗出的还越来越多。南美过来捻了一把，问道："你受伤了？谁伤的？"它疼得直哆嗦，嘴里喃喃念出

两个字:"破魂。"

破魂二字,令我们心头一凛,对此吸血鬼的兴趣大增,为了方便称呼,我重新回到社交寒暄的第一步,问它:"贵姓?"它虽然看起来很痛苦,不过还算是一只有礼貌的吸血鬼,文绉绉地回答:"小姓罗德,叫我迪克就可以了。"

辟尘在英语国家呆过几年,现在有点语言常识了,当场笑出来:"迪克·罗德先生,名字取得不坏呀。"

被拍了一个小小的马屁,它好似有点受用,告诉我们,它长期在银座一家高级夜总会当保安,仗着力大招沉,工作一直都很稳定。今天它上班去晚了一点,急急忙忙到门口,却发现空空荡荡,居然半个人都没有。它觉得蹊跷,于是直闯进去,没想到在大厅门口刚一冒头,三魂七魄就都吓得翩翩飞上了天。

所有的客人和工作人员都被集中在了大堂里,一对对背靠背,垂头丧气地坐在地上,一共三排。一个穿着白色过膝长外套、容貌十分俊秀的蓝眼高个男人在其中走来走去。该男子的步伐中带着某种极端的不祥,因此一旦在某个人面前停下,那个人就面如土色,有一个衣冠楚楚的胖子干脆就当场尿出来了,蓝眼男子端详了对方半天,忽然把手放上胖子的头颅。不知道它的手心到底蕴含着什么魔力,瞬间之后,那颗肉滚滚的大好脑袋就奇异地在空中开起花来,变成一瓣一瓣的,次第盛开,没有血液,也没有骨头,这巨大的猪头肉之花的中心,藏着一只硕大的眼睛,正无奈地眨巴眨巴。

南美插了一句:"东海莲人啊,传说都灭绝了的,居然在东京看到。"

破魂放在东海莲人上的手离开以后,那朵肉花便悄然凋败下来,眼睛也颓然合上,整个人倒地不起,只有微弱的呼吸起伏,显示其还没有一命呜呼。

据迪克说,在这个夜总会当中,破魂总共搜寻到了七个非人，包括两只最低级的沙尘鼠鬼，三只在此处工作的吸血鬼，一只短腰万年青和已经非常少见的东海莲人。奇怪的是，摄取了它们的能量后，破魂便悄然离去，既没有赶尽杀绝，也没有按照其族类本身的习惯，将它们驱赶回去作为食仔。

打完收工，破魂们准备离开，都已经走出门了。迪克躲在大厅的出口处上方的天花板内，闭气闭到都要昏过去了，眼看可以逃过此一劫，可是人算不如天算，吸血鬼算也不如天算，偏偏它就在那个时候不小心放了个响屁。

这个屁实在生不逢时，带来的直接后果就是：它发一声喊，开始亡命狂奔，仗着地形熟悉，几窜就窜到了厨房，一看烤箱太小，下水道堵塞，无处可藏身，惊惧攻心的情况下，它没奈何效法鸵鸟，一头闪进了冰箱。这么愚蠢的躲避当然不奏效，因为立刻破魂就拉开了冰箱门，当胸一抓，迪克狂叫着感觉到胸口一阵冰冷，往后便瘫了下去，谁知道身子一空，竟然无巧不成书地掉进了一个空间洞。当然，老天爷玩起人来，绝对不会搞一次峰回路转就罢手了，所以它会倒霉地在另一个冰箱里冒出头来，仍然招来一顿打。

我陷入沉思："破魂为什么会如此大规模地在东京出现？这不符合它们那种低调而彻底的作风啊。这样搞的话，不但会造成非常大的非人外逃恐慌，而且一定会惊动吸血鬼出手干预。南美啊，你的通行证生意会越来越好做呢。"

南美听到生意好做眼睛都笑弯了，也不顾自己其实同样也是破魂算计的目标之一，而且还是大客户级别的，一旦抓住，可以好几年都躺在家里坐吃山空了。

破魂搞什么鬼，本来我一点都不用担心，可是小破也是破魂族中的成员啊，回想之前听到的厄运预言，联系到邪族的高调行动，如果还对自己说其中毫无关系，除非我上辈子是鸵鸟。

还是去问山狗吧，他不可能没有注意到这些异象的。我们

三个一合计达成了共识，当即吵吵嚷嚷准备出门，接下来我们就发现，门不见了。门呢？

在房间里四周找了一圈，我犯起了迷糊，和他们两个面面相觑："发生了什么事？"

一切都是好好的，可是原先是门的那个地方，变成了一堵实实在在的墙，上面还多了瓶壁花！这是怎么来的？装得跟真的一样。转圈转得我烦躁，凭着四肢发达，我就想上前砸开墙来看看。刚要出手，后背被狐狸一把抓住拉回去了。她神情有点错愕："猪哥，这是法力非常高深的屏蔽结界。你砸墙有个屁用啊。"

结界？谁下的？什么时候下的？为什么？

说起来人的想法是很奇怪的，当我可以随便出出进进的时候，我觉得在这么漂亮的酒店房间里呆上个十天半月吃吃外卖看看成人电影一点问题都没有，可是一旦被关起来了，我心里那个痒痒啊，好像有十几只猫在磨牙一样，逼得我跑去窗台边目测了一下高度，就想一跃而下。结果碰了一鼻子灰回来，还要接受南美的冷嘲热讽："哼，土包子，在哪儿见过只封门不封窗户的结界啊？"

到最后，吸血鬼迪克先生成为了我们的福音使者。它好心地提醒我们，冰箱里不是有个空间洞吗！我们可以通过空间洞出去啊。即使回到破魂工作的现场，它们也应该已经撤了。此言一出，我就从浴室出来，把拆浴缸马桶的扳手丢下，兴高采烈地开冰箱。

我们四个击掌庆祝，大表开心，而后那两只动物突然发难，一拥而上，迪克先生脸上的笑容还没有来得及消失，就被左右擒拿手制住，丢到了床上。当我们接二连三跳进冰箱的时候，我最后回头看了它一眼，五花大绑在床头，老狐狸还将它摆成了一个对女侍应生应该很有诱惑力的姿势——要是真的有侍应生来的话，也许它今天晚上会有一段美好的艳遇呢！

扬手对苦瓜脸吸血鬼先生送去美好的祝福，我们关上了冰箱门，眼前先是一黑，然后，仿佛大幕徐徐拉开一般，一种湛蓝的水光将我们彻底包围了，这是哪里，是墨尔本水族公园吗？我们恍惚就站在那条处于巨大水族箱中间的夹道上，身前身后，水光泠泠，似流动似静止，温柔而寂静。屏住了呼吸，我听到南美轻轻说："看头顶。"

头顶是一大方蓝色的幕，活动着无数跳跃的影子，色彩变幻，影像穿梭，使我眼花缭乱，却看不出所以然。擦了擦眼睛，我想问南美这到底是什么，她却全神贯注、目不转睛地紧紧盯住，身体挺直，手指握成拳头，仿佛处于十分紧张的关头。转眼再看辟尘，也是如此，那种凝重之色，是我从未见过的。到底它们看到了什么呢？带着惊疑的心情，我再次抬头。

这一次，那蓝幕清晰了。纷乱的图影消逝不见了，代之出现的是海边一栋非常美丽的白色小楼，一条彩色石头的路从门边一直通向一个小小的码头，在那楼上的窗户边，有个美丽的金发女子向下探身出来，笑容如花，仿佛正在向谁大声说着什么，顺着她的视线，我看到了一个非常熟悉的人：江左司徒。他笔挺地站在不远处，张开双臂灿烂地微笑着，是在应和楼上女子的叮嘱吗？这是一幅多么幸福的图画，可是，为什么是江左司徒呢？这是哪里？这个女子是谁呢？

一道霹雳般的电光闪过，劈散了我眼前的图像。千万条蓝色光线疯狂地窜动，我的眼睛都被灼痛了，闭了闭眼，再看，另一幅图画出现了。还是一样的小楼，一样的沙滩和海，一样的江左司徒站在那里，向楼上看着，可是他的脸上不复笑意，却充满了不可掩饰的深深的哀痛之色——那窗户后探身出来的，赫然是一个满脸皱纹、银发如雪的老妇人。

发生了什么事？那个老妇人又是谁？那美丽的女子呢？为什么江左司徒的脸上，有这样令人惊心动魄的哀伤？

图像渐渐隐去，我这才发觉自己的脖子酸得跟四月出头的杨梅一样，简直马上要掉下去了。我叫着辟尘："过来给我按一下脖子，哇，好痛，我们看了多久啊？"

他一声不吭地过来，横着就是一记手刀，几乎把我的脖子从近似圆柱形变成扁平结构。刚想抱怨他这么不怜香惜玉，却发现犀牛的脸色极度阴沉，完全不像他平时模样。

还没来得及出言询问，南美一扯我，低声地说："继续走。"没有更多的话，一马当先往更深的空间通道处走去。

我问辟尘："狐狸怎么了？喂，你们看到什么了？"

他没有回答我，过了半天，叹口气喃喃地说："这次麻烦大了，这次麻烦可大了。"

这两个人怎么回事啊，联合起来整我？明明知道我的好奇心比什么都强，居然一起装神弄鬼。要搞我也麻烦你们各自轮班好不好？

没奈何，只好跟着继续走。水光冷冷，水光冷冷，抚摩着我们行走的身影，周围一切都笼罩在静谧的蓝色光芒里。我不由得想起小破，每当他发起脾气来的时候，那眼睛里闪现的颜色，就是这样的。

心里一酸，让我低头去捂一捂自己的胸膛，不要太过于沉溺吧，沉溺是多么无意义的事情，尤其当你无法挽回的时候。

唉，一个人要是多情的话，日子是不太好过的。

这条路仿佛很长，很长。在这寂静无声的地方慢慢走向更深的未知，我生命中所有或深刻或模糊的往事，忽然都从脑海里一幕幕地涌现出来。我记起了幼时才见过的父母的脸，我老爹是个很婆婆妈妈、极度温和的人；我记起了那只老狗，跟着我流浪的时候，狗头上会布满一种"懒洋洋浪子我浪迹天涯"的搞笑表情；我记起了有一次辟尘帮我过生日，特意跑去泰山顶上，在我面前制造了一整天的佛光盛彩、海市蜃楼，看得我回家以后眼睛还在闪星星，大呼过瘾；我还记起，小破每天都从幼儿园把点心省下带回家，一本正经坐在门槛上跟我对半分着吃，每到那个时候，心里总会出现那种整个人都愿意瘫软到地上给人随便踩的温柔感情。但我不明白的是，为什么在如此美妙的回忆中，总有一股如寒流般的情绪涌动呢？那仿佛与我无关，而是被另外的心灵主宰着。

不知道走了多久，也不知道我到底想了多久，当我摇摇头清醒过来的时候，南美和辟尘都站在我面前，表情都非常严肃。我第一个反应是往后跳了一步，赶紧在身上左右摸摸，看是不是刚刚被他们一起修理了。还好，四肢齐全，衣服都在，重点部位都没有外逃。我小心翼翼地问这两只好难得板起脸来的动物："怎么了？"

南美忽然走过来，抱住我。

身为一只狐狸精，而且是一只现代豪放派的狐狸精，南美对于揩男性人类的油向来非常有兴趣，虽然她声称自己眼高于顶，宁缺毋滥，若非汤姆·克鲁斯、班得拉斯、乔治·克鲁尼、张国荣一个级别的，就是趴在地上穿 T–BACK 求她碰一碰也不可能，但是好歹朋友一场，她还是决定给我一点面子，没事就来骚扰我一下。但是，今天的拥抱是不同的，我感觉到一种在人类身上司空见惯，可是对于讲究物竞天择的非人却非常罕见的感情——怜悯。

怜悯。

为什么？

为什么要可怜我？

不错，我妈妈已经去世了，我的狗也不在了，小破或许也永远不会回来了，但是，我还有你们啊。不管我最后如何高寿法，都不可能比犀牛族的长老或者狐狸精活得更久，也就是说，将来我老人家一命呜呼的时候，一定会有一大帮莫名其妙的亲朋好友帮我送终，我到底要不要在头七的时候闹宅

呢？会不会闹的时候反而被抓去点天灯呢？不想想清楚的话后果堪忧啊！

挣脱了南美的怀抱，我低头去看她的高跟鞋："喂，你要让我自卑也不要出这么损的招数吧？七寸啊！"

她立刻来劲了："咳，你猜我回头要去做什么整形手术？"

我对她左右看看："已经很好啦。前凸后翘，三十六，二十五，三十六，瓜子脸，象牙皮肤，你还要怎么样？"

她跺跺脚——那个鞋跟，啧啧，太用力了会直接踩出一眼温泉来呀——继续提醒我："你不觉得我有点矮？"

我没好气："你刚才抱住我，我的头在你耳朵那里啊，大姐！你还矮？那辟尘叫什么？迷你？那东京街上走的那些叫什么？微生物？"

她立刻很鄙视我这种比上不足比下有余的小富即安心理："哼，那是日本人啊，你怎么可以拿我这种出身中国狐狸名门的大家闺秀和他们比？老实告诉你吧，我回头要做个手术，把腿打断了，接个钢架子进去，立刻增高十厘米，哈哈，你就等着我在国际模特圈里大放异彩吧！"

我简直懒得理她。老大，你是一只狐狸啊，你想变成什么样子就变什么样子，你想自己腿多长就多长啊，到底出于什么心理，你非要去做手术，脑子里的神经都黏起来了吗？

活动了一下身子骨，我四处看看："我们这是到哪里了？我从来没见过这么长的空间洞呢，以前都是啪的一声就掉出去了。"

辟尘一直在旁边沉默着，这时才慢吞吞地出声："猪哥，这个空间洞是某些高等级妖怪开辟的，还设置了潜意识反射障。我们这一路走去，你自己千万要小心。"

听到"高等级妖怪"这几个字，我立刻变得十分警惕，把辟尘往我身后一拉，向四周拼命看，随时准备奋起反击来袭者。辟尘的蹄子轻轻搭在我背上，微微有点颤抖，我忍不住回头去安慰他："别怕，别怕，我保护你。"

说得雄壮，却完全无的放矢，四周仍然是那样的安静与平和，完全看不到有什么庞然大物来给我们当头一棒的迹象。就在我想嘲笑自己神经过敏的时候，有一个如幽魂一般微弱却无比清晰的声音在我耳边轻轻说："啊，风之辟尘，你终于肯出现了吗？"

我大惊失色，厉声问："谁？"全身力量急速提升到最高，向仿佛是声音来源的高处望去，眼前突然骤然大亮。

所有的朦朦胧胧和明灭波光，猛然如潮水般自我们身侧退去，一直退，一直退，退到无穷远的地方去。我们所在的这条狭长的通道，恍惚之间，化为无限旷野中的一个点，周围缥缥缈缈，散落出一个全新的空白世界。

一个不属于我的世界。

这里没有天之高，地之厚，没有边界、限制、远与近，更没有草木万物、日月星辰。四周白茫茫的一片彻底干净，朦胧雾霭间是一块不曾落笔的画布，是一处烧了无数年的火场，是连神灵都来不及诞生的茫茫初世。

我与一切都不可能存在的一个世界。

第四章
QINGCHENGPO

　　回响于我耳边的声音，来自眼前逐渐清晰起来的一道温柔水光。进了空间洞之后，我们一直在水光中行走，被水光浸润，而那些无处不在又有形无质的泠泠水光，此时却聚集起来，在广漠中变化成型，逐渐拥有了自己的生命，喊出了辟尘的声音，而且，不止一个。仿佛被辟尘的名字所震动，另一个如同巨雷滚过天宇般沉闷而威力无穷的低声接口说："辟尘，倘若不是故意将五绝通道开到这里，你是不是仍然隐藏下去，永远都不出现？"之后，第三个声音，包含着不可形容的干涩之意，回答道："七百年。七百年了。辟尘，你有你的使命。"最后，一个似曾相识的口音带着笑意说道："辟尘，大局如此，你怎能掩耳盗铃呢？回来吧，五运同绝的大日子到了。"啊，是黄金使者你这个王八蛋啊！

　　它们口口声声说的，我都听不太明白，可是结果我是明白的，它们要辟尘离开我啊。耳边有细微的叹息，却如惊雷一样炸疼了我的胸腔，我莫名地着慌起来，眼角瞥见辟尘一动，仿佛就要走开去，我反手一把揪住他："喂，不是叫你啊，它们认错人了。"转头我又大声对虚空中那些莫名其妙的声音重复了一遍："喂，你们认错人了。"

　　南美轻轻捉住我的手拉开："猪哥，辟尘是风之主人，事实无法更改。你放手吧。"

我不可置信地去看南美，有热流来自我的胸口，奔袭而上，我不知道为什么声音会突然那么嘶哑："老狐狸，辟尘去哪里？他什么时候回来？"她悲悯地看着我，拉住了我的手："五运同绝，八百年一现。一定是有大难将临了，它们要担负起它们的责任。猪哥，离合有命，散聚是缘，你看开些。"

　　我回答得十分干脆："不要。"

　　我很愤怒："为什么我要看开些？我没说不要辟尘去重建世界啊，他不能在我身边重建吗？最多我做饭，喂，死犀牛，我做饭不行吗？"

　　转脸找到辟尘，他含着眼泪看看我，然后低下头，又死盯了一会儿地上那些不知道从哪里跑出来的浓密雾气，擦了一把眼睛。他开始骂南美："死老狐狸，就是你说要走这个空间洞出来的，我不出来不行啊？这下好了，被逮住了，全怪你。"

　　南美难得如此大度，居然没有立刻跳起来发飙，她好声好气地解释："辟尘，不关我的事啊，它们不可能缺少你，你跑到哪里它们都要找到你的。当了七八百年的风之主，你一天到晚都干了些什么啊？偶尔还是要尽尽义务的嘛。"

　　辟尘的脖子跟电影《大法师》里那个鬼上身的小女孩子一样扭个三百六十度又扭回来，这个质量上乘的拨浪鼓响亮地喊出了一句我好久都没有听到的口号："喂，你要我拯救世界，也要先问问我爱不爱这个世界呀！"

　　听到我们在这里啰嗦个不休，那几个声音不耐烦了，幽幽的水样声音建议道："方，我们不如用抢好了，我看辟尘这个样子，一个不注意又要跑掉。上次他一跑，可跑了七百年啊。"

　　黄金使者对此馊主意极表赞同："藏灵说得对。我们中间谁去？水克金，金克土，土克树，树克风。喂，方去啊！"

　　看米树之方对此决定并非很同意，嘟哝了一句："你好像这次又把我们的克制关系改掉了哦，怎么遇到什么人都是我去啊？不行，猜拳！"

吵嚷了一阵，黄金使者没能说服倔脾气的方，于是它们在不知道哪个角落里开始喊着"八匹马呀九魁手呀"猜起拳来，喊杀声震彻四际，不知道的，还以为是场数百年不遇的、势均力敌的厮杀。黄金使者智力较高，很快就把其他三位杀得灰头土脸，败下阵来。但是秀才遇到兵，有理说不清，另几位大人物，技术虽然欠佳，关键赌品不好，输完就赖，赖完就输，周而复始，毫无新意。老狐狸最后终于等毛了，尖叫一声："喂，你们玩着，我们回去吃点宵夜。要不要打个包带来啊？"

鏖战声为之一顿，然后寂然无声，看来都愣住了。终于树之方悻悻地说："我去吧，我去吧，讨厌！回头跟你们算账。"

所谓未见其人，先闻其声，据说是文学描写里十分重要的一种手法，文学史上的典范之一，就是《红楼梦》中的王熙凤奶奶，恍惚间已经达到了以其音状其神，以其言观其貌的神妙境界。眼下，树之方的声音在空中勾勒出的，百分之百应当是一位黄毛大汉，满脸树根状胡须，眼如铜铃，口如巴豆，鼻如啄木鸟，喉结有红富士那么圆硕，往我们面前一站，气定神闲。然而世事无常，当它真的一显身被我看到的时候，我哐啷一声摔到地上，把心都跌碎了——救命啊，这是从哪间玩具店滚出来的一只健身球啊？而且是一只好鲜艳的、红彤彤的大球！

辟尘和南美显然对我的反应早有预料，即刻一起捧腹狂笑起来。南美一边笑还一边安慰我："猪哥，正常的正常的，我两百年前在北极度假看到这群怪东西的时候，笑得胃下垂了半个月，还是找上代光行带去见华佗才治好的。哈哈哈哈，树之方，好久不见，你清减了？"

这只健身球很不满地看着我们，球面上两只眼睛倒是非常之大，亮晶晶圆溜溜的，它慢慢吞吞地说："喂，谁说树之方要长得像棵树啊？你们这些没想像力的家伙。难道辟尘长得像一阵风吗？或者阿敛长得像一坨金子吗？"

我笑得越发厉害，树之方决定不跟我纠缠那么多，直接冲辟尘嚷嚷："喂，你到底怎么样才肯归队啊？老实跟你说，这一次东京大难，破毁度预测有十一级啊，冰川来临和恐龙灭亡也不过十五级呢。你不在的话，我们没有办法彻底发挥力量的。"

我大吃一惊："什么十一级？"急忙转头问辟尘："它在说什么？"

犀牛不好意思地偏着头，小心翼翼看着我："猪哥，刚刚在酒店我没跟你说实话啊。"我一瞪眼，他语速明显加快："阿敛来招我归队。东京两日里有大难，应该是非人世界大混战而引起的能量大爆炸。我和南美商量，本来是想趁今天晚上把你带出东京的。"

我有点伤心："你想把我丢出去，然后自己回到东京来？你要急死我呀？"

他奇怪地看着我："不是啊，我当然是跟你一起跑啊，我们跑远一点，最多去火星好了，我会造大气层，最多火星上的水少一点。"

"是吗，那现在呢？我们还跑不跑？"我热切地看着他。

他摇摇头："不跑了。"

他可爱的犀牛脸上露出温暖的笑容："刚才我在藏灵设置的意识反射障上看到了东京毁灭后的情形。猪哥，我知道你是不喜欢那种情形的。既然你不喜欢，那我就要尽力去阻止它出现。"

我眼眶一热，不知道为什么，心里的酸楚比小破离开我的时候更加强烈。因为我一早知道小破注定不会留在我身边太久，而辟尘，我本以为可以一辈子都和他一起到处晃荡的。

伤感如潮中，旁边突然有人哽咽着说："好感人，我都要哭了，犀牛，你好伟大！"

刷刷刷，在树之方的身后，先是出现了打过一个照面的黄金使者，然后乌油油的一道光闪过，出现一个黑皮肤的矮个了，留了好多胡子，乌黑乌黑的，修理得很有个性，美中不足的是，它胡子太多，个子却未免太矮了，只好拿了个漂亮的发卷把胡子卷起来往四边摆布，其嘴巴有没有因为长期缺少阳光而退化，我觉得实在需要进一步的考证——这是土之实。最后出现的终于可以养养我的眼睛——正是水光聚集起时恍惚出现过的那条人影，纤纤如织，玲珑剔透，长长的头发如同海藻一般飘荡，透过晶莹发色，仿佛可以看到另一个洁净无瑕的奇异世界。但她的眼波一转，却给我带来完全双重的感觉，一半是惊涛骇浪，一半是神秘幽远——我的推测看来没错，因为辟尘凑上来对我说："惹谁都不要惹藏灵，它人格分裂的！"

刚才说感动的人正是土之实，此时还兀自痴痴地注视着我，好像要上来跟我搞同性恋一样，害我打了好几个寒噤。想起辟尘说的反射障让他看到了东京毁灭的情形，那我怎么看到的是江左司徒呢？他和这次灾难有什么关系吗？我把这疑问一说出来，那几个人对他的名字竟然大为紧张，齐刷刷逼上来问："邪族摄政江左司徒？你认识他？"

这句话可真是提起了我的伤心事，我要是不认识他就好了，现在说不定就在巴黎香榭丽舍大街上坐着喝喝咖啡。法国姑娘多美啊，从眼前款款走过去，对她猛吹口哨也不会挨一巴掌，哪里有现在这么惨，和一堆先天发育不过关，后天营养又没跟上的家伙大眼瞪小眼，瞪得我泫然欲泣！

我没好气地说："当然认识，我东家啊，我帮他带小孩呢。"

黄金使者凝视着我，忽然转过头去，对南美深深一躬身，极为恭敬地说："银狐，我有一事想问。"

狐狸肃然说："请问。"

它的问题其实非常简单："这位猪哥所看护的小孩，是不是破魂的主宰下世达旦？"

南美缓缓点头，忽然倒吸一口冷气："你的意思是？"

这几句话暗藏杀机，仿佛和小破有关，我和辟尘分头抢上，揪住敛大吼大叫："你说什么呢，说什么呢？"

眼前犹如一道金色闪电闪过，黄金使者瞬间退到了非常远的地方，它一字一顿、无比清晰地说道："朱先生，你口中的小孩倘若就是达旦，那么你因为他而和江左司徒有意识相通。藏灵的反射障探察的一切都和我们的任务有关，江左司徒大有嫌疑，他此时一定在东京！"

一阵奇异的呼哨从它口中发出，本来站立在我们周围的五运同绝其他三个成员，如同鬼魅般消失在空气中，又在黄金使者的身边闪现，随即一起消失，又倏忽闪现在更遥远的地方，那八只奇形怪状的眼睛齐刷刷地向我们看着——当然，它们殷切期待的对象不会是我，而是辟尘。

辟尘始终站在我身边，良久，他叹了口气，低着头说："过去十几年，我一直都过得很快活。狐狸，你记得要把猪哥看好……"顿了顿，他猛然回头，空气中蓦然呼啸起了如同世界末日一般凄厉的风声，仿佛要掩盖辟尘的哽咽。

他消失在我的眼帘里。

我在后面大喊："你什么时候回来做饭啊，我要不要叫外卖先吃着啊？"

空旷又寂寞，没有人回答我。其实我知道，他也许再也不会回来了。

良久，南美过来牵起我的手，轻轻说："猪哥，我们也走吧。"

我点点头，心里的疲惫令我神思恍惚，可是更多的疑问呼之欲出，为什么呢？江左司徒真的在东京吗？破魂在东京的空前肆虐是不是他一手主使的？而我最最最担忧的事则与小破有关，既然江左使出如此大手笔，那么在这个非常时期将

小破接走，会不会对他不利？如何个不利法？这些旋涡重重，令人无法破解的问题，看来唯有去问江左司徒，才有可能得到切实的答案。我不能坐视，反手拉住南美，殷切之色溢于言表："狐狸，我要去找江左司徒。"

南美眉毛一挑，猛拍手："去，他妈的，老娘虽然功行未满，也没那么倒霉就被雷打中，我陪你去！"

"被雷劈中？为什么？你很不孝顺吗？难怪要离家出走，流落人间。"

狐狸一脚踢过来，差点把我的尾骨踢断："胡说！我妈是妲己，我敢不孝顺吗？别废话，走吧。"

飞快地向辟尘离开的方向奔去，我追随着她，路途忽然黑暗，忽然光明，忽然灿烂，忽然沉郁，直到我鼻子前面空气为之一爽，探头出去看，哇，搞错了吧，出口竟然设在东京主干道中心啊。我怪叫一声，本能地抱头蹲身，就看是哪种牌子的车——马自达或者丰田花冠——把我撞得翩翩飞起。等了一阵，居然安然无事，风平浪静，睁眼一看，没有人，没有车。世界上最繁华城市的中心干道上，除了我和南美站在路中间面面相觑以外，就只有红绿灯在声色不动地轮换闪烁。

发生了什么事？人呢？车呢？

或者应该问一个最具有总结性的问题："东京呢？"

城市意义上的东京，已经消失了。

我和南美急促奔走到各个闹区，涉谷、银座、六本木，一切店铺仍然开门迎客，却无客可来。店中货物依旧丰富，却没有任何笑容上前招呼。终于在无望后停下脚步来，我和南美对看一眼，顿时心重如铅。是江左司徒吗？江左司徒，他到底做了什么？

围着整个东京转了一个大圈之后，我被迫冷静下来思考，眼看调动我所有的搜查手段，却没有办法得到一丝一毫关于江左司徒，关于破魂，甚至关于有生命体的信息，我终于被迫承认自己的追查技术恐怕已经落后于时代了。而最过分的是，我本来以为可以有点指望的，那只一千年老而不死的狐狸，居然也跟着我瞎跑，南美你搞什么？太缺瞌睡，开始梦游了吗？

她尴尬地咧咧嘴，装作若无其事地东张西望，喃喃地说："怎么人和非人都不在了啊？"

这个时候，我们在地铁站。这里是涉谷的出口，整个东京最繁华的站台上，如今是冷清清一片，真干净。

站在电梯的下面，恍惚间回到了许多年前，我就是在这里初次遇见那只变态大蚯蚓，正模仿着玛丽莲·梦露的经典姿势，在地板上摆出一个弯弯曲曲的造型。

脑筋转到这里，我的眼睛突然间被一种无名的外力强行扩大了两倍。

我的妈呀，从远远黑洞洞的地铁隧道里，晃晃悠悠出来的是个什么东西？乌黑油亮的软体动物，两只眼睛比人脑袋都大的那个，不就是有女装癖的蚯蚓长老——米洛啊！

伴随着一声激动的大叫，我一个飞扑，纵身而上，就想给米洛一个硕大的拥抱，不想它被我吓了一跳，看都没看我就把头一甩，一条翠绿的长条物闪电般在空中划过，如灵蛇般缠住了我的腰身，然后望空一掷，将我丢到了地铁顶盖上挂起。我的四肢在空中划来划去，仍然热情洋溢地喊："米洛，是我啊，我是猪哥啊，你不记得我了？"

听到猪哥两个字，正准备扬长而去的米洛醒过神来，卷起身子，仔细端详了我一下，整个蚯蚓头忽然跟点了灯笼一样亮了起来，表示它对我的记忆浮出水面了。我身子一轻，顿时落在地上，秉承我有始有终的人生原则，还是过去把蚯蚓抱了一抱。它好像是要特意犒劳我，摇身一变，变成了凯莉·米洛，当然是放大版的——真正的米洛只有一米五八，这

个有两米五八。

巨型米洛欢欢喜喜地挥起"她"蒲扇一般的玉手，铺天盖地对着我的头就过来了，看样子是想拍拍我表示友好，我却怀疑自己会被当场打出帕金森症来，忙运足了气把这一记扛住。"她"娇滴滴地问我："猪哥，你怎么这个时候来东京？赶紧走啊，这两天有大难发生。"

我扯住"她"的衣角，仰头央求："蚯蚓，到底怎么回事，你知道吗？东京的居民呢，都到哪里去了？"

米洛耸耸肩："不知道是谁对整个城市的人类施了弭患咒，大家好像都离开城里四处去梦游了，大约现在都游到海里去了吧。"

我心里一紧，一阵窒息的感觉涌上来。东京有多少人口啊，所有人就都这样消失了吗？

无论是幸福家庭还是夙怨仇家，就都这样消失了？

是江左司徒吗？

究竟为了什么，他要做出如此残酷的事？

他又在哪里？

看我陷入冥想，蚯蚓忽然又一掌拍下来，我没来得及运力相抗，顿时觉得自己的肋骨一阵哗然，忍痛问了一句："什么？"

美艳的凯莉·米洛居高临下地看着我，语声极度温柔："猪哥，最后可以见你一面真好。你知道吗，我现在也喝啤酒了。"

听蚯蚓口气不对：什么叫最后见一面？

"她"笑容非常妩媚："猪哥，我将要归化了。这次回来，是来拿一样东西的，拿完它，我就要回出生地去死掉了。"

出现在我眼前的，是刚才缠住我的那条绿东西。细细看它，像一条光滑的鞭子，通体呈现盈润的碧色，似乎是软的，却又似乎极为坚硬，在蚯蚓的手心轻微地颤动着。我有种错觉，它好像随时会站起来，对我们说点什么，说不定就是招呼我们去喝酒呢。

没有等到我问这是什么，蚯蚓把它递到了我的鼻子底下，说："给你。"

我大吃一惊："给我？"

蚯蚓把它塞进我的手里："这是换心藤。以我毕生的生命精华灌溉，历时一百三十七年种植而成的魔界植物。它可以毁损一切形态的回忆，无论神仙妖怪，挨一鞭子，脑子里都会变成一片空白。"

虽然这根鞭子并无温度，而且握在手里竟然可以让人毫无触觉，我还是感到自己抓了一个刚烤出来的红薯，丢也不是，不丢也不是，登时苦起了脸："蚯蚓，给我做什么？我没有这个拿鞭子打白痴的爱好，你送给狐狸吧。"

我指一指南美，后者正在远远的地方做出很有学问的沉思状，实在非同一般之反常。以她的八卦个性，这会儿应该已经过来和凯莉·米洛比臀部谁更翘才对。

蚯蚓摇摇头："猪哥，换心藤来自魔界，威力无穷，而且极具灵性，一旦用于邪处，后果不堪设想。这个世界上人人有贪欲，我在人间这么久，实在见得太多。只有你，我可以相信。而最后遇到的就是你，也是注定。拿去吧，我没有时间了。"

听到最后一句，我鼻子一酸。凯莉·米洛在我面前如最美的风景一般焕发无穷光彩。这人类的皮囊之中，有我旧时回忆的一部分，不容我细细检视，已经逐渐湮灭，沉入永恒黑暗。蚯蚓深深看了我一眼，轻盈地转身离去，临隐入另一端地铁通道的黑暗之前，仿佛记起了什么，远远告诉我："东京唯一还有人类活动的地方是东边二十七公里以外的东京大厦地顶楼，也许你想去看看。"

遵循蚯蚓的指引，我和狐狸在无人的街道上放足狂奔，狐

狸的速度竟然比我还要慢，真是古怪得交关。我回头拼命拉她，一迭声问："你怎么回事啊，没吃饱饭吗？赶紧赶紧给我跑。"南美气喘吁吁，对我露出比哭还难看的微笑，低声说道："我刚才为你起了一卦，精神大损啊。"我"切"了一声，随口问："什么卦那么费劲，姻缘吗？"牵过她的手继续跑，她在我掌心不断颤抖，肌肤冰冷。莫非狐狸也是会打摆子的？

冲进这栋废弃大厦的顶楼时，我第一眼看到的，是坐在房间角落里的小破。一阵狂喜流淌过我的四肢百骸，正要冲口而出呼唤他，却又被眼前发生的一切硬生生逼了回去：小破在那里，可他是睡着了吗？为什么闭着眼睛？而在他的皮肤外层，隐隐出现了蓝色水晶般的碎粒，仿佛一双无形的手在他周围飞快地编织毛衣，水晶粒凝结成薄壁，向四面蔓延在空间里，由脚部开始，把他完全包裹住，很快，小破就被完全隐匿入了一个冰蓝色的茧中。

血气在胸膛中汹涌，我狂叫一声，发疯般地要冲过去，若不是南美猛然出手拉住我，我竟然完全看不到四周还有更凶险的事情在发生。

江左司徒。

确实是江左司徒。

他就在房中间立着，周围站的是辟尘、敛、藏灵、实和方。它们各自结防护手印，把臂相连，蓝黄白绿金五色气氛在身侧蒸腾而起，形成一个互相融合的气圈，逐渐向中心聚拢之余，也在向四面八方氤氲开去，飘出窗口，布散空中。那是汇合了风、土、木、水与金之力量结成的气场，具有摧枯拉朽的惊世威力。

但是，江左司徒在重围中，却如赏踏春花一样悠然，他双臂斜垂，脸上微微带笑，眼神无比温柔，也无比落寞。这落寞对我而言决不陌生，那是我在结界里看到过的，在那海边小楼下，伴随着他脸上的哀伤。为什么，难道这哀伤跟随他那么久，已经成了他生命的一部分。

四周强大的能量带来了空间的波折和扭曲，在我眼前，江左司徒本来稳定的身形起了一阵波动，我定睛看，不是我眼花，而是他的模样，正飘飘忽忽地发生着一系列的变化：

长衣如雪，羽扇轻摇，手中执一册书，神色含百万兵。为什么他的衣着打扮，突如汉臣张良？

眨眼之间，宽袍大袖，名士风流，分明是魏晋南北朝的打扮。南美的声音在我身边恍恍惚惚地惊讶道："望之如玉山倾倒，卫玠卫叔宝。"

我浑身一阵凉一阵热，死死盯着江左，不敢将眼光移开片刻，空间波动越来越厉害，我似乎正俯对一池沸水，努力想看清其中游鱼的行踪。

江左司徒继续身形变化，南美在我耳边喃喃辨认的声音越来越快，语气越来越惊惧："唐之杜牧，宋之柳永，明之冒疆，清之纳兰。衣袍管带，气宇如兰。"

这许多前代之佳公子，难道知道此刻大乱，想趁机一起借尸还魂吗？还是江左司徒使了什么驱鬼之术，唤来前世名流试图扰乱我们的心神？

我无法判断这异样奇景是什么，而内心深处本能的不安又不断蠢蠢游动。此时老狐狸在我身边，以一种前所未有的震惊口气对我说："猪哥，那是江左司徒从前六世生人经历的托身啊。他召唤他们出来做什么？"

我没有答案，而有答案的人突然从似远似荡的气圈中望出来，轻声说："世事于我，如此漫长，已经不再有趣。"

他的话音刚落，就突然从五运同绝设置的能量圈中跨步而出，身形在我面前霍然出现。我大惊失色，不由自主后退几步。江左司徒看看我，突然弯下腰来，哇地吐出一口血，看来辟尘他们也不是那么脓包，不会让人家上馆子一样，想进就进，想出就出的。不过人家都跑了，你们还摆什么姿势呀。

我猜辟尘肯定知道我在想什么，眼珠子还有空转过来瞪我一眼，再瞪南美一眼，这位被辟尘眼神指定的新闻发言人就懒洋洋地说："犀牛说他们在布整体延展结界，将方圆四十里的空间锁住，万一爆炸，自然生态破坏得以制止，他现在没空理你。"

这对话还没有告一段落，江左司徒的血吐完了，他无意与我叙家常，紧接着一长串非常刺耳繁难的咒语便在我耳边奏响，南美声音一改为急促，厉声叫道："神魂决裂咒！猪哥，去抢小破，江左司徒要强行催醒达旦，令小破未生先死！"

咒语萦绕，狐狸在我背后使力一推，她的法力护住我周围，像鲨鳍切开水流一般，我从空气中无形的屏障间闯了过去，一把抱起那个蓝色的茧子。刺骨的寒冷瞬间透入我的胸怀，几乎使我呼吸不得。就在同时，它起了一种非常奇异的变化，如同遇到热刀锋的黄油一样，冰蓝茧缓缓地软化黏稠起来，一层层从我手里流淌下去，顷刻间，它的中心放射出强烈的光芒，刺得我无法注视。与光芒同生的，还有更加锥心的热，无可抗拒的热，我身上衣服顿时起了火焰，慌乱中南美趋近，我身体一凉，她布了隔绝罩。可是不过片刻工夫，耳边就传来极其刺耳的裂响声，隔绝罩瞬间被击破。江左司徒苍白的脸离我不过咫尺，如鬼魅闪现，一只手缓缓地，却无可抗拒地向小破伸来。

我咬住牙噔噔噔后退几步，腾出一只手来，将精神血气会聚于指尖，拼着滥用真元武功全废的危险，在身前划了个小小的圈，以我毕生的修为，笼住了小破融化到一半的冰蓝茧，他的脸蛋隐约已经露出，我深知自己可以为那无邪的睡相抛弃所有一切。

剧痛自两边肋骨传来，江左司徒发出的力量，冲小破而去的虽然被多数弹开，但边缘部分仍然击中了我的身体，那地方的衣服凭空消失不见了，皮肤深深凹陷下去，显露出一种灰白的死相。两侧传来的软弱感郑重通知我：肋骨阵亡了！

这个时候要是叫个救护车来赶紧送我去猎人医院，说不定下半辈子还可以帮辟尘在厨房里打打下手，至于下田插秧那种体力活，我们还是找两个雇工来做好了。想到辟尘，我就听到了他疯狂而虚弱的呼喊，那声音如同被一根针在喉咙里一点点刺出来："猪哥，放开小破，他要爆炸的，江左司徒要和东京同归于尽啊，放开他，到我这里来，老狐狸，你快点来。"

放开他？不，不行，我不能放开小破。不能放开他！我要他活下去，无论以什么方式。我不要他成为白昼的烟火，从此消失在世上。

来自我怀里的奇热仍然继续，仿佛要把我烤成一只樟茶鸭子，江左司徒极具魅惑力的声音不绝于耳，重复着那个催醒破魂达旦的可怕咒语。看来我前三十年的苦功还是没有白修炼，胸口处灌注了我所有精气神的防护，确实抵挡住了大部分咒语的力量，一时间还可以保全小破的安宁。但是一时间后呢？晃了晃脑袋，我命令自己将身上的软弱和疼痛都忘记，忘记，追寻着江左飘忽的声音，在咒语与咒语的转换间，我找到了一个稍纵即逝的空隙，猛然间虎吼一声，往空直冲过去，南美在我身后尖叫："猪哥，不行，不行！"

然而迟了，我向江左司徒撞过去。

撞过去，让身体忘记极限，神经忘记感觉，请过路神灵停步，帮助我，帮助我，逼他停止一下也是好的。也许五运同绝已经将整体结界布下，可以来帮我了。也许南美会像上次一样，现出真身奋起神威了。

上帝啊，保佑我吧。

身体飞扑在空中，距离江左司徒不过咫尺，他振臂向天，

蓦然甩头看我，瞳仁暴涨出炽热的光芒，如同天有九日。我倔强地睁大了眼睛，调整一下头颅的位置，向江左司徒疾飞而去，一连串巨人爆裂般的光环从他手中发出，闪过我的视网膜，仿佛煮开了我的脑髓——再丢点天麻枸杞，文火炖上三小时，就可以炖出一碗健脑定心的上好补品。

这一跃，我已经打算好要将我的生命丢失在这里，抢去奈何桥那里喝七八碗孟婆汤，喝到自己上吐下泻，下辈子享点清福。

可是没有，我跌落，却还存活，因为南美比我速度更快，她挡在了我的面前，全数接下江左司徒掌心发出的雷击术，她落下的时候，那具美丽的人类身体便如同一堆被人丢弃的败絮，松松垮垮地矗立在当场——长发尽数脱落，骨架四分五裂，皮肤绷在这破碎的支架上，惨白而紧张，仿佛有一万种苦楚要呼之欲出。唯一平静如昔的，是南美的脸。她安静地站在那里，听江左问道："银狐，你身处一千年的劫数之期，法力精气，十去其九，在东京静心忍性，逃天避地，为何要随这区区人类来趟这混水？"十去其九？难怪她这次凡事都懵懵懂懂的，大异寻常。

南美斜斜看了我一眼，仿佛要盘腿坐下，她的两条腿骨却咔嚓一声穿透了膝部的肌肤，如剑芒般突了出来，我心里一痛，忍不住安慰她："疼吗？别怕，回头我带你去植皮，我把我屁股上的皮都给你。"

她带着笑意，冲我撇撇嘴巴，双手合上，很无奈地对江左司徒说："你以为我想啊，老娘吃了他家好多米，我们狐狸家家教严，不准欠的，只好这样一次还掉。唉，我们阎王殿见吧，看我把你卖去古土耳其当奴隶。"

我鼻子一酸，垂下眼，胸前的冰蓝茧恢复了解体的过程，当然我胸膛上的肉差不多也熟了，还有点香呢。不过我可以看到小破了，他合着眼，如平常睡觉一般，胸膛微微地起伏，起伏，为什么那起伏越来越剧烈，有岩浆一般的液体在他皮肤下左冲右突？我凄然低下头去想亲亲他的额头，身体已经无能为力。

就此放弃，等着在阴间会合？我和南美可以暂时不去投胎的，我们可以报名当阎王手下的志愿工作者，帮他搞搞文案工作啊，巡视一下血池地狱的土木建设情况啊什么的，保证全心全意，恪尽职守。

不行。不行。不行。

无数声音在我身体中窜动，刺激着我业已放松的身体，激励我：不行！我答应过小破，要带他去看世界之巅的懒豹族人每十年一度的起床速度赛；我答应过他，带他去撒哈拉见我的朋友山狗种出来的会拉小提琴的大丝瓜；我甚至还答应过他，要找个长得和辟尘差不多模样的女孩子娶回家来，让他也和别的小孩一样，可以有个妈妈叫着玩。如此艰巨的任务我居然都敢一口接下，可见我对小破的溺爱，完全达到了令人发指的程度。

因此，不行、不行、不行！

我的手无意识地向虚空中摸索，仿佛希望神的左手可以破空而来，给予我需要的一切力量和勇气。神没有来，可是，我的袖子里，掉出了嗜糖蚯蚓米洛刚才给我的那一根换心藤。

刚刚来到我手里，那条奇异而美丽的藤条便已经在空中呼啸起一阵比痛苦回忆更加尖锐的锋芒，直扑向身前好整以暇的江左司徒。藤条的弧线如同情人的手指抚摩过三春的花瓣，如此温柔而不见来龙去脉，却带着无可辩驳的贪婪力量。它在呼唤着人们犹自疯狂跳动的心灵，将一切纠缠于脑海中的感情都一点一点地榨取出来，渗入永恒尘土，回归于虚无的平和。我的手臂仿佛已不属于我，自由地在空中回旋着，挥舞着，看换心藤狂热舞蹈于空中，团团围住江左司徒，将他紧紧拥抱。江左司徒的脸上出现错愕的神色，他的双臂伸向

空中，仿佛想架住换心藤，又仿佛在欢迎自己多年不见的爱人。无论如何，他看起来都不像是在抵抗。

换心藤缠绕着他，渐渐收紧，我身不由己，跟跟跄跄赶上去，追随着这根疯狂的藤条，将江左绑了一圈又一圈，就在我认为江左司徒会被直接缠成一个绿色木乃伊的时候，换心藤却又飞快地解开，复原成一长条，我心一凉，难道连魔界的植物也沾染了人类欺软怕硬的恶习？

仿佛知道我腹诽它，换心藤回过来在我头上啪的一声打出一个响亮的呼哨，表示记大过一次，然后，它汹涌如十三级狂风，一往无前地，空前绝后地，摧枯拉朽地向江左司徒头上一鞭挥去。

他轰然倒下。

换心藤名不虚传，连江左司徒也抵挡不住——如果他抵挡过的话。

身躯蜷曲在地板上，仿佛在遭受刻骨铭心的痛苦，江左司徒发出了垂死野兽一般沉重的呻吟，其中隐约有一个人的名字不断重复："阿罗，阿罗，阿罗。"阿罗是谁？一个女孩子的名字，是我在反射障上看到过的那个女孩子吗？是在江左面前从少艾到老迈，终于香消玉殒的那个老妇人吗？到底他和她之间有过什么样的故事，有多么激烈的深情，能够在江左司徒的生命中留下如此深刻的印记，甚至使他丧失继续享受生命的激情？

他清俊的五官活像是被橡皮泥捏成的，蠕动，软化，变形，然后，又恢复了正常的形状。我擦了擦自己的眼睛，怀疑是不是出现了幻觉，否则为什么能够穿透他的脑骨，看得到那大好头颅里脑浆霍霍沸腾，掀起惊涛骇浪。胃部一阵翻腾，我几乎转头吐了出来。全身上下，一阵一阵剧痛，连绵而来。

这个时候南美颤颤巍巍站了起来，摸索到我身边。她深深看着我，眼神清净而悲哀。

我身上鸡皮疙瘩昂然暴起，就差没掉下地来，怯生生问了句："干吗？"

她指着江左司徒："他晕过去了。"

这是常识，按我目前的智商和视力来看，似乎不需要如此郑重地加以通报。我隐隐有不祥感觉掠过，直瞪瞪等着她的下文。南美看来伤得不浅，吃力地吞了一口口水，简短地说："江左法力莫测，只是被换心藤摄取了神志，但能力和恶意仍在。短时间内他就会醒来，如果我们不能现在彻底搞定他，等一下后果不堪设想。"

此时我对人性还抱有最基本的信任："没那么严重吧？说不定他变成社会栋梁，可以参加联合国维和部队专踩地雷！"

南美拼命摇头，脸上大有张皇神色，十分少见："没可能的。"

她犹豫了一下，终于豁出去了："老实告诉你吧，我刚才在地铁站，拼了仅余的精气起卦，卦象大凶，具体我晓得你也听不懂，总之今天要是他再醒过来，我们，小破，东京，一定统统完蛋。要不是五运同绝在，整个亚洲都要倒大霉。"

我苦着一张脸："不会吧？"

她斩钉截铁："会！"

这么倔强，看来是真的。我本能地抱紧小破，他竟然在我怀抱中微微动了动，发出些许含糊的呢喃。那声音珍贵得像久旱后的第一滴雨，从我的耳轮，突入中耳，进驻脑部神经，最后沉淀到心里。我狂喜地大喊："宝宝，宝宝。"

南美的手指抚上了小破的额头。她轻轻地问："猪哥，为了小破，你可以做什么？"

我诧异地看了她一眼："随便什么。"

"去死可以吗？"

哼，这么小儿科的问题，好像我什么时候怕过死似的。因此我白了她一眼，坦然说："当然。"

她凝视我。她说，那么，永生呢？

永生可以吗？

失去所有的亲人和朋友，所爱的一切。

你注定在这世间。

千秋万代。

寂寞是你唯一和最后的伴侣。

没有结局，也就没有未来。

没有最后，也就没有等待。

江湖夜雨，一百万年灯。

我打了个寒战，定在当场。呼吸在胸口凝滞。

语句从喉头吐出，每个字都带着刀割过的零碎，被铅水包裹，重重砸落。

狐狸，为什么要问这个？

南美没有回答我，她的手臂，突然间直接插进了我的胸腔，血肉翻开，却没有丝毫感觉。她的手指握住了我的心脏，那是逐渐不再跳动的心脏，丧失殆尽血液与动力，在静止中颜色灰白。我抬眼看着南美，无限诧异。小破被放到了一边，了无生气地躺着。南美没有直视我，她低着头，微弱地说："猪哥，我要将你的心与江左炼化融合，再一分为二。他的心由三大邪族的圣物凝炼而成，之后他会有你对人世的纯善，而你将与时间同在。"

她的声音里，流露出怜悯，我在空间洞中被她拥抱时所见到的那种怜悯。她预见了我的未来，也预见了我的悲哀，尽管此时此刻，我陷于巨大的惶惑与混乱之中，还不大了然那悲哀是什么。

或者，我也不在乎那悲哀是什么，现在，我关心的问题只有一个，那就是："是不是这样做，才能保全你们？"

她说是。

那么，我愿意。无论我会遭遇什么，只要这答案是肯定，我都愿意。

南美没有多犹豫一丝，手指同样插入江左司徒的胸腔，攫取心脏。不同的是他仿佛是一尊由半流体凝固成的雕像，切开去，掏出来，创口悄然密合，不露痕迹。那是一颗纯然蓝色的心脏，闪耀着神秘幽暗的光芒，和我那颗灰白色的普通产品放在一起，品相高下立判。不过南美好本事，居然无需工具，就在掌心之中，把这两个貌似毫无共通之处的东西共冶，随着她的摆弄，咬切彼此，摩擦挤压，一点点吞噬合并，直到最后融为一体，然后就跟大锅饭时期分馒头一样，南美双手一掰，一分为二，我和江左一人一坨，各自揣进胸腔，再世为人。过程之快，情形之平淡，完全可以等同于厨师早上四点起来做早点。那馒头在我胸口一揣，立刻宾至如归，开始履行一颗心脏的职能，但神经恢复作用以后，一阵剧痛突如其来，令我一声狂叫卡在喉咙里，全身抽搐着就昏迷过去。那瞬间，我猛地意识到，一切都被改变，一切不复从前。

结束了。

一切都结束了。

从长长的、虚脱般无力的昏迷中醒过来，我的手臂直挺挺地举在头上，那打过江左的换心藤仍然握在我手里，但是已经从绿色变成了一种微微的血红色。好像吃得太饱了一样，心满意足地躺在那里。

我全身都痛得要死，耳边却传来一阵奇怪的哗啦哗啦声，好像，好像，好像有人在打麻将！

拼了老命转过头去，脖子疼得我差点哭出来，一看，果然！辟尘居然和五运同绝的其他成员围成一堆，开了一桌子麻将打！树之方在一边傻乎乎地买马。这还得了！"南美，扶我起来去打辟尘！"南美没理我，她现了真身，正在我不远的地方盘腿打坐，身上银光璀璨的毛发在宁静中散发出无限朝气，看来一时也死不了。

义愤填膺的呐喊没出口，我的手臂里有什么微微一动。一个我念念不忘、无时不想的声音不满地对我说："猪哥，你带我到哪里了？我要玩泥巴！"

狂喜堵塞了我的五官，令我无法呼吸、说话，甚至无法哭泣。我只能冒着脖子彻底扭断的危险把自己的头歪过来，看着我的心肝宝贝从那个半融的冰蓝茧中爬出来，小脑袋四处打量了一下，拍拍自己的衣服，迷惘地嘀咕："这是哪儿呀？哎呀，我要看动画片了。"然后他眼前一道光影闪过，光行的特快服务即时生效，完全不给我机会抱着他诉诉衷情。

儿大不由爹，他还没怎么大呢，我怎么也被三振出局了啊？倒霉！

在这里自怜自伤地怨叹命运不公，辟尘终于发现我醒了，急忙走了过来。我以为他要和我进行一番劫后重生的真情流露，急忙到处摸纸巾，做好热泪盈眶的准备。结果他完全无视我浑身上下没有一块完整皮肤的客观情况，居然抓住我一阵猛摇："我和了，我和了，清一色，哈哈！"

赌博，我问候你祖宗十八代！

他一支箭般射了回去，令我对犀牛的道德品性濒临彻底的绝望，好在他及时丢下一句："赚了就给你买一辆HIT STORM，猪哥你想了很久了吧？"

哼，这还差不多。

放下了心头大石，我静静躺着，回忆在脑子里剧烈翻腾。看来是蚯蚓给我的换心藤当了一把定海神针，把江左司徒打成了猪头三之后，南美又使出了蒙古大夫换心大法，彻底把江左打发了。咦，不说不觉得，这个猪头三呢？他跑哪里去了？四周看看，没有。难道他自由自在遨游天涯去了？

找不到他，我也懒得再费心。浑身真的好疼啊，充分发挥了自力更生、艰苦奋斗的猪哥精神，我一点点爬起来。出于某种恶作剧的心理，我还顺便过去踢了南美一脚，等她运功结束，就会发现自己用一个趴着的姿势在地上礼拜天地。嘿嘿。想得得意，我一步步往地下室门口挪，老实说我不自量力，还想去看看出城梦游的人都怎么样了，要是还能救，就好歹救几个回来。

刚刚走到门口，突然一阵风卷了过来，当啷一声，竟然和我撞个正着，我顿时飞出好多米，重重落在地上，跟一只被杀到一半的猪一样叫了起来。

那阵风在房间里像一把失控的扫帚一样窜来窜去，慌慌张张大喊："猪哥，猪哥，你在哪里，你在哪里？"

山狗这个笨蛋，他硬是花了好几分钟，才发现被他撞到飞起的那个倒霉蛋，就是猪哥本人。

尾 声
QINGCHENGPO

山狗告诉了我在东京发生的一系列事情。

话说江左司徒此次出现在东京，本是为一场战争而来。

有记载可循的非人史上，破魂与食鬼两族素来在北非和欧洲大陆狩猎，十余个世纪经营下来，终于建立了极有系统的定居点。然而近两百年来，由于人类的急速膨胀给环境带来了极为恶劣的影响，非人族群的生活区域也日渐逼仄，许多非人族干脆融入了城市，与人类混居，甚至通婚，其原始力量与道行程度都日见低下，越来越不能满足两大邪族的需要。在饥不择食的情况下，它们所猎取的能量杂质比例非常高，还包含有致命的进化基因缺失。非洲地区每两年爆发一次的恶性病毒和流行疾患，间接影响到了食鬼与破魂族类的遗传素质。

食鬼与破魂本来就是数量极为稀少的一族，繁衍后代的能力非常低下，眼看继续在北非和欧洲地区苟延残喘会有灭族的危险，食鬼族的长老群决定大举东迁到日本地区去接收东京一带大成气候的非人定居点资源。

如此一来，首当其冲被冒犯的，自然就是盘踞在东京近三百年控制非人活动的吸血鬼一族。因此族中高层指令精锐部队四处搜查先期潜入的破魂族类，更设置边境进出通行证保证统治范围内非人的稳定。破魂为了保持充足的战斗力，被迫改变圈养猎物吸取能量的生活习惯，四出攻击。这就是为什么精蓝大肆活动，而非人们倾巢外逃的原因。

这一出魔幻大戏的开场白惊心动魄，我却完全无动于衷，在山狗再三暗示说书先生需要一点鼓励的情况下，才勉强扭住他，演了一把听客的角色："那东京的居民呢？"

他满意地抹把汗："就是为了救他们，我才没有及时赶来。总部今天早上侦查到了江左司徒准备利用东京大战之机，催生达旦，使其爆炸，将东京吸血鬼王国一举摧毁的计划。上头指令我们不惜一切代价阻止江左司徒。我们汇合了总部支援部队，突然又发现东京百万人全都跑去跳海，还有无数吸血鬼和破魂部队大举向欧洲地区开拔，行进速度极快，不知道想做什么，真把我累得像条狗。猪哥，我不是故意不来救你的，实在是混蛋太多了。"

我点点头："我明白，没关系。换了我，我也会这样做的。"

他握着我的手，对我灿烂地笑——忽然两个人都打了一阵寒噤，忙各自抽开手去猛擦："哇，好恶心！"

这一番来龙去脉颇通逻辑，足可说服猎人联盟的调查员。可惜，对我来说，这一切都是太过显然的假象，得到了江左司徒的半颗心之后，一切秘密对我来说都昭然若揭。

我隐约想起在水之通道见到的那一幕幕场景，我不能忽略他眼神里那无法藏匿的深情，也许已经是很多很多年以前的情节，一直隐没在江左司徒的记忆深处，一点点切割着他对寂寞人生的忍受力。我深深理解江左司徒说的，"看我的生命是多么漫长而无趣……"

因为对于自己接近永生的存在已经厌倦，厌倦到不顾一切都要毁灭的地步。江左司徒在三百年达旦继位之机，将小破给我抚养，方便控制小破苏醒的时机，这是整个计划的一部分。方才山狗说吸血鬼和破魂都在向欧洲地区进发，乃是江左意图保全三大邪族周全，做出的精心安排。甚至连五运

同绝的出现，都是出于他一手谋划，为的是将达旦爆发的破坏力限制在相对最小的范围。了解到这一点，我忽然发现江左司徒和我颇有相似之处：都有一点难以解释的善良，莫名其妙就会冒出脑海。

那天离开东京大厦前，我拉开窗帘看了一眼，天色带着湛蓝的纯净，罔顾世间的寂寞与纷争。那惊鸿一现的厄运之蝉，不知什么时候来到了对面的高楼上，正在远远的天空中轻扇双翅，上面七颗本来有如钻石之璀璨的灾象星逐一暗淡、熄灭，最后一颗的光芒消失之后，它带着一丝若有若无的笑意，急速升起至无穷高远的所在，终于淡出了我的眼帘。那一刻，我有一种很奇怪的强烈冲动，想召唤它回来，却不知道是为什么。

现在，我几乎是这个世界上最幸福的人，虽然南美受创极深，被迫跑回狐山休养生息，不过我估计没多久她就会回来跟我争食，而辟尘也悄悄溜出五运同绝的团队，挑着厨房担子继续和我厮混，罔顾黄金使者丢下的狠话："你在哪里，我就搞得哪里的股票崩盘。"至于小破，江左司徒一消失，好像连苏醒的迹象都没了，我安心的奶爸生涯看样子还可以延续一段时间。

只要我不去想，这一切终于会结束。

我已经完完全全了解，当初江左司徒为何要那么疯狂，毁灭一切，只为毁灭自己。我甚至也已经可以预见，会有那么一天，当我守护的人在这个世上消失，当我所爱和依恋的一切成为过往，如此周而往复，当我不再有生活，而只有不死，我一定会想起南美对我说过的一句话，她说：在神的一切特性里面，唯一不值得羡慕的是，神不能自杀。

真的。

图书在版编目（CIP）数据

猎物者/白饭如霜著. —北京：华文出版社，2005.9
ISBN 7-5075-1898-1

Ⅰ.猎... Ⅱ.白... Ⅲ.长篇小说–中国–当代
Ⅳ.I247.5
中国版本图书馆 CIP 数据核字（2005）第 103376 号

华 文 出 版 社 出 版
（邮编 100055 北京市宣武区广安门外大街 305 号 8 区 5 号楼）
网络实名：华文出版社
电子信箱：hwcbs@263.net
电话：发行部 63370169 63370165
总编室 63370164 责任编辑 63370152
新 华 书 店 经 销
北京市朝阳印刷厂有限责任公司印刷
787×1092 1/16开本 15印张 140千字
2005 年 9 月第 1 版 2005 年 9 月第 1 次印刷
*
定价：20.00 元